小学館文庫

天酒頂戴

平谷美樹

小学館

目次

序章　桜下の誓い

空は水色に霞んでいる。幾つもの山並みの階調の向こうに、那須岳が幻のように見えている。薄い紺色の中に残雪の形が浮き上がっていた。

陸奥国の南端、東堂藩の師岡という村である。城下町の南隣りの村であった。

心地よく暖かい空気の中、雲雀の声が聞こえている。

田植えの始まった畦道を、剣術の稽古着を着た三人の童が走っている。まだ苗の植えられていない水面は森を映していた。百姓らの足が動くと、像は大きく揺れる。

防具の袋を肩に掛け、竹刀の袋を左手に持った童らは息を切らせながら畦道を離れ、左手の丘へ駆け上がる。昨今、町人も剣術を習うが、稽古着や防具の袋の仕立てから、侍の子らであることは分かった。

小高い丘の上に、堂々たる桜の古木が立っていた。〈師岡の一本桜〉として、近隣では有名な桜であった。大きく広がった枝に満開の花を開かせている。

丘は、村や近隣の町から花見客が訪れるので、綺麗（きれい）に草が刈られている。何組かの町人らが、毛氈（もうせん）や筵（むしろ）を敷いて花見をしていたが、童たちの姿を見ると、敷物を引きずり、桜の近くのいい場所を空けた。東堂藩は運上金（うんじょうきん）や御用金の取立が厳しく、町人たちは侍を快く思っていない。けれど、面と向かって逆らう者はおらず、距離を置くことで不快な思いをしないように振る舞っていた。

しかし、侍たちは東堂の町人らは東堂藩の政（まつりごと）に満足し、敬いの感情から、節度をもって接してくるのだと思いこんでいた。

むろん、童たちもそう教えられているから、町人らがいい場所を空けてくれたことを当然だと信じて疑わない。

童たちは桜の根元に辿（たど）り着くと、防具や竹刀の袋を放りだし、大の字になって転がった。三人とも荒い息をして、激しく胸を上下させている。こめかみから汗が滴った。

遠くから見ると、白色にあるかなしかの紅色を溶いたような色に見える桜であったが、下から見上げるとほんのり墨色が混じった。

「本当に満開であったな」

八田竹之助（はったたけのすけ）が言った。元服の後、左馬之介（さまのすけ）と名乗る。御留守居下役の次男である。

「満開だと言ったであろうが。信じなかったのか？」

今野勝太（こんのかった）が口を尖（とが）らせて竹之助に顔を向ける。後に重蔵（じゅうぞう）と名乗る。勘定組頭の三男であった。

「おれは信じていたぞ」

柳沼次郎は桜を見上げながら勝太の胸をぽんぽんと叩いた。後の名を隼人という。

大組番士を束ねる大組番頭の次男であった。

微風に花々がそよいで、桜の花びらが五、六枚散った。

「この暖かさだ。明日は桜吹雪が見られるやもしれんな」

竹之助は言った。

「あと、何度この桜を見られるかな」

勝太がしみじみとした口調で言う。

竹之助と次郎は吹き出した。

「年寄りじみたことを言うな」

次郎が言う。

「祖父さまがそう言うから、おれも考えてみた」勝太は真面目な顔で言う。

「人生五十年と考えれば、あと四十回足らずだぞ」

「一年に何回も見れば、百回、二百回と見られようが」

竹之助が笑った。

「五十年生きられるかどうか分からぬ」勝太が真剣な顔で上体を起こす。

「尊皇攘夷の連中が江戸とか京の辺りで騒いでいるというぞ」

「外国の艦隊が押し寄せてきて御公儀を脅しているという話も聞く」

次郎が頷く。

東堂藩は江戸の東北およそ四十七里（約一八八キロ）。情報が届くのはすこぶる遅い。

「二百何十年も安泰だったんだ。まだまだ泰平は続くさ」

竹之助は腕枕をしながらのんびりと言った。

「我が藩でも尊皇攘夷について大人たちが議論しているらしい」

と、勝太。

「そもそも、おまえ尊皇攘夷が何たるかを知っておるのか？」

竹之助はからかうように言う。

勝太が答える前に、次郎が口を開いた。

「尊皇とは、帝を尊ぶこと。攘夷とは外夷を打ち払うこと。帝を尊び、異国船を打ち払うべしということだ」

「我が東堂藩には海がない。海がないから、異国船が攻め込んでくる港もない。ならば、尊皇攘夷は港のある国に任せればよい」

竹之助は笑う。

「異国の者らが港を打ち破り、上陸して東堂藩に迫ってきたらなんとする？」

勝太はむきになって訊く。

「東堂藩まで攻め寄せて来たということは、奥州街道沿いの諸藩がすべて敗れたということだ。そんな敵に東堂藩が敵うはずはあるまい」

「ああ言えばこう言う」

勝太は頰を膨らませて竹刀袋を取り、寝転がっている竹之助の額を軽く叩いた。

「異国の軍勢でなくともよい。何者かが攻めて来たら、お前はなんとする？」

「東堂藩のために戦うに決まっておるではないか」竹之助は竹刀を手で払う。

「だからこそ、道場に通い、腕を磨いている」

「我らに東堂藩のために戦う決心があるように――」次郎が身を起こしながら力強い声音で言った。

「諸大名が将軍家の下に結束すれば異国の侵攻など怖くはない」

「船頭になりたがる者は多いのではないか？」

竹之助がにやにや笑う。

「日本の危機に、舵取り争いをする者は大たわけだ。童でも分かる理屈が分からぬ大名がいるわけはない」

「左様だな」竹之助も起き上がる。

「日本の四方は海。異国の敵は海を渡って来る。補給は海を渡らなければできぬ。あるいは上陸して略奪をしなければ、食糧も弾薬も手に入らぬ。つまり、異国船には兵站がない。諸国の戦船を結集して攻撃すれば、敵は逃げるしかない」

「その通りだ、竹之助」勝太は感激したように竹之助の肩を叩く。

「珍しくまともなことを言うではないか」

「おれはいつでもまともなことしか言わぬ。お前の考えが甘いから、おれの言葉がひねくれて聞こえるのだ」

竹之助が言うと、勝太が急に立ち上がる。

「おれたちは、何があっても東堂藩のため、徳川将軍家、いや、日本のために戦う。それをここで誓おう！」

「臆面もなく、よくそのような事を言えるのう」

自分の言葉が終わらぬうちに、次郎が立ったのを、竹之助は驚いて見上げた。

二人は真剣な顔で見つめ合い、頷き合っている。

竹之助も渋々立ち上がる。

勝太の、幼く熱い思いに感動を覚えてはいたが、それに自分が巻き込まれるのが気恥ずかしく思えたからである。

それでも、熱くなれる二人が羨ましく、自分も仲間になりたいという思いもあった。

三人は桜の下で固く手を握り合った。

また風が吹いて、桜の花びらが舞った。それは、三人の肩に、頭にはらりはらりと舞い降りた。

いつの間にか、竹之助の中の羞恥心（しゅうちしん）は消えて、腹の底から涌（わ）き上がる何かわけの分からない力を心地よく感じていた。

徳川の天下が終焉（しゅうえん）するのは、この年よりおよそ十年後のことである。

第一章　上野戦争

一

慶応四年（一八六八）晩春。東堂藩の城下町のあちこちに桜の咲く季節であった。

昨年江戸では、豪商や役人、佐幕の浪人などが襲撃される事件が続発した。それは薩摩と長州に下された密勅による工作活動であった。

しかし、十月に、徳川慶喜が大政奉還によって政権を朝廷に返上したため、幕府は消滅。倒幕のための工作に中止の命令が下った。

だが、襲撃事件は続いた。黒幕は薩摩藩だとして、江戸市中警備を行っていた庄内藩が藩邸を焼き打ちした。

その結果、今年の正月三日、鳥羽・伏見の戦が勃発し、幕府軍は敗退。六日には将軍徳川慶喜が、幕府軍を置き去りにして大坂城を脱出した。

江戸や京では血腥い出来事が続発していたが、奥羽諸藩の民衆は、遠い空の下の事と、普段通りののんびりした春の日々を過ごしていた。

しかし、諸藩の侍たちや世情に詳しい商人らは、先々の方策を練り始めていた。いずれ戦火は奥羽へと広がると予想してのことだった。

今年の正月、鳥羽・伏見の戦で幕府軍が敗れた。総大将であった会津藩主松平容保は江戸に戻った。

同月十七日、新政府は仙台藩に会津藩追討を命じたが、仙台藩はそれを拒んだ。

二月十六日、松平容保は朝廷に謝罪状を出し、隠居して会津に帰った。

朝廷は、薩摩、長州の兵を官軍と認定し、徳川慶喜や、鳥羽・伏見の戦で薩摩軍と戦った松平容保らを逆賊としてその官職を剝奪した。

慶喜は上野寛永寺で、容保は国許で謹慎しているが、新政府軍はそれで鉾を納めはしまい。寛永寺には、本願寺を拠点にしていた彰義隊が移り、その他にも多数の佐幕の浪士が護衛と称して集まり続け、会津は武装解除の命令に従おうとしない――。

旧幕とそれに与しようとする者たちは完膚無きまでに痛めつけ、地に顔を擦りつけて命乞いをさせ、新政府の威光を諸国に知らしめようとするだろう。

では、我らはどうするか――？

奥羽の諸藩や商人らは、熟慮の上、動き出した。

※　　※

八田左馬之介、今野重蔵、柳沼隼人は、元服して数年経ち、立派な若侍に育った。城下の道場でも三人は一目置かれる剣士であった。

いずれも兄が家を継ぐことになっていたから、大組番士として奉職していた。

その日、左馬之介たちは呼び出しを受けて三ノ丸の大組番士詰所の広敷に座っていた。

呼び出されたのは幾つかの組の、左馬之介らを含めて十人の大組番士たちである。呼び出したのは大組番頭、柳沼順八郎。隼人の父であるが、まだ現れてはおらず、広敷に座るのは十人だけである。

磨き上げられ黒光りした床に庭の新緑が映っている。

左馬之介が隣の隼人に小声で訊く。

「何があった？　本当に何も聞いていないのか？」

「何度も訊くな。知らぬと言うているではないか」

隼人が鬱陶しそうに答える。

「お前たち、おれに抜け駆けして何か悪いことをしたのであろう」

重蔵がにやにやしながら言う。

「何度も言うな」

と、左馬之介と隼人が同時に言う。

「心当たりはない」

左馬之介は不機嫌に言い放つ。

小声で軽口を叩く三人に対し、残りの七人はいずれも緊張の面もちで背筋を伸ばしている。

廊下に足音がして、順八郎が広敷に入って来た。

十人は一斉に平伏する。

「大儀」

と、順八郎は十人の前に座る。

左馬之介たちは頭を上げる。

「大組番頭。我ら、何かまずいことでもいたしましたか？」

重蔵が訊いた。

「心当たりでもあるのか？」

感情が読みとれない口調であったが、薄い唇の端が少し上がった。

「ございません」

と即座に答えたのは左馬之介だった。

「結構。厄介事を起こす者らには頼めぬ勤めだ」

「お勤めでございますか?」

隼人が眉をひそめて父を見る。

「そうだ。江戸屋敷の番士を増やしておきたいとの殿の思し召しだ」

藩主小笠原是信は、参勤で江戸にいる。何か身の危険でも感じているのだろうかと左馬之介は思った。

「お言葉ながら」隼人が言う。

「危ういのは国許の方であろうと考えます。新政府の会津追討の命に仙台藩が応じなかったということは、別の藩にその命が下るということではありませぬか」

「東堂藩に会津追討の命が下ると?」

順八郎は表情を変えずに訊く。

「いえ。二万石の小藩にそれはありますまい。しかし、南から新政府軍が会津に攻めてくるとなれば、東堂藩は通り道でございます」

「国を守るに十人の増減はものの数ではないが、江戸屋敷を守るに十人は大きい」

「江戸屋敷が危ないのでございますか?」

左馬之介が訊いた。

「新政府が会津藩を討伐しようとし、仙台藩がそれを拒んだとすれば、陸奥、出羽の諸藩はどちらにつくと思う？」

「多くが仙台につきましょうな」

「新政府と仙台藩は奥羽諸藩の取り合いをすることになろう。両者から強い圧力が加わる。国を攻めるのはなかなかに難しいが、江戸屋敷を攻めるのは容易だ」

「焼き打ちでございますか」

　左馬之介が唸る。

「そんな馬鹿なことは許されません」

　重蔵は強く腿を叩いた。

「許されないことを平然と行う者らもいる。江戸には勤皇の浪士が陸続とやって来ておる。その中には人殺し、放火、強盗などなんとも思わぬ者もいる」

「しかし、番士を十人増やしただけで守りきれましょうか」

「殿が藩論を決定するまで保てばよい」

「新政府につくか、仙台藩につくかでございますか」

　重蔵が訊く。

「左様。殿は、両者の圧力に屈せず、東堂藩がどういう道を選べばよいかを考える時が欲しいと仰せられたとのこと」

「承知いたしました」

重蔵が頭を下げると、続いて左馬之介、隼人、そのほかの七人も頭を下げた。

順八郎は満足げに頷く。

「御公儀には増員の届けをしておるが、番士十人と申しては、痛くもない腹を探られることになろう。そこで、表向きの職を与える」

順八郎は十人に、江戸でのそれぞれの役向きを告げた。

※　　　※

江戸への出立はその五日後であった。

左馬之介と隼人、重蔵は旅支度を終えて、出立の前日に師岡村へ向かった。それぞれ錫の徳利を備えた花見弁当を携えていた。重蔵は丸めた緋毛氈を担いでいる。

「城下は七分咲きだが、一本桜はまだ三分ほどではないのか？」

先頭の左馬之介が言う。

「いや、五分は咲いている」重蔵が言った。

「昨日、確かめた」

「おれは信じておるぞ」

しんがりの隼人が言う。

「毎年、こういうことを言っている気がするな」

左馬之介が言い、三人は笑った。

林を回り込むと、正面に小高い丘が現れた。

〈師岡の一本桜〉は五分咲きであった。花見をする者の姿は見当らない。

丘の麓の田で、百姓らが田植えをしている。

丘を駆け上がる三人の若侍を一瞥もせずに、仕事に励んでいた。

左馬之介たちは桜の下に緋毛氈を敷き、花見弁当を置く。引き出しの料理を広げて、錫の徳利からそれぞれの盃に酒を注いだ。

雲雀の声。用水を流れる水の音。

水色の空に、ほんの少し濃い那須岳の姿。残雪の白が雲のように見えた。

左馬之介が盃を干し、空と桜を見上げる。

「のんびりするなぁ」

「それも今日までだ」

隼人が言った。

「旅ものんびり行けばいい」

左馬之介は答える。

「七人の同行者がいる。我らだけのんびり行くわけにはいかぬ」

隼人は苦笑する。

「十人揃ってのんびりと行けばいい」

左馬之介は卵焼きを摘みながら、二杯目の酒を注ぐ。

「江戸屋敷が焼き打ちされるかもしれぬというのに、のんびりと行けるものか」

重蔵が少し怒ったように言った。

「焼き打ちされるかもしれん、というのであろう？　かもしれん、だ。焼き打ちがある時はある。起こる前から心配してもしょうがないではないか」

と左馬之介は桜を愛でる。

隼人、重蔵は親友で、大好きな仲間であったが、政の話になると時々熱くなることがあり、そこだけが苦手だった。

左馬之介は、下っ端の自分たちが何を言っても政は変わらぬと思っている。もう少し年を取って出世をし、御目見得以上にでもなれば、いくらか聞く耳を持つ者も出てこようがそれまではなにを言っても無駄。熱くなれば悪賢い大人らにいいように利用される。

だから、まずは言われた仕事を言われたようにこなしていればよい。

強い信念など持てば、上役とぶつかってばかりで、辛く苦々しい日々を過ごすだけ。そんな思いをするよりは、うまく立ち回って上役に気に入られ、出世の機会を待つ方がいい。政のことを真剣に考えるのは、もっと出世してからだ。

隼人や重蔵にも、何度もそのように言うのだが、卑怯者呼ばわりされてしまう。

この頃、重蔵は勤皇贔屓（びいき）だし、隼人は佐幕を支持していて、藩論をどちらにすべきか熱心に議論することもある。

そんな時は二人から少し離れて、議論には加わらないことに決めていた。

「お前という奴（やつ）は」

重蔵は呆（あき）れたように首を振る。

「まぁまぁ」左馬之介は重蔵の盃に酒を注ぐ。

「せっかくの花見だ。硬い話はやめておこう」

「それにしても、なぜ番士ではないのだ」

重蔵は顔をしかめて酒をあおる。江戸での役目を呉服方と命じられたので腐っているのであった。

左馬之介の役職は買物方、藩邸の買い物を一手に司（つかさど）る職の下役であった。

隼人のみ、大組番士に命じられた。

三人とも国許では番士であったから、役方に命じられるなど思いも寄らなかったのである。

「何度も聞いた」隼人がしかめっ面をする。

「耳に胼胝（たこ）ができる。大組番頭さまも表向きの職と仰せられたではないか」

「だが、事あるときまで、その仕事をし続けなければならんのだぞ」

重蔵は口を尖らせる。

「嘆いてもどうしようもないではないか。命じられたのだから、もうどうしようもない。今から大組番頭さまに直訴に行くか？」

左馬之介は空になった重蔵の盃に酒を注ぎ「あとは手酌でやれ」と、錫の徳利を押しつけた。

「左馬之介が硬い話はやめようと言うたではないか」隼人が酒を啜る。

「何か柔らかい話をせい」

「柔らかい話か――」

重蔵は考えながら盃を口に当てる。

「そうそう」左馬之介は身を乗り出す。

「奥州街道沿いの室町に遊廓ができたではないか」

「ああ。旅人の懐を狙って作らせたという噂だな」

隼人が言った。

「繁盛していて、結構な上納金があるらしい。行ってみたか？」

左馬之介は二人の顔を交互に見る。

「いや」

重蔵は首を振る。

「近くを通ったことはあるが入ったことはない。お前は？」

と隼人は左馬之介に問い返す。

「まだだ——。知り合いに見つかったら恥ずかしいではないか」

言って、左馬之介はくすくすと笑う。

「もしかして、お前たち女子(おなご)を知らぬのか？」

「お前は知っているというのか！」

二人が同時に怒ったような口調で言う。

「おれの家に、おそめという女中がおろう」

左馬之介はにやにやと笑う。

「うん。いる。かわいらしい娘だ」

と重蔵。

「まさか、お前——」

隼人は驚いた顔をする。

左馬之介は『まぁまぁ』と言うように手を上下させる。

「向こうはおれを憎からず思っているようで、こっちを見る目がいつも誘っておるように感じていた」

「うん。それで？」

隼人と重蔵は身を乗り出す。

「ある日の夕方、納屋の近くで、野菜の籠を抱えるおそめに出会った。目と目が合い、おそめは微笑んだ。辺りには誰もいない」

二人は生唾を飲み込む。

「おれはおそめに、納屋で少し話をしないかと言った」

左馬之介は焦らすように言葉を切った。

「それで、それで」

我慢できないように隼人が急かす。

「おそめは『はい』と頰を染めて頷いた」

ふたりは「おおっ」と感嘆の声を上げる。

「おれがおそめの手を取ろうとした時、親父の声がした。『左馬之介。使いを頼む』となっ」

隼人と重蔵はがっかりした顔をする。

「そんな顔をするな。泣きたいのはおれの方だ」左馬之介は大笑いする。

「と言うことで、つまみ食いをしようとしたが、いい所で邪魔が入ったというお粗末な話だ」

「ならば、三人とも女子を知らぬか」

　重蔵は安心したように言う。

「室町の遊廓には知った者の目があるかもしれぬが、江戸の遊廓ならば、その心配は薄いぞ。吉原の入り口辺りでは、顔を隠す編笠を貸す店もあるらしい」

「吉原か――」隼人が眉根を寄せる。

「揚げ代はかなり高いと聞いた」

「女郎によってピンきりだろうよ」

　と左馬之介。

「行くか」

　重蔵は重大な決心でも口にするように言った。

「行こう」

　隼人が言う。

「江戸に着いたら真っ先に――。何だか楽しくなってきたのう。焼き打ちへの憂いは吹っ飛んだであろう？」

「吹っ飛んだ」

　隼人と重蔵は言い、三人は顔を見合わせて笑った。

　丘の上の馬鹿笑いを、田植えの百姓らがちらりと見上げ、不愉快そうな顔をしながら黙々と苗を植え続けていた。

二

明け六ツ（午前六時頃）。上之橋御門前に集まった十人は、一文字笠に打裂羽織、裁付袴、柄袋で覆った大小を腰に差すという出で立ちで、柳沼順八郎と国家老一人に見送られて旅立った。

旅籠町、伝馬町を抜けて奥州街道へ出る頃には、仲のいい者同士、三つの集団になっていた。

左馬之介、隼人、重蔵の三人が先頭で、その後ろを七人が二つに分かれてついてくる。

いずれも江戸へ行くのは初めてであり、路銀は隼人に預けられていたから、七人ははぐれないように後ろにいるのであった。

東堂城下から江戸までおよそ五日の行程。健脚ならば四日あれば踏破するが、雨による川止めなども考えて到着まで十日と届けていた。

藩内の奥州街道は何度も歩いたことがあった。しかし、会津の件があって以来、往来する人々や宿場の者たちの雰囲気はがらりと変わっていた。

茶店などで休んでいると、注文を取りに来た小女や主が不安げな表情で、「これからどうなるのか」とか「東堂藩も戦に巻き込まれるのか」と問いかけて来ることもあった。同様の問いは通行人や宿で給仕をする女中からも受けた。

そんなことはこっちが知りたいと突っぱねたいところであったが、左馬之介たちは笑みを浮かべて「東堂藩は安泰だから心配するな」と答えた。

庶民にこれ以上不安が広がれば一揆に繋がりかねないからである。

藩を出ても、街道の人々の表情は変わらなかった。

南に進むに連れて桜は満開となった。

白河の関は警備が厳重になり、左馬之介たちも厳しい身元確認が行われた。

新政府は会津に攻め込むに違いないから、街道沿いにいては略奪に遭うと、早々と逃げ出した者が居るという話を幾つも聞いた。

そんな民衆の狼狽えぶりが左馬之介にも感染り、日頃楽観的な彼の心中にも不安と楽観が交錯するのだった。

同行の者たちも同じで、「藩はどうすべきか」という議論が多くなった。

会津を擁護する者、新政府を支持する者は半々で、話はたいてい平行線となり、不機嫌な顔をして議論が終わった。前者の中心は隼人で後者のそれは重蔵であった。左馬之介は議論が始まるとすぐその輪から外れた。

気楽な旅などできるはずもなく、宿での食事も無言で、遊びに出ることもなく早々に布団に潜り込むことが多かった。

憂さ晴らしに飲み直しに出ようにも、路銀は隼人が握っていたし、それぞれの持ち合わせは少なかった。左馬之介と隼人、重蔵は、江戸に出てからの目論見のために、無駄遣いをするわけにはいかないのであった。

宇都宮が近づいた街道で、会津擁護派と新政府支持派があわや取っ組み合いの喧嘩になりそうになった。

「いい加減にしろ！」

堪らず左馬之介は怒鳴った。

同行の者たちも、往来する人々も驚いて左馬之介を見た。

「こんな所でお前たちが言い争って何が変わる？　御目見得以下のおれたちがご託を並べたところで、何も変わらんではないか。旅がつまらなくなるだけだ。江戸屋敷に到着した後、さらに仲が悪くなることも目に見えている。宇都宮で喧嘩になったなら、千住の宿場では誰かが刀を抜くぞ。馬鹿馬鹿しいとは思わぬか。斬られた奴は死ぬし、斬った奴は腹を切ることになろう。巻き添えで、残る者たちもお裁きを受ける。おれはお前たちのせいで牢屋に入るのは嫌だ」

左馬之介は一気にまくし立て、肩で息をしながら全員を睨み回した。

隼人と重蔵が同時に頭を下げた。

「すまん。おれたちが悪かった」

と隼人。

「江戸屋敷まで、藩論について語るのはやめる」

重蔵が言った。

「江戸屋敷に着いてからもやめておけ。藩がどう動くかは上の方々が考えること。もし決定が不満だったら脱藩すればよい」

左馬之介は二人に背を向け、歩き出した。

隼人と重蔵は急いで左馬之介に追いつき、左右からおもねるような言葉をかけて来る。

しばらくは仏頂面で歩いていた左馬之介だったが、一丁（約一一〇メートル）も保たずに笑い出し、三人で肩を組んで歩き出した。

後ろの七人はほっとした表情で互いに微笑み合った。

※　※

結局、左馬之介たちは五日で江戸に到着した。桜はすでに若葉を繁（しげ）らせていた。

千住辺りは東堂藩の景色とさして変わらなかったが、山並みがずいぶん遠いことに違和感を覚えた。南側は屋根ばかりが続いて、その向こうにぼんやりと富士山（ふじさん）の姿が聳（そび）えている。富士山は宇都宮辺りから見えていたから、さすが日本一の高さの山だと感心したが、手前にそれを隠す山々が少ないことから、江戸というのはどれほど平らな場所なのだと呆れた。

　町中にはいると、どこまでも町屋が続く道に驚いた。国許は城下であっても小半刻(こはんとき)（約三〇分）も歩けば田畑が広々と続く景色となるのに、江戸はまったく違った。

　道を行く人々は、行商の者らのほかは、上等な着物を着ていた。すれ違う女は匂い袋のいい匂いがしたからそのたびに胸がときめいた。

　東堂藩の江戸屋敷は虎ノ門(とらもん)近くにあった。大名屋敷が建ち並ぶ武家地である。人気(ひとけ)の無い道の両側はどこまでも続く築地塀(ついじべい)。あらかじめ用意していた愛宕下(あたご)辺りの切絵図を頼りに、時々、大名が置いた辻番所(つじばんしょ)の番人に道を訊きながら歩いた。十人は「これは、切絵図がなければ道に迷うぞ」と眉をひそめた。大名屋敷の門には表札などはなく、切絵図を確かめなければどこがどの藩の屋敷であるか見当もつかなかった。

　昼近く、一軒の大名屋敷の門前を通り過ぎかけた時、外に立っていた門番が「もうし」と声をかけてきた。

　十人が立ち止まると、

「方々は、東堂藩からいらしたのでござろうか」

　と門番は問うた。

「いかにも」

と言って、隼人を先頭に門に駆け寄った。

「ここが江戸屋敷でござる。江戸は初めてという方ばかりと聞き、立っておりました。少々お待ち下され。先触れして参ります」

門番は潜り戸から中に入り、すぐに戻ってきた。「こちらへどうぞ」と案内される。

門に続く左右に、勤番長屋があった。大名屋敷の外周に塀の代わりとして建てられた家臣の住居である。たいてい二階建てになっていて、一階に台所と居間、二階を寝所に使い、単身者が居住していた。

家族と共に江戸詰を命じられた者は、敷地内にある別の建物を与えられる。

門番は、勤番長屋を廻ってそれぞれの住まいを案内した。

最後の部屋で家具、寝具や、台所道具などの説明をした。すぐに暮らせるくらいの道具は揃っていて、あとは国許から送った衣類などの荷物があれば不自由なく生活できそうだった。

門番は、「明日、それぞれ上役さまからご指示がございます」と言って去った。

左馬之介たちは「それでは」と言ってそれぞれの部屋に入った。

左馬之介は、これがしばらくの間、自分の部屋になるのかと、土間に立って一階を見回した。土間には草履と掃除用の手桶、箒などが置かれていた。

入り口の正面の板敷には小さな衝立があり、奥の小さい竈と二階への階段、国許から送った長持を隠していた。左手に八畳の居間。行灯と刀掛け、箪笥が置かれている。階段がある側が通りに面していて、曰窓が二つあった。曰窓とは、武家屋敷特有の窓で、〈曰〉という字の形に似ている形からついた名であるが、横木は数本入っている。反対は母屋側の障子で、明るい光を透かしている。

左馬之介は一文字笠の紐を解き、上がり框に腰を下ろして草鞋と足袋を脱いだ。竈近くの水瓶から手桶に水を汲み、手拭いを浸して諸肌を脱ぐ。顔や上半身の土埃と汗を濡れた手拭いで拭くと、板敷に上がり、長持の中から着物を取りだして、土埃まみれの旅装を着替えた。

湯屋に行って体を洗いたいところだったが、どの藩でも勤番侍が湯屋を使うことは禁じられている。町人と親しくなって、うっかり藩の事情を話してしまわぬようにという用心である。先ほどの門番の話では、屋敷内に勤番侍用の湯殿があるのだが、藩主と共に江戸に上った古参が先に使うのが決まりで、左馬之介たちが使えるのは日暮れの後であろうとのことだった。

新しい着物に着替え、少しさっぱりした気分になり、左馬之介は長持の着物を箪笥に移した。

そして、文箱や留書帖などの風呂敷包みを底から取りだして、二階に上がる。

八畳間が二つ。一方には文机と行灯が置かれている。ここも道側に臼窓、母屋側が障子であった。

臼窓の縁に違和感を覚え、近寄ってみると一番下の横木が一本外れるようになっていた。

左馬之介は『ははぁ』と思った。国許で、勤番を経験した知人から、通りを流す棒手振から食い物を買うために、紐をつけた籠を降ろせるよう、臼窓に細工することがあると聞いたことがあったからである。

左馬之介は文机の前に座り、風呂敷を開いて硯箱や留書帖を並べる。

頬杖をつき、ほっと溜息をついた。

旅の間の、同輩たちの言い争いを思い出していた。

下っ端の番士でも意見は二つに分かれる。上の方々も同様であろう。

勤皇か佐幕か、話し合いは紛糾しているに違いない。

徳川家への信頼が強ければこういうことにはならなかった。薩長土肥など、他藩がすべて徳川に味方すればすぐに叩きつぶせたであろう。しかし、そうはならなかった。薩長土肥に味方する藩、日和見をする藩――。徳川に味方する藩は少なかった。

そして、薩長土肥は西洋から買った新式の大砲や小銃など徳川よりずっと多くの強力な武器を持っていた。

結局、徳川はすでに死に体であったのだ。

諸大名が不満を持たぬように、もしかすると幕府を倒すことができるやもしれんなどとつけあがらぬように、そういう政ができなかった徳川の負け。

まともに考えれば、佐幕という選択はない。

しかし、報恩という思いがある。

侍ならば、徳川家への恩を忘れてはならない。関ヶ原からこっち、自分の家が存続しているのは徳川家のおかげ――。

左馬之介は「はて」と小首を傾げて呟く。

「鎮西（九州）や四国、長州など南の者らが、報恩など足蹴にしたのに、北の出羽、陸奥の諸藩は報恩を尊んでいるのはどうしたことであろうな――。いや、報恩ではなく、同じ奥羽の仲間である会津が新政府から理不尽な扱いを受けていることに憤っておるのか」

左馬之介は、気が付いた国の南北の問題が面白くなり、ああでもない、こうでもないと考え始めた。

※　※

隼人も荷物の移し替えをしていた。

丁寧に着物を箪笥に納めながら、己の心の苛立ちを押さえ込もうとしていた。

新政府は理不尽だ。

長州は蛤御門の戦で御所に鉄砲を撃ち、一度は朝敵となったが、謝罪して許された。にもかかわらず新政府の一角を担うことになったら、謝罪した徳川家も会津藩も許そうとしない。

会津は蛤御門で長州を破った。その恨みを晴らすために虐め尽くそうとしているようにしか見えぬ。

また、攘夷を叫んで外国を排撃せよと叫んでいたくせに、相手が強いと分かった途端、掌を返して外国と手を組んでいる。幕府は黒船が来航した時から、真剣に対応を検討していた。つまりは薩長には先見の明がなかったということだ。

攘夷を倒幕にすり替えるような者らに、私怨によって敵を攻めるような者らに、先見の明がなかった奴らに、政を任せるわけにはいかない。

確かに、今まで通りの政ではいけない。

国内だけではなく、日本を狙う外国への対策もとらなければならない。

諸外国は、日本の内乱の行方をじっと見守っている。隙あらば途中で戦に介入して、日本を乗っ取ってしまう機会を狙っているのだ。

戦などしている場合ではない。徳川も会津の松平も謝罪し、謹慎しているのだから、それでよいではないか。手を組んで、諸外国への対策を考えるべきであろう。

それをしないのは、旧勢力を徹底的に叩きつぶしておかなければ、寝首を掻かれると恐れているからだ。そして、財産をそっくり奪ってしまわなければ美味い汁を吸えぬからだ。

二百六十年の泰平を築いた徳川。薩長土肥はその威光に敵わない。だから、神代から続く家柄の帝を担ぎ出した——。

薩長土肥が利用する〈勤皇〉の言葉に、浅はかな若者たちが踊らされている。己の貧しさや、身分への不満を〈勤皇〉という言葉にすり替えて、高邁な目的のために突き進んでいるつもりになっている。

「勤皇派の暴挙がなければ、上さまは今頃、新しい世をお造りになっていた」

隼人は歯がみしながら簞笥の引き出しを閉めた。

※　※

もうじきここも、新政府の役人たちが住まうようになるのだろうか。それとも、東堂藩が新政府に与し、そのまま出先の役所として使われるだろうか。

重蔵は空になった小さめの長持を二階に運び上げ、部屋の隅に置く。

徳川家は、二百六十年にもわたり日本に君臨したことでつけあがりすぎたのだ。政もおざなりになり、諸大名や庶民に心を配ることをしなくなった。帝までおろそかにした。

　その最たるものが、勅許も得ず諸外国と条約を結んだことだ。しかも、その内容は不平等。日本の不利になる条約だ。

　堪忍袋の緒が切れて当然であろう。

　幕府が倒れたのは自業自得。

　佐幕の者たちは「報恩を忘れるな」と言うが、神君からの恩は、二百六十年の我慢でチャラになろう。

　日本は一度壊さねばならない。

　徳川が築き上げた、徳川に利のある政の機構をすべて壊し、新しく造り上げなければ、この国はよくならぬ。

「東堂藩は新政府に与するべきだ」

　重蔵は独りごちて、階段を下りた。

※　　※

「おい。左馬之介」

「飯を食いに行こう」

　階下で隼人と重蔵の声がした。

　文机で頬杖をつき、取り留めのないことを考えていた左馬之介は、「おう」と返事をして、階段を駆け下りた。

左馬之介は、二人の羽織袴と自分のそれを見て、

「折り皺が気になるのう」

と言った。

「仕方なかろう。長持から出したばかりだ」

隼人が言った。

「飯を食うだけだ、別に構わんだろう」

「おれたちには大望があったろう」

左馬之介は隼人と重蔵の背中を押しながら歩き出す。

「大望?」

重蔵は眉根を寄せた。

「ああ……」

隼人は左馬之介の言葉の意味を理解したようであった。

「しかし、昼間だぞ」

と隼人は首を振る。

「門限までに帰って来ればよいのだ」

左馬之介は潜り戸を出た。

いずれの大名屋敷も、勤番侍の門限は暮れ六ッ（午後六時頃）であった。

「何の話をしているのだ？」

左馬之介を追って屋敷を出た重蔵が聞く。

「吉原だ。吉原」

左馬之介は重蔵の耳元で言った。

「真っ昼間だぞ」

重蔵は驚いたように言う。

「昼見世（ひるみせ）っていうのがあるんだとさ」

「お前、吉原までの道筋を知ってるのか？」隼人は左馬之介の横に並んで歩く。

「人に訊きながら行くのは恥ずかしいぞ」

「まず、浅草（あさくさ）までの道筋を訊きながら行く。それならば参拝に行くのだと思ってもらえる。浅草寺に着いたら、これだ」

左馬之介は懐から折り畳んだ浅草の切絵図を出した。

重蔵も左馬之介に並んで歩き、隼人と左右から左馬之介の持つ切絵図を覗（のぞ）き込んだ。

「ここが浅草寺。裏手の田圃（たんぼ）を挟んだここが、吉原だ」

「おおっ」

重蔵と隼人は感嘆の声を上げる。

「ここに、江戸の女郎が大勢いるんだ」

左馬之介は思わず嫌らしい笑みを浮かべた。

「お前、鼻の下が伸びておる」

隼人が言う。

「お前こそ。人のことは言えぬぞ」

左馬之介が返す。

三人は笑いだし、体をぶつけ合いながら道を歩いた。

三

左馬之介たちは、万が一知り合いに顔を見られてはならぬと編笠茶屋で編笠を借り、吉原の大門(おおもん)をくぐった。

吉原では、通りの中央に桜並木を作って客を楽しませると聞いていたが、さすがに葉桜の季節であるから木は取り払われ、菖蒲(しょうぶ)がおよそ百三十間（約二三四メートル）ほどの長さの通りの中央を飾っている。まだ季節が早いので花の数は少ないが、低い垣根に囲まれたそれは、水辺の風情を感じさせた。覗き込むと、菖蒲は鉢植えであった。沢山の鉢が絶妙に配置されていて、自然のもののように見えているのだった。

左馬之介たちが歩く、吉原の中央を貫く通りは、仲ノ町といった。昼だというのに往来する客の数は多かった。

多くの町人や、近くの川で材料を潤かす間の暇つぶしの紙漉職人たちもいた。素人と分かる女連れの男もいて、菖蒲の見物に来たのだろうと思われた。左馬之介たちと同様、編笠を被っている二本差しも多い。

江戸の侍の七、八割は勤番侍で、たいした仕事もなく暇を持て余しているとも聞いていた。編笠の侍たちの多さを見れば、その話も納得できた。

仲ノ町の左右には茶屋が軒を連ねていて、所々の横丁に木戸がある。そこを入れば女郎屋が並んでいるのだった。

「どこへ入る？」

重蔵が緊張した声で言った。道場の試合の直前であってもそんな声を聞いたことはなかったから、左馬之介はくすっと笑った。

「吉原で女郎を買うには、茶屋に入って紹介してもらうとか、色々面倒なことがあるらしい。とりあえず、どんな女郎がいるのか見物しよう」

左馬之介は言って、左手の伏見町と呼ばれる横丁に入った。

左右に女郎屋が建っているので陽の光は差し込まない。軒から提げた提灯や、張見世に立てた燭台の明かりが、昼でもない、夜でもない幻想的な景色を作りだしている。

女郎の爪弾く清掻の音が流れ、女たちが焚きしめているのであろう、甘い香の薫りが漂っている。

昼見世であるから、格子の向こうの張見世に女郎の数は少ない。格の高い者たちはそれぞれの部屋で、常連客への誘いの手紙を書いている刻限であった。

「一面を格子で覆われているのが総籬で、格の高い大見世だ」

左馬之介は小声で言った。国許で〈吉原細見〉などの書物から得た知識であった。

「上の格子が欠けているのが半籬で中見世。上半分の格子がないのが総半籬で小見世だ」

「おれたちは小見世がいいんだろうな」

隼人の声も緊張していた。

総半籬の見世の前で立ち止まる。五人ほどの女郎が談笑していた。

「路銀の余りはないのか?」

左馬之介が訊く。

「馬鹿。路銀を女遊びに使うわけにはいかん。それに、余りはさっきお屋敷の勘定方に預けた」

「固い奴だな。帳簿を誤魔化せばよかったではないか」

左馬之介は小さく舌打ちした。

その時、張見世の中で煙管を吹かしていた女郎が、籬の側へ歩み寄った。格子の縁に両腕を乗せる。

「笠をとって、顔を見せなよ」

と煙を吐く。

左馬之介たちはぎくしゃくと笠を脱ぐ。

「主らは奥羽の出だろ?」

女郎は三人の顔をゆっくりと眺めた。

三人は、何と答えたらいいか分からず顔を見合わせる。肯定すれば何か不利になりそうな気がしたからだ。

「江戸に来たばかりだね?」

女郎は嘲笑を浮かべると、格子の縁に煙管を打ちつけて灰を落とした。

「わっちは出羽の生まれでね。主らの言葉は、あっちの訛があった。同じ奥羽生まれのよしみで忠告してやるよ。江戸では勤番侍は嫌われ者だよ」

「嫌われ者……。なぜ嫌う?」

重蔵が頬を膨らませる。

「玉菊」と奥の女郎が声をかける。

「余計なことを言うんじゃないよ。客が逃げちまうだろ」

「うるさいね、桔梗。同じ土地生まれのよしみだって言ったろ。見逃しな」

玉菊が言うと、桔梗と呼ばれた女郎はぷいっと横を向いた。

「で、なぜ嫌われるんだ？」

左馬之介が訊く。

「金払いは悪い。着ている物ときたら安物ばかり。しみったれで、野暮だからさ。そのくせ床ではしつこい。江戸っ子は着物の裏地に凝るが、勤番侍の着物の裏地は、丈夫なのだけが取り柄の浅葱木綿。だから江戸っ子は江戸詰の奴らを〈浅葱裏〉って言うんだよ」

「無礼な……」

隼人は袖口から裏地が見えぬように手を後ろに回す。着物の裏地が浅葱木綿であったからだ。

浅葱裏と女郎が言い合いをしているので、横丁を歩いていた客たちが集まり始めた。

「ほれ。こういうことを言われて無礼者って言うのが野暮だってんだよ。それに浅葱裏はウブだから、客を取り始めたばかりの女郎にも手玉にとられて、散財することになる。蟻地獄に引き込まれたくなかったら、一年間、女と遊ぶのは諦めな」

「こんなとこに来るぐらいなら」と、桔梗が真っ赤な煙草盆の炭で煙管を吸いつける。

「勤皇とかの浪士になって世直しをしておくれよ。わっちらのような女が楽に生きられるような世の中にするために働きな」

「ともかく」別の女郎が言った。

「この見世は浅葱裏はお断りだってことだ。さっさと行ってくんな。仕事の邪魔だよ。羅生門河岸(らしょうもんがし)にでも行けば、誰か相手にしてくれるだろうよ」

女郎たちがどっと笑う。見物していた者たちも手を叩いて笑った。

「浅葱裏が客でも、羅生門河岸の女郎なら仏頂面で脚を開くさ」

桔梗が言うと、さらに笑い声が大きくなった。

「行こう……」

重蔵が編笠を被って、左馬之介と隼人の袖を引っ張った。二人も急いで編笠を被り、横丁の奥へ小走りに進んだ。

「ここを抜ければ羅生門河岸だ。行くか?」

左馬之介が言う。

「もう女と遊ぶ気にはなれぬ」隼人がしかめっ面で言う。

「どこかで飯を食ってお屋敷に戻ろう」

「重蔵もそれでいいか?」

左馬之介が訊くと、重蔵は黙って頷いた。歯を食いしばっているのか、頬の筋が浮いていた。

以後、三人は吉原にも、岡場所と呼ばれる幕府非公認の女郎屋にも近づかなかった。女郎たちが田舎侍をどう思っているのか知った以上、たとえ女郎が歓待するような態度を見せたとしても心から楽しむことはできないと思ったからである。

それに、ほかの勤番侍と同様、懐具合は寂しかった。

仕事を終えた後は、左馬之介の部屋に集まり、酒盛りをするのを唯一の楽しみにするようになった。たまに、増員組十人で集まったり、古参の者が加わることもあった。

東堂藩のある陸奥国では焦臭い動きが進んでいた。

三月二十三日、会津追討を命じた仙台藩が動き出さないのに業を煮やした奥羽鎮撫総督の九条道孝と、副総督澤為量が仙台に着く。

同月二十七日、仙台藩は九条、澤らの圧力に抗しきれず、形ばかり、会津藩境に出兵するも、米沢藩などと手を結んで会津藩と接触し、どのように謝罪嘆願すれば会津を救えるかを協議した。

いったんは、首謀者として家老の首を差し出して降伏するという案に同意した会津藩であった。しかし数日後に撤回。仙台藩は降伏の説得を断念した。

仙台藩、米沢藩は奥羽諸藩で列藩会議を開き、なんとか官軍による会津攻めを阻止しようとしたが、嘆願書は奥羽鎮撫総督府に却下された。

東堂藩は理由をつけて列藩会議には参加せず、今のところ中立の立場をとっているようだった。

　そのことに隼人と重蔵は腹を立てていた。

　隼人は列藩会議側の、重蔵は新政府側の立場で。

　左馬之介は、東堂藩同様中立であった。

　下っ端がいくら熱く議論しても無駄。熱くなれば熱くなるほど、自分の思いと逆な方向へ進む決定がなされれば、腹立ちはさらにつのる。その怒りのやり場はどこにもないのだ。ならば、いたずらに熱くならず、藩の決定に任せるしかないと達観しているのである。

　旧幕府軍の兵たちは次々に脱走して、新政府軍に抗する集団を作りつつある。三月の初めには下野国で官軍と戦い、敗れてはいるが、敗走してもなお、新政府に従おうとせずに仲間を集めているという。

　隼人はその仲間に加わりたい様子だったが、東堂藩士であるという矜持からか、まだ出奔という行動には踏み切っていない。

　しかし、左馬之介との『飲みの席では藩論の話はしない』という約束を度々破り、重蔵に噛みつく頻度はしだいに高くなっていった。

　同じく三月の初め、新政府軍は京から駿府まで進撃し、江戸城攻撃を同月十五日と決め、待機した。

その動きは江戸まで伝わり、江戸攻撃の中止と徳川慶喜の助命嘆願に旧幕府側はなりふり構わぬ動きを始めたらしいと東堂藩邸にも聞こえてきた。

東山道先鋒総督参謀の、土佐藩の板垣退助が八王子に入ったらしい。

同じ参謀の、薩摩藩の伊地知正治と、総督の公卿、岩倉具定が板橋に入ったらしい。

じわじわと江戸が包囲されている状況が伝わり、新政府軍との交戦を主張する藩士たちは浮き足だっていた。

四

三月の中頃、高輪の薩摩藩下屋敷で、旧幕の勝麟太郎（海舟）と西郷隆盛の会談が行われているらしいという噂が囁かれた。

東海道を西へ急ぐ西郷一行を見たという話もあった。

横浜に新政府の東征海軍の軍艦が入港したとの報せが入り、東堂藩邸は緊張した。

藩主小笠原是信と江戸家老らは連日書院に詰めて何か相談していたが、左馬之介らには何の指示も降りてこなかった。

焦りばかりがつのった。

左馬之介たちの夕方からの酒宴も、むっつりと黙りこくったまま盃を傾ける日々が続いた。

四月五日。裃を着けた旧幕の使者が東堂藩邸を訪れた。是信は書院で使者を迎えた。

会談はすぐに終わり、そして、重臣らが広敷に集められた。

左馬之介ら下っ端は長屋で待機。

半刻ほどで、各役の頭が長屋の外に配下を集めた。

長屋前の広場に幾つかの集団ができた。邸内の各所でも、頭が配下を集める姿があった。

左馬之介の直属の上役、御用方検使倉持主膳は十人ほどの買物方の顔を見回しながら、重々しい口調で言った。

「江戸城は開城される」

予想されたことであったが、買物方らは嘆息を漏らした。

広場のあちこちで深い溜息や小さい叫び声が上がった。

「新政府に明け渡されるということですか？」

同輩の一人が訊いた。

「そうだ。寛永寺に謹慎なされて御座す上さまは、水戸にお移りになり、謹慎という お沙汰が下されたそうだ。十一日までに旧幕の方々は江戸城より退去なさり、二十日前後には、東征大総督熾仁親王さまが入城なさるとのこと」

ついに徳川の世が終わるか――。

虚しい思いが左馬之介の胸に広がった。

いや、悪足掻きをする者らはまだまだいる。

上野に集まった佐幕の浪士らは、新政府にとって目の上のたんこぶ。そして、会津と、それを救おうとする奥羽の諸藩――。

その者たちを殲滅するか、その者たちが全員降伏するまで、新しい世は始まらない。

徳川の世でも、薩長の世でもないその間は、日本は修羅の巷となるに違いない。

東堂藩はどうするのか。

それよりも――。

左馬之介は隼人が心配だった。

倉持は次の沙汰があるまで長屋で待機と告げて去っていった。

呉服方の集団が解け、重蔵が左馬之介の下に歩いて来た。

「隼人を待とう」

重蔵は言った。左馬之介と同じ事を考えているようであった。

やがて、番方が屋敷から出てきた。悲喜こもごもの表情である。

その中に、俯きながら歩く隼人を見つけ、左馬之介と重蔵は駆け寄った。隼人の左右を挟み、左馬之介の長屋へ誘導するように歩いた。

「酒でも飲もう」

左馬之介は隼人の肩を抱く。

「出奔などせぬから心配するな」

隼人はぼそっと言った。

「本当か？」

重蔵は思わず訊いた。

隼人はふっと笑う。

「やはりそれを心配していたか。おれは東堂藩士だ。藩論の決定を待つ」

「そうか、よかった。約束だぞ」

重蔵は長く息を吐いた。

いや――。と、左馬之介は思った。

藩論の決定を待つということは、決した後に行動を起こすという意味にもとれる。

東堂藩が会津擁護の奥羽諸藩と足並みを揃えるならばよし。だが、藩論を勤皇と決し、新政府に与するならば、出奔する。

隼人はそう考えているのではないか。

左馬之介は無言で、隼人に回した手で強く肩を摑んだ。

※　　※

四月に徳川慶喜が水戸に移った後も、上野寛永寺の彰義隊を中心とする浪士らは動かなかった。寛永寺貫主の輪王寺宮現入道親王の護衛という名目であった。内部分裂などもあったが、彰義隊には新政府に不満を持つ脱藩浪士が集まり続けている。

同月、東堂藩邸近くの鶴田藩邸から九十名余りの藩士が脱藩。彰義隊に加わった。

鶴田藩は、かつて浜田藩と名乗っていた、石見国の藩であった。

第二次長州征伐の折りに、長州の攻撃を受けて浜田城は落ち、領地は占領された。藩主と家臣は松江城に逃れ、藩士の家族は飛び地であった美作国に避難した。

浜田の地は長州に占領されたまま、旧浜田藩は美作国に鶴田藩を立藩した。

鶴田藩は鳥羽・伏見の戦で幕府軍に属した。賊軍となってしまったが、家老が腹を切り謝罪。新政府に許されて存続することとなった。

本来の国許は長州に占領されたまま。

長州のかつての罪は不問。

そんな理不尽を許す新政府に与することはできぬと憤った藩士らに隼人が感化されるのではないかと、左馬之介と重蔵は不安に思った。

しかし、隼人はじっと耐えて、江戸城開城を上役から告げられた日の約束を守っていた。

五

江戸城が開城されて三月（みつき）ほど。

戦火に巻き込まれずにすんだという安堵（あんど）からであろう、町は不思議なほど落ち着いている。主が変わっても暮らしは変わらない。町の人々はそう思い始めていたから、いつものように商売をし、棒手振の売り声もあちこちから聞こえる。

とはいえ、人通りはあまり多くはない。

大手を振って歩くのは、西洋風の制服を着た官軍の兵たちである。

まだ昼だというのに、秋の柄の着物を着た艶（あで）やかな女を引きつれている者もいた。

小路（こうじ）の奥の垣根に、昼顔の花が揺れている。

江戸の人々は、官軍の兵たちは、かつて京へ攻め上った木曽義仲（きそよしなか）のように野蛮な行いをするのではないかと恐れていたが、それほどでもなく、そこそこ礼儀正しかった。

売り買いの時に言葉が通じなくて難儀したが、それは江戸に来る旅人のほとんどがそうであったからすぐに慣れた。

旧幕の侍らは新政府の兵の目を気にしてか、できるだけ出歩かないようにしているようで、侍の姿は少ない。

それでも、どうしても外出しなければならない用事のある者は、遠慮がちに道の端を歩いている。

そういう者を見かけると、兵たちは足を踏み鳴らしたり奇声を上げたりしてからかう。驚いて足を速め、逃げるように立ち去る侍には嘲りの笑いを投げつけ、平然としている者には、側に寄って威嚇(いかく)をする。

からかいを意に介さぬ者は、たいてい腕に覚えのある侍のようであったから、兵たちもそこのところは心得たもので、相手の顔色が変わる前に解放するのであった。

十軒店本石町(じっけんだなほんこくちょう)を日本橋(にほんばし)方向へ歩く、八田左馬之介も、用事のために町に出てきた侍の一人であった。

江戸幕府が倒れ、拠(よ)り所を失った大名たちはこれからどうなるのか。商人たちは今まで掛け売りしていた代金の徴収ができるか戦々恐々としている。

「少しでも入れておかなければ、今すぐに必要な物さえ売ってもらえなくなるやもしれぬ」

と、買物方頭に命じられ、手代(てだい)と呼ばれる下役の者たちは虎ノ門近くの藩邸から、取引のある商家へ赴いて、溜(た)まっている後払いの代金の幾ばくかを支払い、顔色を窺(うかが)っているのであった。

ここ一月(ひとつき)ほど、左馬之介たち手代は朝に藩邸を出て店を廻(まわ)り夕方に帰る生活を続けている。

買物方ばかりではなく、下賜される呉服などを扱う呉服方、什器を扱う濃物方など、御用方検使支配の職の者や、御台所頭の支配する食材の調達をする者たち、商家と取り引きする者たちは、本来の役目以外で忙しい日々を過ごしていた。

長屋に先住の同輩たちは、『こんな焦臭い時期に勤番になってしまったなんて』と腐っている。

左馬之介は日本橋室町の蠟燭問屋、田嶋屋に入った。土間の向こうの広い畳敷きの店には黒い制服の官軍の客が多く、羽織袴の侍たちは隅の方で小声で商談している。

帳場に座っていた大番頭の吉蔵が左馬之介を見て店に出てきた。

「これは八田さま」

と、上がり框に腰掛けた左馬之介の前に座り、頭を下げた。

「お城があいうことになって心配していると思ってな。だいぶ遅くなったが少し入れに来た」

左馬之介は紙に包んだ数枚の小判を吉蔵に差し出す。

「これは、恐れ入ります」

吉蔵は包みを押し戴く。

「すぐに来なければならぬと思っていたのだが、だいぶごたごたしておってな」

水戸に移って謹慎している慶喜に代わり、徳川宗家は御三卿の田安徳川家の十六代当主、亀之助が継ぐことになった。当時六歳。名を改め、徳川家達と名乗った。

徳川家が諸侯の頂点に立っていてこその参勤交代であったから、もはやその必要もなく、新政府の命令もあり、大名たちは国許へ帰ることになった。

だが急なことで、引っ越しに手間取っている家も多い。

「どこの御家中もそのようでございますな。中には売掛金を踏み倒してお国に戻ったお家もあるとか。そのせいで潰れたお店もございます」

「田嶋屋は大丈夫か？」

「今のところは。しかし、お大名が次々と国許へお帰りでございますので、先々は心配でございます」

吉蔵は眉をひそめる。

江戸の人口の半数は武家である。大名、旗本、御家人、そしてその家臣らが江戸からいなくなれば、侍相手の商売は成り立たなくなる。未だかつて無い恐慌が江戸を襲うこととなる。

「左様であろうな」

左馬之介は気の毒そうに言った。

吉蔵はそこで声を潜めて左馬之介に顔を近づける。

「奥羽の方はずいぶん騒がしいようで」

閏四月二十日に総督府の参謀、世良修蔵が仙台藩士、福島藩士らの一団に暗殺されたことで、奥羽諸藩と新政府の対立は決定的となった。

五月三日に、奥羽二十五藩による盟約書が調印され、奥羽列藩同盟が成立した。

そういう騒がしさが、国許に戻れない原因の一つであった。

左馬之介は吉蔵の言葉に小声で返す。

「そのようだな」

「東堂藩はどちらにつくのでございます？」

「下っ端には分からぬ」左馬之介は首を振る。

「今、お偉方が頭を悩ましておるから、我らに知らされるのはまだ先だ」

「しかし、早く決めませぬと。江戸もこのようになったことでございますし」

吉蔵は後ろの黒い制服たちにちらりと目を向ける。江戸が落ちたのだから、もはや新政府に与するよりほかはないと言いたげな顔であった。

東堂藩が官軍と戦うことにでもなれば、残りの売掛金を取りはぐれる。田嶋屋にとっては重要な問題であろう。

「まぁ、店に迷惑がかからぬようにするゆえ、心配するな」

左馬之介は微笑んで立ち上がった。

東堂藩は仙台藩より、列藩同盟に加盟されたしという打診が来ているのである。

新政府からも、味方するよう使者が来ている。

新政府は、諸藩に江戸詰の者らを国許へ帰すようにという命令を出してはいたが、それは罠かもしれないと東堂藩は考えていた。いち早く国許に戻れば、東堂藩は列藩同盟に加盟したと判断されるかもしれない。すぐに追討の命令が下り、帰国の背後を攻められるかもしれない。

そのまま攻め上られれば、たった二万石の小藩、あっという間に攻め落とされてしまう――。

動くのは、列藩同盟に加盟するか、新政府に与するかの藩論が決してから。そう考えていたのである。

六

東堂藩邸の勤番長屋である。

仕事を終えた八田左馬之介は長屋に帰り、夕餉をとった後、いつものように柳沼隼人と今野重蔵を迎えて二階で酒盛りを始めた。

左馬之介は眉を八の字にして、共に酒を酌み交わしていた二人の友人を交互に見る。

機嫌良く盃を傾けていた二人は、我が藩が新政府につくべきか、列藩同盟に加盟すべきかという話題に熱くなり始めていた。

今まで何度も、『おれの部屋で飲んでいる時にその話はするな』と約束させていたのだが、約束は有名無実となっていた。

行灯の薄暗い明かりの中で、四角い手焙を挟み、重蔵と隼人は険しい顔をしている。手焙には鍋がかけられ、徳利が三本、湯気の立つ湯の中に浸かっている。

「そもそも、御公儀に楯突くことが間違っている。二百数十年にわたる御恩に背くなど武士のすることではない。新政府は報恩の心を忘れておる。江戸の町人総代が、上さまを救って欲しいと嘆願書を出したというではないか。町名主九十名以上が判を押していたというぞ。町人の方が報恩の心を持っておる」

隼人は干した盃に手酌で酒を注ぐ。

「その考え方が古いと言うておるのだ」重蔵は隼人を指差す。

「そもそもと言うならば、そもそも御公儀の考えが古かったのだ。日本の外に目を向けなければこの国は滅ぶ。諸外国は日本をなめておる。それは、御公儀が唯々諾々と不利な条約を結んだからだ。日本、侮るべからずと諸外国に思わせるには、御公儀では力不足だった」

「薩長土肥ならばそれができるというのか？」隼人は唇を歪める。

「薩摩など、『攘夷！　攘夷！　外国人を追い払うべし』と声を荒らげ、英国人を斬り殺し、怒った英国が軍船から大砲を撃ちかけてきたら、さっさと掌を返し、今度は外国に擦り寄り手を結んだ。あまつさえ、自分が売った喧嘩の尻拭いを御公儀にさせ、多額の賠償金を支払わせた。そんな卑怯者に日本を任せられると思うか？　それに、春に出された神仏分離令で、あちこちの神社に安置されていた仏像が引っ張り出されて壊されている。そんな罰当たりなことをする連中だ」

左馬之介は二人に聞かれないように小さく溜息をつく。このところ、酒を飲めばいつもこれだ。

自分たちは上の者たちが決めたことに唯々諾々と従うしかない。侍が主を決めることができたのは、遥か二百六十年以上も前の話である。

しかし――、藩論がどちらに決するのかは気になる。自分の将来に関わってくるからだった。

「掌返しではなく、機を見るに敏と言うべきだ」重蔵は隼人の言葉に首を振り、メザシの尻尾を持って齧る。

「英国はまともに戦えば負ける相手。ならば手を結ぶ方が得策ではないか。英国は日本の諸藩が束になっても敵わぬ相手だ。だが、御公儀、徳川家は諸大名が束になれば勝てる相手」

「諸大名が束になどなるものか。それぞれが己の藩の損得ばかり考えておろう」

隼人はせせら笑う。

「だからこそ束になるのだ。どちらにつけば得かを考える頭があるならばな。もはや御公儀を選ぶはずは無い。甲府に移った徳川家に味方しても益はない」

「束にしようとしても、足の引っ張り合いをしてまとまらぬ」

「強く引っ張っていく者が、諸大名の『我が我が』という思いを押さえ込む」

「それが徳川家ではないか」

「七十万石の大名に格下げになった徳川家にもはや権威などない。いや、慶喜公が大坂城を逃げ出した時から権威は地に落ちている。だから諸大名の不満を押さえ込めなくなり今の混乱が起きている。そして、今の諸藩に、一つの藩だけで徳川の代わりができる所はない」

「だからこそ、今こそ諸藩が力を合わせ、徳川を支えなければならないのではないか？」

「だからこそと言うならば、だからこそ薩長土肥が諸藩を引っ張るのだ」

重蔵が言うと、隼人は鋭い視線を左馬之介に向けた。

「さっきから黙っておるが、お前はどうなのだ？」

「おれか——」

左馬之介は、益体もない議論に引きずり込まれた不快感に唇を歪める。

ちょうどその時、夜鳴き蕎麦の呼子の音が聞こえた。

左馬之介は「おっ」と言って腰を浮かせ、部屋の隅に置いてある丼を手に取り、日窓に駆け寄って一番下の横木をはずした。

隼人は舌打ちをして、荒々しい手つきで盃に酒を注ぐ。

「蕎麦屋、蕎麦屋」

左馬之介は窓から手を出して、近づいてくる行灯看板に手招きをした。

日窓の下の籠を取り、中に丼と小銭を入れながら、左馬之介は二人の友を振り返る。

「お前たちも食うか?」

その問いに隼人と重蔵は首を振った。

左馬之介は、籠を窓の外に出し、紐を送り出して下に降ろした。

掛け蕎麦を一杯注文すると、夜鳴き蕎麦屋は屋台を降ろして蕎麦を温め、籠の中の銭を取ると、丼を入れた。

左馬之介は籠を揺らさないように引き上げ、蕎麦屋に礼を言って障子を閉める。

呼子の音が遠ざかる。

左馬之介は元の場所に戻って、湯気の立つ蕎麦を啜った。

「それで、お前はどうなのだ?」

隼人は酔眼を左馬之介に向ける。

「うまく逃げたと思ったのだが、駄目だったか」左馬之介は苦笑いした。

「実りのない議論は嫌いだと何度も言うたはずだ」

「好きだ嫌いだなどと言うている時ではあるまい」

隼人が左馬之介の丼を引ったくり、ひと啜りして返した。

「今日も仙台からの早馬が来た」重蔵が言う。

「列藩同盟の伊達さまから答えをせっつかれている。新政府の奥羽鎮撫総督府からの御使者も頻繁においでになる」

「我が藩が板挟みになっていることは分かっているさ」

左馬之介は蕎麦の汁を飲み干して、丼の上に箸を置いた。

藩邸の中では、重蔵、隼人などのような若者のみならず、重臣たちも二人以上集まれば深刻な顔で議論を戦わせるのであった。

東堂藩ばかりではなく、どの藩も同様であったろうが、東堂藩を含めた陸奥国、出羽国の諸藩はよりいっそう深刻であった。

陸奥国の南端にある東堂藩は、仙台藩より同盟に加盟するよう求められている。官軍が大挙して奥羽に押し寄せてきた時、東堂藩を最初の守りとするためだ。

また、東堂藩を味方につけておかなければ、安心して兵らを送り込めない新政府からも恭順するよう圧力をかけられている。

求めに応じなければ攻め込まれる。どちらを選んでも、戦に巻き込まれよう——。

東堂藩士たちは、そういう危機感をひしひしと感じていたのである。

どちらに味方すれば浮かぶ瀬があるか。

「何度も何度も言うておるが、我らが藩論をどうするか頭を悩ませても、意味はあるまい。我らの声など上には届かぬ」

左馬之介の言葉に、隼人と重蔵は視線を逸らし、苛々と盃を口に運ぶ。

「下手渡藩の例もある。列藩同盟につくか、新政府につくかはっきりさせておかなければ、大事になる」

重蔵が言った。

陸奥国下手渡藩は、この年の三月、官軍側につくことにし、藩主が新政府に赴いた。しかし、その隙に国家老が列藩同盟に調印してしまい大混乱に陥った。

「新政府からは許しが出たようだが、伊達さまはたいそうお怒りの様子。いつ攻め込まれるか分かったものではない」

重蔵は腕組みする。

「それくらいは上の方々も分かっておろう。同じ轍は踏むまいよ」

隼人が言った。

「下手渡の国家老はお国のためと考えて勝手なことをしたのだろうが、考えが甘かったな」

　左馬之介は肩をすくめた。

「藩論が新政府につくとなったのだから、従わなければなるまい」重蔵が言う。

「船頭が多ければ舟は山に登ってしまう。そういう時には、自分以外の船頭は切り捨てなければならぬ」

「今の世の中そのものだな」左馬之介は笑う。

「相手が強ければ自分が斬られるぞ」

「それは仕方あるまい」

「ならば、薩長土肥もそのうち斬り合いをするかもな」左馬之介は言った。

「いずれにしろ、お家のため、庶民のためと言いながら、上は勝手に政を運ぶ」

「多くの藩には目安箱があろう」

　隼人が言った。

「ほかの藩は知らぬが」左馬之介は即座に首を振った。

「我が藩で投函（とうかん）された民の声が政に生かされたことがあったか？　民の声に耳を傾ける、訴状を参考にすると口では言うが、それがなされるのは、上の者たちが得をする案が出た時ばかりだ」

「だから、そういう世の中を変えるためにも、新政府につくべきなのだ。徳川が牛耳（ぎゅうじ）っていた世が変わる。光り輝く当来（未来）がやってくるのだ」

重蔵は目を輝かせる。

「どういう世が来るというのだ？」左馬之介は意地悪く言う。

「具体的に言うてみよ」

「それは——」重蔵は困ったように口ごもる。

「おれは学びが足りぬから詳しくは言えぬが、新政府は我らの不満をよく知っておる。だから、それを吸い上げて、必ずや正しい政を行う」

重蔵の言葉を、左馬之介は手で制する。

「下級武士や食い詰めた公家（くげ）らが中心になっておるから、下々の気持ちが分かるというか？　大名には親藩と外様があった。新政府も薩長土肥の者らを優遇しておらぬか？　同じ穴の狢（むじな）さ」

「ならば、お前の理想は？　理想の政を語ってみよ」

隼人は左馬之介に指を突きつける。

「おれは学者ではないから、どのような政がよいかなど分からぬ。もし学者だったとしたら、上のやることに身悶（みもだ）えしていたろうな。『なぜ分からぬ』と。お前たちも分かっておろうが。聞く耳を持たぬ者に話をしても無駄だ。だからおれは、上から命じられた仕事を黙々とするだけ。『分からぬ奴らだ』という苛立ちは腹に仕舞っておく。言うだけ無駄で、言ったらもっと不愉快になる返事が返ってくるだけだろうからだ。新政府につくべきだ、いや、列藩同盟だとおれたちが唾を飛ばして論じても詮方(せんかた)ないこと。決めるのはお偉方だ。おれは、上が決めたことに従う。それが家臣のすべきことだ」

「だから何も考えないというのか？」

重蔵は眉間に皺を寄せる。

「考えないのではない。自分の意に反しても上の言うことには『左様、ごもっとも』と申すしかないのが世の中だと言うている。青臭い議論は、もっと若い奴らに任せておけ。お前たちが熱くなれば酒が不味(まず)くなるし、子供の頃からの仲に罅(ひび)が入るやもしれぬ」

そこで左馬之介は正座をし、二人の友を見た。

「おれは、藩が新政府を選ぶべきか、列藩同盟を選ぶべきかなどということより、どのようなことになってもおれたち三人が友のままでいられるのかということの方が気懸かりだ」

隼人と重蔵は、ばつの悪そうな表情で、一瞬顔を見合わせると、視線を畳の上に落とした。

「まぁ、飲もう、飲もう」

　左馬之介は燗（かん）のついた徳利を鍋から引き上げて、二人の盃に酒を注いだ。

　これでしばらくは不味い酒を飲まずにすみそうだと思いながら、左馬之介は二人の友の顔を見て頷いた。

七

　不味い酒になりかけた酒盛りから数日。左馬之介の思った通り、『新政府か、列藩同盟か』という議論はなく、三人の酒席では、当たり障りのない話題しか出なかった。

　しかし、なにやらぎこちなさのある会話で、座は盛り上がらず、途中で会話が途切れることもしばしばであった。

　その日も、何度目かの沈黙が訪れた時、長屋の入り口を叩く者がいた。

「左馬之介。斎藤（さいとう）だ」

　と声がする。買物方の同輩、斎藤新八郎（しんぱちろう）の声であった。

　階段を下りると、提灯を持った新八郎が三和土（たたき）に立っていた。

　新八郎は三和土に並んだ草履を見て、

「隼人と重蔵もおるな。すぐに集まれとのお達しだ。買物方と呉服方は竹の間。番士は鶴の間だ」

と言うと、外に出た。

左馬之介は鼓動が速まるのを感じた。新八郎の背中に知らせの礼を言うのも忘れ、二階に駆け戻って集合の命令を伝える。

「いよいよ、どちらにするかが決まったな」

隼人は表情を引き締めて立ち上がる。

「うむ」

と立った重蔵の顔は緊張していた。

三人は行灯の火を、提灯に移してから消し、階下に降りた。

※　　※

勤番長屋を出た藩士たちが、ぞくぞくと母屋へ入って行く。いずれも不安そうな顔で「どちらに決まったのだろう」とか、「いずれにしろ戦に加わることになる」とか囁き合っている。

三人は中奥の出入り口から屋敷に入り、掛行灯の明かりがぼんやりと照らす廊下を進んだ。大勢の藩士らが無言で歩いている。聞こえるのは衣擦（きぬず）れと、足音のみ。時々、荒い鼻息が混じった。

鶴の間へ曲がる廊下の手前で三人は立ち止まる。

隼人は唇を引き結んで左馬之介と重蔵に小さく頷き、鶴の間に向かった。

左馬之介と重蔵はその後ろ姿を見送り、廊下を真っ直ぐ進み、竹の間に入った。

三十六畳の広敷には、御用方検使支配の買物方、呉服方、濃物方、旅役方、御銀子方などの頭と手代、二十数名が集まっていた。

正面に御用方検使の倉持主膳が座っていた。頭たちが手代の人数を確かめ、揃ったことを倉持に報告する。

全員が揃ったことを確認すると、倉持はおもむろに口を開いた。

「殿のお言葉を伝える」

倉持の言葉に、御用方検使支配の者たちは一斉に平伏した。

「二百六十年あまりの泰平が続いておった。この事は徳川家の大きな功績であったろう。しかし、慶喜公は道を誤った。誤りは正すべきである。だからこそ、慶喜公は大政を奉還なされた。ならば、我らもそれに従うことが報恩である。東堂藩は新政府に従うこととした」

倉持は言葉を切り、広敷にざわめきが広がる。

不満げな声、安堵の声が漣のように広がって収まり、一同は倉持の次の言葉を待った。

左馬之介は、無難な方向に決まったなと思った。

列藩同盟が成立したとはいえ、奥羽は一枚岩ではない。東堂藩のように同盟に加わらなかった国もあるし、ほかの藩からの圧力で、嫌々加盟した藩もある。新政府と戦う意思が薄い藩から突き崩していけば、列藩同盟は呆気なく瓦解するだろう。

奥羽列藩同盟は、できあがった時点ですでに死に体なのだ。

そうなれば降伏謝罪しても、転封、減封は必至。侍の多くが浪々の身となる。

新政府に与していれば、仕える相手が徳川から新政府に変わるだけ。戦が終われば、今までとたいして違わぬ暮らしが戻る。

戦で功を上げれば、今までよりもいい暮らしができるかもしれないが、左馬之介はそれを望んではいない。

「泰平が続いたことにより」倉持は言葉を続けた。

「我らは戦を知らぬ。日々、鍛錬は怠っておらぬと思うが実際に敵との命のやり取りを経験した者はほとんどおらぬ。であるから、戦を学ばねばならぬ。番士ばかりではなく、東堂藩士すべてが新政府の兵となって戦う覚悟をせよ」

そういうことであれば、命あっての物種だ、と左馬之助は思った。身を守りつつ、卑怯者と言われぬ程度の働きをすればいい。

奥羽の侍と戦うことは気が引けるが、今や大砲や鉄砲の時代。面と向かって刃を打ち合うことなど少なかろう。遠くから鉄砲で撃ち殺すのであれば、罪悪感も少ないはずだ。

江戸の兵を奥羽へ動かすまでにはまだ間がある。国許の侍たちが戦に駆り出されるのは気の毒だが、まずは現地の者たちの闘いになるだろう。

江戸の兵が動く前に、劣勢を悟り列藩同盟が降伏すればさらに好都合。戦わずにすむやもしれぬ——。

倉持の話は続く。

「徳川家が甲府にお移りになられたというのに、未だ上野寛永寺の辺りにたむろする不逞の浪人たちがいる。近々、その討伐が行われるので、東堂藩はそれに加わることにした」

寛永寺の辺りにたむろする浪人——。彰義隊のことであると誰もが知っていた。

鳥羽・伏見の戦の敗戦後、江戸へ逃げ帰った徳川慶喜は、新政府に恭順の意を表すために寛永寺に蟄居した。その復権と助命を目的として旗本ら有志が結成した武装集団が彰義隊である。

懐具合のいい者たちは浅葱色の羽織や白い義経袴、講武所風の髪型に揃えて町を闊歩した。吉原の女郎らが「情夫にするなら彰義隊」ともてはやしているという噂も聞こえていた。

　しかし彰義隊は、彼らの姿に憧れた町人や、世間に不満を持つ侠客なども受け入れたので、数ばかりが膨れあがっていった。

　旧幕府側は、彰義隊が新政府に〈新政府に対抗するための旧幕の軍隊〉と判断されることを恐れた。そして彰義隊に江戸市中取締という役目を与えていたが、開城から一月ほどで、新政府より彰義隊の市中取締の役目が解かれた。しかし、彰義隊は命令を聞き入れず、武装解除させようとする官軍の兵を襲撃する事件が上野周辺で頻発していた。新政府軍の兵の袖章を奪うことを「錦布を獲った」と称して自慢し合っている。

　江戸で戦うのか――。

　左馬之介だけではなく、広敷に集まった者たち全員が驚き小さな声を上げ、互いに顔を見合わせた。

　隣の重蔵は、目を輝かせて左馬之介に大きく頷いた。

「東堂藩士は既存の隊に編入されることとする。隊長の言葉は殿の言葉と思い、しっかりと勤めること。東堂武者の力を見せつける好機と心得よ」

　倉持がそう締めると、重蔵を含め、腕に覚えのある数名が力強く「応っ」と声を上げた。

※　※

左馬之介と重蔵は長屋に戻り、酒盛りの続きをした。

「戦えるのう。やっと剣の腕を振るえる」

重蔵は嬉しそうに盃を干す。

「人殺しを嬉しそうに言うな」左馬之介はしかめっ面をした。

「こちらがやられるかもしれんのだぞ」

「それでも侍か」重蔵は揶揄するように笑った。

「新しい世を作るための戦だぞ」

「隼人が言っていた事にも一理ある。新政府は食い詰め者の寄せ集め。今まで虐げられていた不満を爆発させているだけのような気がする」

「だから、誰かを虐げるような世を作っていた幕府を倒したのだ」

「一時は朝敵となった長州を許したのに、会津は許そうとしないというような矛盾もある」

「それは――」

と重蔵は口ごもる。

「長州を仲間にしておかなければ都合が悪かったから許したのだろう。会津は、新政府に逆らえばこうなると、見せしめのために叩いておかなければならないと考えているのだ。だが、それでは地回りのやり口と同じではないか」

左馬之介が言った時、出入り口の戸が開き、階段を登ってくる音がした。

隼人が来たのだと分かり、左馬之介は口を閉じた。重蔵は居心地悪げに身じろぎをする。

隼人が座敷に入ってきた。自分の膳の前に座る。その顔が青ざめ、強張(こわば)っていたので左馬之介と重蔵はかける言葉を探した。

「新政府に従うではなく、軍門に下ったと言えばよいのだ。戦う前から負けを認めて降伏した」

隼人がぼそりと呟く。

「仕方がなかろう」

重蔵が言うと、隼人はゆっくりとそちらに顔を向けた。

「仕方がなかろう」重蔵は繰り返した。

「上が決めたことだ」

「確かに上が決めたことだ。おれが決めたことではない」

「お前」左馬之介は眉根を寄せる。

「馬鹿なことを考えているのではあるまいな」

「鶴田藩の事は知っておろう」

隼人は左馬之介を見る。

「やめておけ」

　左馬之介は強く言った。

「浜田の地は長州に盗(と)られたまま。しかし、そのお咎(とが)めはない。それが脱藩の理由だという話がある。また、新政府が江戸詰(えどづめ)の者は国許へ帰すようにという命令を出した。だが、鶴田藩には全員の路銀を出すだけの余裕がなく、恥を忍んで窮状を訴えたが認められなかった。それが理由であるという者もいる」

　隼人は言葉を切って重蔵を見る。

「重蔵。新政府のやっていることはでたらめだ。行き当たりばったり。泥棒を捕らえてから縄を綯(な)うようなことばかりやっている。まずは幕府を倒そう。後のことはそれから考えればよい。そういう馬鹿者ばかりの新政府には従えない」

　隼人は立ち上がった。

「待て、隼人」

　左馬之介は隼人の袴を摑んだ。

「お前が彰義隊に入れば、我らはお前と戦わなければならなくなるのだぞ。おれたちはお前を斬りたくない」

「官軍が勝つことを前提にものを言うな」隼人は寂しげな笑みを浮かべた。

「おれはお前たちを斬れる」

重蔵は中腰になって、たばさんだ殿中差の鯉口を切った。

隼人も身構えた。

「やめろ、やめろ、二人とも！」

左馬之介は二人の間に割ってはいる。

「新政府の中には脱藩した者も多い。上野の御山の連中も同様だ。己の考えの基に動いた者たちだ。おれも己の考えで動く」

「国許の家族、親族に迷惑がかかるぞ」

左馬之介は隼人の襟を摑んで揺する。

世の中が騒がしくなる前、脱藩は出奔の罪で、家名断絶、本人は死刑とされることもあった。東堂藩でもそのように処してきたが、尊皇攘夷の気運が高まり、脱藩する者の数が増えてくると、黙認するようになった。

それでも、周囲から家族への非難はあり、息子の脱藩の詫びをせねばと、祖先の墓前で腹を切った父親もいた。

隼人の父は大組番頭であった。有事の際に本陣の前後を固める役目の番頭である。武張った人であるから、隼人の出奔を聞けば腹を切るかもしれない。

「承知の上、覚悟の上だ」

隼人は左馬之介の手を振り払って後ずさり、充分間合いを取った後、くるりと背を向けて階段を駆け下りた。

「隼人！」

重蔵は後を追おうとしたが、左馬之介が引き留める。

「無駄だ。追えば藩邸内での斬り合いになる。隼人は強いが、もっと手練れの番士もいるし、三、四人の番士に囲まれたら隼人は斬られる」

「しかし……。隼人の番頭さまにお知らせ申さねば」

「いや。隼人はおれたちと夜中まで酒を飲んでいた。藩は列藩同盟に加わるべきと常々申しておったから、ずいぶん気落ちしていた。しかし、藩の決したことには従わねばならぬと説得した。隼人は納得して帰っていった。そういうことにしよう。明日、誰か『隼人が消えた』と騒ぎ出すまで知らぬ振りをしておくのだ」

「出奔を見逃すのか？」

重蔵は左馬之介を睨む。

「友が目の前で斬り捨てられるのを見たいのか？」

左馬之介は睨み返す。

「うむ……」

重蔵の体から力が抜けた。

八

翌朝、番士の長屋から騒ぎが起こった。

柳沼隼人の姿が消えた。

数組の江戸詰大組番士を束ねる長である大組頭のもとに各組の頭、大組番頭が集まり、状況の確認をした。

隼人は、昨夜の大組頭からの話の後、ずいぶん塞ぎ込んでいた。佐幕の男であったから、藩が新政府に与することになり、出奔したに違いない。そういうことになり、仲の良かった八田左馬之介と今野重蔵が行き先の手掛かりを知っているかもしれないということで、大組番頭がそれぞれの長屋を訪ねた。

左馬之介の所に来たのは、隼人の直属の上役である大組番頭の石塚又左衛門（いしづかまたざえもん）であった。自分の隊から脱藩者を出したのが腹立たしいのであろう、不機嫌そうな表情であった。

一階の座敷に誘（いざな）うと、石塚は「ここでよい」と、三和土に立ったまま訊いた。

「柳沼の行き先を知らぬか？」

「隼人がどうかいたしましたか？」

左馬之介は疑われぬよう気をつけながら聞き返した。

「姿が見えぬ。出奔したのではないかと考えている」

「出奔……。昨日の殿からの命が原因でしょうか。隼人は盛んに列藩同盟に加盟すべきだと申しておりましたから」

「うむ。おそらくそうであろう。行き先に心当たりはないか？」

「何も申しておりませんでしたが、国許に戻るか、会津へ向かうか——」

「あるいは、上野へ走ったか、か」

石塚は腕組みした。

「彰義隊に加わったとお考えですか？」

「彰義隊は、脱藩した浪士や博打打ち、ならず者など見境無く駒を集めておるからな。新政府に反抗することが目的なら、彰義隊に入るのが手っ取り早い」

「どのようになさるおつもりで？」

左馬之介は石塚の顔を覗き込む。

「正式にお裁きをしている暇はない。いずれ戦の場でまみえることになるかもしれん。その時に斬り捨てればよい」石塚は苦い顔をした。

「万が一、柳沼が訪ねて来たならば、捕らえよ。手向かったなら斬れ」

「隼人は手練れでございますゆえ、それがしには荷が重うございます」

左馬之介は後ろ首を掻く。

「ならば、隙を見て番士に知らせるだけでもよい。隙も見つけられなければ、立ち去った後、すぐに知らせよ」

「承知いたしました」

左馬之介は頭を下げた。

石塚が何かぶつぶつと言いながら立ち去ると、その様子を見ていたのか、重蔵が三和土に入ってきた。

「何と言われた？」

重蔵が二階の階段に足をかけながら訊いた。

「万が一、隼人が現れたら捕らえよと。斬り捨ててもいいが、できなければ立ち去ったらすぐに知らせよと」

左馬之介は重蔵の後について二階に上がる。

「こっちも同じだ」重蔵は座って顎を撫でる。

「どうする？」

「どうするったって、言われたようにするしかあるまい」

左馬之介は重蔵に向かい合って座る。

「上野へ行って隼人を見つけ出し、連れ戻すのはどうだ？」

重蔵は左馬之介に顔を近づけて言った。

「馬鹿を言え。彰義隊がうようよしている。官軍の兵らでさえ酷い目にあっていると聞く。おれたちが行ったって、すぐに袋叩きだ。下手をすれば斬り殺される。だいいち、隼人が上野にいるかどうかも分からぬ。いたとしても、上野、寛永寺のどこにいるのか。行き当たりばったりでは命を捨てに行くようなものだ」

「助けることは無理か」

重蔵は溜息をつく。

「おれたちが行っても、隼人は助けが来たとは思うまい。万が一、見つけだせたとしても『邪魔をするな』と怒鳴られるだけだ」

「斬りかかってくるかもしれぬな」

「そういうことだ。もはやどうすることもできぬ。隼人の好きなようにさせるしかない」

それに、と左馬之介は思った。

この戦、新政府が勝つとは限らない——。

その言葉は口にせずに飲み込んだ。

※　※

柳沼隼人は、寛永寺に近い下谷町二丁目の空き家で一夜を過ごした。寛永寺周辺は空き家が目立っている。彰義隊が移ってきてから少しずつ引っ越す者が増え、官軍との小競り合いが始まるとそれは加速した。

隼人が隠れたのは長屋で、住人は一人もいなかった。

空が明るくなったのを見計らって、隼人は打裂羽織に馬袴という旅装束に風呂敷包みを担ぎ、長屋を出た。いつもなら夜明け前から動き始める町は、静まりかえっている。

小路から黒門前の広場を窺う。

左に忍川に架かる三枚橋が見え、その向こう側、下谷広小路は棒手振の姿も見えない。

右は寛永寺の鬱蒼とした小山である。周囲は竹の柵で囲まれていた。麓に建つ黒門の前に数人の鎧に烏帽子の侍が立っている。後ろに小者が何人か控えているのが見えた。

黒門は閉じられ、向こう側に土を詰めた俵が積まれている。兵が担いでいるのであろう鉄砲の筒先がその向こうを動き回っていた。

黒門はしっかり守っていても、寛永寺の山を柵で囲んだきりで、外の小路や空き家はほったらかしである。杜撰な守りといえた。こんなことで官軍の攻撃を防げるのだろうかと思いながら、隼人は小路を出て黒門へ向かった。

すぐに侍の一人が隼人に気づき、「何者だ！」と声を上げ、腰の刀の柄を握った。

「怪しい者ではございませぬ。陸奥国東堂藩藩士、柳沼隼人と申す者でございます。彰義隊に加えていただきたく、藩邸を出奔して参りました」

隼人は立ち止まって返した。

「奥羽の諸藩は列藩同盟を打ち立てたと聞く。東堂藩はどちらにつく？」

侍の一人が訊いた。

「残念ながら、新政府に与することに決しました」

「なるほど、それで出奔したか。見上げた心がけだ。それで、彰義隊に知り合いはおるか？」

「いえ。しかし、鶴田藩から彰義隊に入った方々にいたく感心しております」

「鶴田藩の者らか。ならば純忠隊だな」

侍たちは集まって何事か相談し、小者に顎で指図した。

控えていた小者の一人が駆け出し、左手の新黒門の方へ向かった。新黒門もまた閉じられ、土俵で塞がれていた。

小者が何か叫んだ。門の潜り戸が開いて、小袖に鬱金色の襷をかけ、小倉袴を着けた侍が出てきて、小者と一緒にこちらに駆けて来る。

「東堂藩を脱藩してきたって？」

　新黒門から駆け出してきた侍が言った。隼人より少し年上、二十代半ばに見えた。小袖の襟の合わせ目から鎖帷子がのぞいていた。袴の股立ちを取った脛には鎧の脛当て。手には小手を着けている。

「はい。彰義隊に入れていただきたいと思い」

　隼人は侍に一礼する。

「判断は竹中さまにお任せする」

　黒門前の侍が言うと、若侍は頷いた。

「竹中さまとは竹中重固さま。お旗本だ。丹後守さまとか丹後さまと呼ぶ者もいる。純忠隊の隊長だ――。そなた、鶴田藩の脱藩藩士に触発されたとか」

「はい。東堂藩が新政府につくことを決めまして。それで、鶴田藩の皆さまのことを思い出し、脱藩して参りました」

「そりゃあ、悪いことをしたな」若侍は苦笑する。

「おれは、元鶴田藩士、妹尾勝衛。おれと同じ襷をかけているのが元鶴田藩士だ。お前は？」

「申し遅れました。元東堂藩士、柳沼隼人です」

「脱藩した鶴田藩士は純忠隊に世話になっている。純忠隊は彰義隊を支援する隊だが、それでもよければ竹中さまに引き合わせる」

「よろしくお願いいたします」

隼人が慇懃に頭を下げると、妹尾は「ついてこい」と言って歩き出す。

「官軍は近々寛永寺を攻めるつもりのようでございます」

隼人は妹尾の後ろを歩きながら言う。

「誰から聞いた？」

妹尾は隼人を振り返る。

「上役が申しておりました。東堂藩は雄藩のいずれかの部隊に配属され、寛永寺攻めに加わると」

「ないない」妹尾は顔の前で手を振る。

「寛永寺の貫主は輪王寺宮さまだ。宮さまに向けて鉄砲を撃ってみよ、長州藩の二の舞。逆賊とされよう」

輪王寺宮とは、寛永寺貫主の通称である。現在の貫主は輪王寺宮公現法親王。皇族である。

徳川慶喜の願いを受けて、新政府の東征大総督である有栖川宮熾仁親王に、慶喜の助命と、東征の中止を嘆願した人物である。

父の伏見宮邦家親王や有栖川宮に京都へ帰るよう説得されたが、それを一蹴して寛永寺に戻っていた。

旧幕側が輪王寺宮を天皇として擁立するのではないかという噂も流れている。官軍は寛永寺を攻めないというのは、そういう目論みがあってのことかもしれないと隼人は思った。しかし、輪王寺宮は未だ親王であり、天皇ではないのだ。新政府はその気になれば天皇から、輪王寺宮に対して、追討の宣旨を受けることもできるのではないか。

「左様でございましょうか……」

隼人は小さく首を傾げた。

「まぁ、彰義隊の天野(あまの)さまが仰せられていたことの受け売りだがな」

天野さまとは、天野八郎(はちろう)。彰義隊の頭取(とうどり)、指揮官である。

寛永寺には、彰義隊を中心に、多くの隊が立て籠もっていた。しかし、彰義隊は諸隊に号令する指揮権はもっておらず、それぞれが独自の指揮系統で動いていた。

「それにしても、守りが脆弱(ぜいじゃく)であるように思えます」

「輪王寺宮さまが御座(おわ)すと言うたではないか。官軍は本気で攻めて来ることはない。それに天野さまは、いずれ江戸に残る旗本ばかりでなく会津の兵も駆けつけて来ると考えているようだ」

妹尾は立ち止まって隼人に歩み寄り、微笑んで肩を叩いた。

「上役は、お前たちを奮起させるために寛永寺を攻めると言うたのだろうよ」

「そうかもしれませんね」

　隼人は妹尾と共に新黒門の潜り戸を抜ける。土塁の向こう側には妹尾と同じ鬱金色の襷をかけた者たち十人ほどが、思い思いの格好で椀（わん）の雑炊を啜っていた。傍らにゲベール銃や火縄銃を置いている者もいた。その侍の腰には革製の弾薬入れがぶら下がっている。

　町で見かける官軍の軍装に比べると、ずいぶん古くさく見えた。

　これで官軍と戦えるのだろうか――。

　隼人の不安はさらに高まった。

　この装備では町を警邏（けいら）している兵を闇討ちすることはできるだろうが、戦となれば話は別だ。

「妹尾さまはなぜ脱藩なさったのです？」

「鶴田藩は以前、浜田藩といった」

「存じております。浜田のお城を長州に焼かれ、やむなく脱出したのだとか。今でも浜田藩領は長州に占領されていると聞いています」

「そうだ。そういう状況であるのに鶴田藩は新政府に与することになった。それが脱藩の大きな理由ではあるが、御山に籠もる理由は別にある」

「それは何でございます？」

「鶴田のお城を焼いたのは誰であるか知っているか？」

「いえ。誰でございます？」

「大村益次郎だよ」

妹尾は苦々しい顔で言った。

「官軍の軍防事務局判事でございますか？」

「そうだ。彰義隊を殲滅すると息巻いているらしい。御山は、大村に意趣返しをする最良の場所だとは思わないか」

「なるほど――」

妹尾には、新政府に抗するはっきりした理由があるのか。隼人は、自分が脱落した理由がなにか薄っぺらなもののように感じられた。そして、己自身に対する不安が意識の表層に浮かび上がった。

隼人は妹尾の横に並び、小声で訊いた。

「人を斬ったことがおありで？」

「なぜだ？」

妹尾は隼人に顔を向ける。

「わたしはまだ人を斬ったことがございません。いざとなったとき、尻込みして体が動かなくなったら足手まといになるのではないかと心配なのです」

「おれもそうだった」妹尾は隼人の耳元に口を寄せて言った。

「だが、敵兵を何人か夜討ちすれば度胸がつく。ただ、気をつけなければならぬのは、一太刀で命を奪うのは難しいということだ。相手は血まみれで逃げていくか、反撃してくるか、いずれにしてもとどめを刺すのが難儀だ」

「反撃してきますか」

「ああ。向こうも必死だからな。刀を振り回して襲ってくる」

「そういう時はどうするのです？」

「向こうは手負いだから隙ができる。そこを狙って斬ったり突いたりするが、急所に当たらなければ、こやつは不死身かと思うほどに死なぬ」

「まずは急所を狙った方がいいのですね」

「首とか頭とかだな。心の臓を狙っても、こういうやつを着けていたりするから刃こぼれする」妹尾は胸元の鎖帷子を指差した。

「後ろから近寄って膝裏を斬り、動きを封じてから首を落とすとか」

「後ろから襲うのですか？」

隼人は眉をひそめる。

「卑怯などと言っている場合ではないぞ。一人でも敵の数を減らさなければならないし、寛永寺に籠もっている敵は恐ろしいという思いを相手に植えつけねばならぬ」

道は大きく左に曲がる。さらに進むと真っ直ぐな道の右に寺院がずらりと並んでいた。

「ここは下寺通り。純忠隊は、さっきくぐった新黒門と、この通りにある車坂門、屏風坂門、坂下門の守備に当たっている。この辺りの寺は純忠隊のほか、青羽織りを着ているから菜っ葉隊とも呼ばれる旭隊、関宿藩脱藩浪士の卍隊、高田藩脱藩浪士の神木隊が屯所にしている。ちなみに、純忠隊は色々な藩から脱藩してきた者がいる、いわばごった煮隊だ」

妹尾は寺を指差しながら言い、笑う。

門に通じる小路の入り口に数人の侍の姿があった。胴丸鎧姿や、妹尾と同じ鬱金色の襷の侍が入り交じっている。道端の所々には胸墻にするのであろう、畳が積み上げられている。竹で作った柵や、鉄砲の弾を防ぐための竹束が置かれているのも散見された。輪王寺宮が御座すから官軍は攻めてこないとたかをくくっているからか、防備としてはすこぶる頼りないものである。

左側は木々の生い茂る斜面で、頂上には木の間隠れに山王社の屋根が見えた。

「竹中さまからお許しが出たら、装備を配給する。宿舎が決まったら案内してやろう」

妹尾は車坂門手前の顕性院という寺に入った。隼人もその後に続き境内に足を踏み入れた。

九

隼人が出奔した翌日。東堂藩邸の侍たちのほとんどに官軍の制服が支給された。洋式の黒い上着とズボンは、旧幕府軍の制服とよく似ていて、白兵戦になれば敵味方が分かりづらいなと、藩士たちは眉をひそめた。

服を渡されなかったのは、年寄りや剣術指南役から役に立たないと断じられた者たちで、藩邸の片づけをした後に国許へ帰るよう命令された。

東堂藩は薩摩と肥後（ひご）の軍に編入されることになった。戦の経験も、西洋式の軍隊の訓練も受けたことのない者たちを一つの部隊にしても役に立たない。役に立たない兵は分散して鍛える方がいいという判断のようだった。

買物方ら御用方検使支配の者たちは薩摩軍の各隊に配属された。

薩摩と肥後の兵が藩邸を訪れ、官軍に加わる東堂藩士たちにスナイドル銃を渡し、数日かけてその使い方を指南した。

左馬之介は、東堂藩に出入りする商人たちから、隼人を下谷広小路の辺りで見たとか、池之端（いけのはた）仲町で官軍の兵と斬り合っていたとかいう話を聞いた。

すぐにでも行って連れ戻したかったが、官軍から勝手な動きは禁じられていた。これで危険な上野へ行けない理由ができたと、ほっとする自分が心の中にいることに気づいて、左馬之介は唇を噛んだ。

※　※

五月十三日は雨であった。翌日、降りが激しくなり、十四日まで大雨は続いた。

十四日、軍防事務局判事大村益次郎により江戸市中に、「翌十五日に上野の彰義隊を討伐する。危険を避けるために外出を禁止する」という内容の布告がなされた。

雨の中、上野周辺に住む町人たちは家財道具を荷車に積んで逃げ出した。戦になる前に彰義隊が降伏するだろうと家に残る者たちもいた。

大村の布告は御山に籠もる彰義隊ほかの部隊にも伝わり、逃げ出す者多数。三千人から四千人いた兵たちが千人以下に減ったという。

彰義隊は慌てて三枚橋の手前に土を詰めた俵や畳を積み、兵十数名を見張りに立てた。

※　※

十四日の夜、雨が激しく屋根瓦を叩く中、伝令が邸内の長屋を走り、翌朝早くの出陣が伝えられた。

十五日、少し弱まった雨の中、まだ夜が明けぬうちに左馬之介たちは軍服の上に油紙の合羽を羽織り、江戸城大下馬の広場に向かった。制服の腰にはサラシを巻いて、大刀を差していた。

広場には薄闇の中、大勢の兵が蠢いていた。何人いるのか見当もつかなかったが、左馬之介は見たこともないほどの人数であった。集団によって形の違った陣笠を被っているので、藩ごとに集まっているようであった。

広場のあちこちにアームストロング砲や、まさに臼の形をした臼砲、弾薬を積んだ荷車が何台も置かれている。

集合したはいいが、この後どうすればいいか分からない御用方検使支配の者たちが一塊りになって途方に暮れていると、鉄砲の指南をしてくれた薩摩兵が来て手招きした。左馬之介たちに支給された高さのある三角錐の陣笠を被っていた。

小走りにその後について行くと、四個中隊の薩摩藩兵、熊本藩兵五個小隊、鳥取藩兵二個小隊が集まっていた。正面攻撃の部隊である。その後方には大砲が十門余り置かれていた。

そのほかに側面攻撃の部隊や砲撃の部隊などが集団を作っていた。

陣笠や合羽を打つ雨音と、興奮した男たちの荒々しい息の音。誰かが大きな声で指示を出しているようだったが、左馬之介にはよく聞き取れなかった。ただ、黒門への正面攻撃と、背面の天王寺、谷中門方向からの攻撃、不忍池の西側、各藩邸からの砲撃の側面攻撃で攻めるが、根津や三河島方向は開けておくという話だけは聞こえた。

四方を囲んでしまえば窮鼠猫を噛むで、敵は必死になって戦おうとする。しかし、脱出路があることが分かっていれば、徹底抗戦の意欲はどうしても低くなる。自分の身が危うくなれば、留まって戦うよりも脱出することを選択する。

攻城戦の定石であった。

逃げた敵を捕らえるために、五街道の宿場に兵を置いているはずだ。兵略としては上々だなと左馬之介は思った。

噂では、彰義隊らは寛永寺には輪王寺宮が御座すから、新政府は攻めてこられないと豪語しているらしい。だとすれば、油断して守備も甘くなっているだろう。

さほど厳しい戦にはならないかもしれない。

薩摩軍の隊長からはあらかじめ、『戦をしたこともない東堂藩士は、足手まといになるから突入までは余計な手出しをするな』と命じられている。もしかすると戦わずにすむやもしれんな――。

戦などしたくはなかったが、どうしても巻き込まれるのであれば、敵と刃を交えずに終わって欲しい。

左馬之介は体が震えているのを感じた。

武者震いか、雨で体が冷えているのだ。

左馬之介はそう自分を誤魔化した。

法螺貝が鳴って、兵たちが動き出す。

前の方から伝令が来て、「湯島天神辺りに敵が潜伏している。まずそれを殲滅する」と言った。

左馬之介は隣を歩く重蔵を見た。

重蔵もこちらを見ていた。目を見開き、半開きの唇が微かに震えている。これから始まる斬り合いを思い、緊張しているのだ。

「なんだ、怖いのか?」

左馬之介はからかう。その声が震えていて驚いた。

「お前こそ。酷い顔をしているぞ」

重蔵に言われて、左馬之介は両手で顔をごしごし擦った。おれも重蔵と同じ表情をしていたのか——。

正面攻撃の部隊は、徳島藩の警戒部隊に見送られて水道橋を経由し、湯島へ向かった。

だが、誤報であったか、すでに散開してしまったのか、彰義隊の姿はなく、隊はおよそ四町(約四四〇メートル)ほど東の上野へ進んだ。

町屋は蔀戸や雨戸を閉め切り、道に人の姿はない。水溜まりに雨の波紋が散るばかりである。

あちこちの二階の雨戸が少し開いていて、部隊の行進を見下ろしているのが分かった。

物音がしたので小路の奥を見ると、町人が慌てた様子で荷車に荷物を積んで筵をかけているのが見えた。

もっと早く逃げ出せばいいものを——。

左馬之介は町人たちの読みの甘さに、鼻に皺を寄せた。

新政府と旧幕に与する者らの戦は、読売（瓦版）を読んでいればおおよそ分かる。誤報や思いこみによる記事も多かったが、時に驚くほど正確な情報が載っていることもあった。

江戸で戦は起こらない。町人たちはそう思いこんでいたのかもしれない。あるいは、官軍が江戸を火の海にするという噂が何度も流れ、そのたびに騙されていたので、もう慣れっこになってしまったのかもしれない。だから、実際に何かが起こるまでは動かない者も多いのだ。

だが、それは侍も同じかもしれない——。

東堂藩はぎりぎりまで列藩同盟につくか、新政府につくか決めかねていた。

左馬之介は苦い顔をした。

藩や町人は不甲斐ない。では、自分はどうなのだ？

重蔵は新政府に与するべきだと主張した。

隼人は奥羽列藩同盟に加盟すべきだと言った。

自分は、藩が決めたとおりにすればいいと思っていた――。

隼人は、藩が新政府につくと決めた日に脱藩した。もし、藩が列藩同盟につくと決していれば、重蔵が脱藩していただろう。

自分は、どっちに転んでもいい道を選んだ。

それは不甲斐なくはないのか？

いや、それも一つの生き方だ。

多くの者たちが、そういう生き方をしているではないか。自分の思いを殺し、周りに迎合しなければ、集団の中で孤立してしまう。

我を通そうとすれば皆に嫌われる。

嫌われれば仕事もうまく進まない。

だいいち、侍は君命に従わなければならない。おれの生き方は正しい。

だが、その主君を、おれは心の中で優柔不断だと非難したのではなかったか？

口に出したわけではない。誰でも上の者に不満をもつではないか。上役でも主君でも同じ事。心の中で不満をもつのは、侍でも町人でも、誰でもあることではないか。

おれは、大人の生き方を歩んでいるだけだ。

世の中の大勢の大人と同じ生き方。

その他大勢――。

その他大勢の一人のくせに、大所高所に立っているつもりになって、その他大勢を批判している――。

一番不甲斐ないのはおれではないか。

その思いに、左馬之介は愕然(がくぜん)とした。

その他大勢の一人になろうとせず、潔く脱藩した隼人。隼人は今、どうしているだろう?

晴れ晴れとした気持ちで、官軍が攻めてくるのを待ち構えているだろうか?

昨日、大村さまが、宣戦を布告した後、寛永寺から大勢の兵が逃げ出したという。四千人から千人以下にまで減ったらしいという話も聞いた。

まさか、その中にはいないだろうが、できれば逃げていて欲しい。

万が一にも隼人と斬り合いをしたくない。

行進が止まった。

前方に上野の御山が聳えているのが見えた。麓にあるはずの黒門は、前方に並んだ薩摩兵の陣笠が邪魔で見えない。

まだ三枚橋を渡っていないが——。そうか。三枚橋を敵が塞いでいるのだな。

左馬之介は銃を肩から降ろし、いつでも撃てるように胸の前で横に抱えた。

お互いに射程に入っていないのか、まだ銃声は聞こえない。

突然、近くに雷が落ちたような轟音(ごうおん)が轟(とどろ)いた。東堂藩兵たちのほとんどが、驚いて身を竦(すく)めた。中にはしゃがみ込む者もいた。

左馬之介と重蔵は天を仰ぐ。雷が落ちそうな黒雲ではなく、明るい灰色の空から雨が降り続けている。

再び轟音。立て続けに二度、三度と続いた。

火薬の臭いがする煙が流れてきた。東堂藩士たちはやっとその轟音が大砲の砲声だと分かった。東堂藩でも砲の演習は行われていたが、遠くから砲声を聞いたことはあっても、間近で聞くのは初めての者が多かった。

薩摩兵が前進した。

動きが始まると、前方の様子が見えた。

三枚橋の向こう側に、俵と畳の胸墻が横たわっている。その所々が壊れている。大勢の敵兵が黒門の方へ逃げていく。古くさい胴丸鎧を着ている者や、官軍の制服によく似た、旧幕の黒い洋式軍服を着る者、ズボンに羽織を着た者、小袖と袴に襷掛けの者——。

我先に黒門の潜り戸に殺到し、門前は大混乱となっている。

薩摩兵は残存した胸墻まで走り、幾つもの列を作って並ぶ。そして銃を撃ちかける。一列が撃ち終えると後方に下がり、弾を装塡する。その間に二列目、三列目が撃ち、胸墻からの銃撃は途切れない。

敵兵は次々に倒れ、生き残った者は黒門の中に逃げ込んだ。

薩摩兵が胸墻後方や、建物などの陰に押し寄せて攻撃態勢を整えた。

薩摩藩兵が前線を占めたため、熊本藩、鳥取藩の兵たちが展開する余地はなくなった。そこで、両藩の隊は御徒町方向へ進んだ。仲間の後方に回ってしまい、銃撃の位置を確保できなかった薩摩兵もそれに続いた。寺下通りの寺院から彰義隊の支援部隊が銃撃して来た。熊本、鳥取の兵たちは応戦する。

東堂藩兵は迷ったが、正面攻撃の薩摩兵の後ろについた。

薩摩軍と敵軍の銃撃戦、砲撃戦が始まった。

敵の砲撃は黒門とその背後、山王台から行われていた。

三枚橋の遮蔽物と黒門の間に、着弾の泥水柱が無数に上がる。時折、砲弾が大きく土を飛ばした。

黒門に置かれた三門の四斤山砲が火を噴き、胸墻近くで泥を撥ね上げ、薩摩兵が身を隠すと、その隙に敵兵が飛び出してきた。しかし、すぐに官軍の銃撃、砲撃を受け、多くの者が死傷した。それが数回続き、ついに敵兵は突撃を諦めた様子だった。

銃声、砲声が途切れなく続く。雨は降り続く。

御徒町から回り込んだ熊本兵、鳥取兵が黒門に向けて銃撃を始める。

薩摩兵が悲鳴を上げて仰(の)け反る。仲間が負傷兵を後方へ引きずって行く。空いた銃座に別の兵が入る。

黒門の中の兵たちも、外に倒れている仲間を助けようとするが、降り注ぐ銃弾、正面の薩摩軍の砲撃のために潜り戸を出られない。

兵の数も砲の数も上回っている官軍であったが、山王台からの砲撃と、黒門からの銃撃に阻まれ、戦いは膠着(こうちゃく)状態となった。

北側、天王寺、谷中門の方角からも銃声、砲声が響く。官軍の背面攻撃である。

昼近く、西側、水戸藩邸、加賀(かが)藩邸、高田藩邸などに砲を据えた側面攻撃隊がアームストロング砲を放った。

御山と藩邸の間には不忍池があり、最初、砲弾は池に水柱を上げていた。しかし、徐々に飛距離を伸ばし、山内の木々の間に砲弾が吸い込まれて行く。

爆発音と共に、材木や瓦が宙に舞うのが見えた。木々の上に煙が立ち上る。幾つかの建物が燃えているようだった。

池之端方向から合流した肥後兵、因州(いんしゅう)兵も御徒町の薩摩兵に加わり、黒門を側面から攻撃する。

砲撃、銃撃の音に慣れてきた東堂藩兵は、血が沸き立つような感覚を覚えていた。興奮して、突撃の命令を今か今かと待っている。

左馬之介も、戦いへの血の滾り（たぎ）が、恐れや隼人に対する心配を押しのけている。

正面からの銃撃と、側面からの砲撃、銃撃に、黒門の内側の敵兵たちが浮き足立つ。俵の向こう側で小競り合いが起こっているのが垣間見え（かいまみ）た。逃げ出そうとする兵をとめているのだ。

もうすぐ黒門の守りは破れる。

いよいよ戦の中に飛び込んで行かなければならない。

恐怖はどこかに飛んで行った。

左馬之介の体は熱くなっていた。いつ突撃の命令が出てもいいように、足踏みを始めた。

「ずいぶんやる気を出しているではないか」

隣の重蔵がからかう。

「怖くなった」

左馬之介は答えた。

「祖父さまから聞いたことがある。戦の前にあまり高ぶる兵は猪突猛進（ちょとつもうしん）して真っ先に討たれるんだそうだ。気をつけろよ」

「おう。大丈夫だ」

左馬之介は上の空で足踏みを続ける。

「その時は祖父さまだって戦をしたことはないのに偉そうにと思ったが、今はなんとなく分かる」

右手、下谷二丁目の辺りから立て続けに銃声が響いた。同時に、少しの間、山王台からの砲撃が止んだ。

どうやら鳥取か熊本の兵が、山王台の砲台を狙撃できる場所を見つけたようだ。

再び砲撃が始まるが、すぐに途切れる。

山王台下の斜面をよじ登る、薩摩兵、熊本兵、鳥取兵の姿が見えた。

「砲台を占領する気か」

左馬之介が呟いた。

「うむ。決死隊だな。敵陣に飛び込むとは、すごい勇気だ」

重蔵が唾を飲み込む。

山王台の砲撃が間遠になり、ついに止んだ。

「城下士小銃隊、一番隊、三番隊、突撃!」

号令が響く。

薩摩兵たちが銃を構えて黒門に向かって駆け出す。

黒門からの銃撃。泥濘の地面に着弾して幾つもの水柱が上がる。

一人、二人と敵弾に倒れる。

しかし、薩摩兵たちの足は止まらない。

走りながら銃を撃ち、黒門に到達する。

叫び声を上げながら、薩摩兵らは黒門を破った。

「突撃！」

号令と共に、残っていた薩摩兵は雄叫び(おたけ)びを上げて突進する。

東堂兵もその後に続く。

御徒町から回り込んでいた熊本藩、鳥取藩の兵も黒門へ駆ける。

左馬之介も走る。砲弾で空いた大きな穴や倒れた旧幕軍の兵の死骸を避けながら、全力で駆けた。

陣笠を打つ雨の音よりも、兵たちの雄叫びよりも、自分の心の臓の音が大きく耳の奥に響いていた。

十

官軍が黒門へ突撃する少し前。

柳沼隼人は命令により、熊本藩兵、鳥取藩兵の隙を狙って車坂門を出て、大きく回り込み広小路に面する民家に火を放った。

官軍を混乱させるためであったが、いかんせん、数日来の雨のために、家々は水気をたっぷり含んでいたので、一軒は燃え上がっても隣家に延焼しなかった。

隼人は諦めて車坂門へ戻る。同じ命令で御徒町方向へ走った同輩二人も首を振りながら戻って来た。

車坂門を入って下寺通りに出ると、山王台の斜面を登ろうとしている敵兵を見つけた。すでに多くが斜面に取りついていて、道には三人ほどが残っているだけだった。

「おのれ！」

隼人は銃を構えて撃った。

敵兵一人が倒れる。

二人の兵が慌てて銃を構える。

隼人の仲間二人が銃を撃つ。

一人がくずおれたが、もう一方の弾が仲間を一人倒した。

「くそっ！」

隼人のゲベール銃は、銃口から火薬と弾を込める旧式の銃である。相手は銃身後部から素早く弾込めできるスナイドル銃。こちらは弾込めをしている間に撃たれる。

隼人は銃を捨てて腰の刀を抜いて敵に走る。

同輩も刀を抜く。

足は同輩の方が速く、隼人を追い越した。

敵に斬りかかる同輩が銃声と共に横様に倒れた。

隼人は銃声のした方向を見る。商家の二階に狙撃者がいた。弾込めをしている。

隼人は道でこちらに銃口を向けている兵に走った。

敵は引き金を引く。

空気を切り裂く音をさせて、顔の近くを弾がかすめる。

狙いを外した敵は次の弾の装塡を終えたが、隼人がすぐ近くまで迫っていたので銃を捨て刀を抜いた。

隼人は振り上げた刀で敵を袈裟懸（けさが）けに斬る。すでに数人の新政府兵を闇討ちしていたので、敵を殺すことに迷いも罪悪感もなかった。

倒れた敵からスナイドル銃を奪って商家の二階に狙いを定める。

敵もこちらに狙いを定めていた。

南無三(なむさん)――。

隼人は引き金を引く。

二階の敵が弾(はじ)かれたように倒れた。

連続する銃声を不審に思ったか、町屋の間から新政府兵がばらばらと飛び出して来た。

隼人は斜面を登る敵を追った。

援軍はまだか――。

府内には、新政府に従ったと見せて、反撃の好機を狙っている旗本が大勢いると聞いていた。砲声を聞いてその者たちが寛永寺に駆けつけるのではなかったのか？

怖(お)じ気づいたか。

大義より、己の命が惜しいか。

隼人は歯がみした。

※　※

黒門から続く坂を登ると、すぐに吉祥閣(きっしょうかく)の建物が燃え上がっているのが見えた。

その後ろの釈迦堂(しゃかどう)と阿弥陀堂(あみだどう)を繋(つな)いだ文殊楼(もんじゅろう)、中堂も高く炎と黒い煙を上げている。

地面には大砲の弾で空いた穴が随所にあった。

そして、赤黒い塊が幾つも転がっている。

その一つを見て、左馬之介はどきりとした。

塊には目を見開いた白い顔がくっついていた。

砲弾で砕かれた死体であった。

酷(むご)い――。

左馬之介は目を逸らした。

炎上する中堂の周辺にもそれがあったが、左馬之介はできるだけ見ないように駆けた。

前方から銃声や刃を打ち合わす音、絶叫や怒号が聞こえる。

前を行く薩摩兵と彰義隊が衝突しているのだが、左馬之介の周囲に敵の姿はない。

炎の向こう、本坊の建物の辺りで、東堂藩兵の何人かが敵と戦っている。銃を放り出して刀で打ち合っていた。

さっきまで横にいた重蔵の姿がない。

自分が死体に気を取られている間に先へ行ったか――。

左馬之介は気を取り直し、走り出す。

※　　※

重蔵は吉祥閣の左手にある鐘楼(しょうろう)の陰に人影を見つけて駆け寄る。

鐘楼を回り込んだ時、重蔵を見失った左馬之介が本坊の方へ駆けて行った。

鐘楼脇の松の陰から震える袴が見えていた。

敵だ。怯（おび）えている――。

重蔵は唾を飲み込もうとしたが、口の中は乾ききっていた。

重蔵は丹田（たんでん）に力を込めて、怒鳴った。

「出てこい！」

松の裏に隠れていた敵が、さっと姿を現した。三十前後に見える侍であった。襷掛けをした小袖も股立ちを取った袴も上等な品である。旗本の部屋住（へやずみ）であろうか、日に焼けたこともなさそうな白い顔を歪めて、刀を青眼に構える。その切っ先は大きく震えていた。

恐怖の余り失禁したのだろう、袴の前が濡れていた。

こいつが相手なら勝てる。

重蔵は思った。見逃してやる気はまったくなかった。

ともかく、一人目を斬らなければ。一人斬れば度胸がついて戦を戦い抜ける。そう思った。

重蔵は無言で刀を大上段に構えると、男に向かって駆ける。

男は小さく悲鳴を上げて背中を向け、稲荷（いなり）社へ通じる小径（こみち）へ逃げる。

重蔵は一気に間合いを詰めて、男の背中を袈裟懸けに斬った。

柄を握る掌に、肉を斬り、骨を絶つ感触が伝わって、背筋が寒くなった。返り血が重蔵の顔にかかった。

男は絶叫して仰け反る。断ち切られた小袖の背が一気に赤く染まる。

それでも倒れずによろけながら木立の中に入る。

重蔵はその背中に突きを入れる。切っ先が背中から胸に突き通った。

男は激しく咳(せ)き込む。

重蔵は刀を引いたが、刃は抜けない。

男が膝を突くとその動きに引っ張られて重蔵は平衡を失う。

男の背中に足を置いて、力任せに刀を引っ張った。

男は前のめりに倒れて動かなくなった。

重蔵は男の袴で刃の血糊(ちのり)を拭いた。

東堂兵に追いつくために鐘楼の小径を駆け出す。

※　※

隼人は斜面を駆け上がった。

山王台では、三門の砲の周りで、薩摩兵と関宿藩卍隊が斬り合いをしていた。

薩摩の、剛腕で刃を打ちつけてくる激しい斬り込みに、卍隊は押されていた。

隼人は薩摩兵の背後から斬りつけ、二人、三人と倒して行く。

隼人に気づいた薩摩兵が数人駆け寄せる。

その隙を突いて卍隊が勢いを取り戻し、互角の戦いを繰り広げる。

その時、斜面の下から大勢の声が聞こえた。

隼人は斜面の近くに駆け寄せて覗き見る。

熊本兵、鳥取兵が登って来るのが見えた。

「敵の援軍だ！　砲台は放棄しろ！」

言って隼人は本坊へ向かう坂に駆け出した。

「ここは死守する！」

卍隊士の声が聞こえて、隼人は一旦立ち止まって砲台の方を見た。

斜面を登りきった熊本、鳥取の兵たちが奇声を上げて卍隊に斬りかかった。

隼人は坂を、燃える吉祥閣の方へ走った。

無惨な死体を見て、隼人は立ち止まった。

目を見開き、散らばっている脚を、腕を、胴体、首、臓物を見た。炎に包まれた吉祥閣と文殊楼、中堂の周囲には何人分か分からない肉塊が転がっていた。形をとどめている彰義隊、官軍の兵の死体もあった。

血と、苦いような生臭いような臭い。火薬の、火災の焦げくさい臭いが、隼人の鼻を襲い、思わずその場に嘔吐した。

これからの戦はこうなるのか？

見えない所に砲弾を撃ち込んで、敵を無惨に殺す。打ち砕き、引き裂いて遺族が故人を確認する手掛かりさえなくしてしまう。

砲を撃つ側は、自分が殺す相手の顔を知らない。砲弾に打ち砕かれる方も、自分の命を奪う者の顔を知らない。

人を殺したという実感のないままに人を殺し、自分を殺した相手を知らぬままに体を引き裂かれ、弾き飛ばされる。

これが侍のすることか？

新政府は侍の心を忘れてしまったのか？

いや、彰義隊をはじめ、旧幕に与する者たち、奥羽列藩同盟の諸藩も大砲を擁している。

正々堂々と戦う侍の魂はどこへ行った？

※　　※

燃え上がる吉祥閣の側に、人が立っているのが見えた。股立ちを取った袴と、小袖を襷掛けにしている。敵兵である。重蔵は刀を構える。

返り血に染まった小袖の柄に見覚えがあった。

「隼人！」

重蔵は隼人に駆け寄る。

はっとして重蔵を見た隼人も刀を構える。

二人とも、恐れていたことが現実になってしまったと、体を硬くした。

「戻ってこい！」

わずかの沈黙の後に、先に言葉を発したのは重蔵であった。

「そういうわけにはいかぬ」

隼人は半歩退く。心が揺れていた。

自分の中の、侍という美しい理想が、すでに過去のものであることを目の当たりにして、その理想そのものが幻想であったのかも知れないという思いにかられていたからであった。

だが、その幻影にすがりつかなければ、自分の存在意義を保てないとも感じていた。

目の前にいるのは重蔵ではなく、官軍の兵。かつての友は、今は仇敵。

侍としての自分を保つには、大義によって友を斬らねばならない。

重蔵に恨みはない。藩が新政府を選んだから、おれたちの絆は断ちきられ、別々の大義の下、生きていかなければならなくなった。

藩邸の左馬之介の長屋では『斬る』と言ったが、果たしておれは重蔵を斬れるだろうか――。
隼人は八双に構える。
重蔵は上段。
じりじりと間合いを詰めて行く。
燃えた柱が屋根を支えきれなくなり、吉祥閣が崩れた。
炎を上げる残骸が倒れかかり、二人は横様(よこざま)に駆けてそれを避けた。
黒煙の中に、火の粉が天高く舞い上がる。
重蔵が一気に間合いを詰めてきた。
隼人は上段からの一撃を弾く。
重蔵はいったん退いて、袈裟懸けに斬りつけて来る。
隼人は飛び込んで刃で受ける。
鍔迫(つばぜ)り合い。
隼人と重蔵は至近距離で睨み合う。
二人とも、国許の道場での稽古を思い出していた。
しかし、打ち合っているのは袋竹刀ではなく真剣である。
強く押し合い、二人は後方に跳びさがる。
重蔵が上段に構えた時、その背後、燃えさかる吉祥閣の残骸の裏から人影が飛び出した。
　隼人は思わず「あっ」と言った。

※　　　　　　※

　重蔵は、後ろに誰かいるのだと察した。
　炎の音で足音に気づかなかった――。
　重蔵は右足を軸にして体を回転させる。
　人影がすぐ側まで迫っていた。
　自分の体は敵の太刀筋にある。
　しまったな――。
　思った瞬間に左肩から胸の中央にかけて強い衝撃が走った。
　思わず片膝を突き、自分を斬った者を見上げる。
　見知らぬ男だった。
　険しい形相で、上段の刃を振り下ろして来る。
　重蔵の意識が途切れた。

※　　　　　　※

　隼人は地面に落ちて転がる重蔵の首を見て大きく口を開けた。重蔵の名を呼ぼうとしたが、声が出なかった。

「あまり遅いから迎えに来た」

重蔵の首を落とした男、妹尾勝衛が笑顔で言った。

「危ないところであったな。お前、斬られていたやもしれぬぞ」

と言った妹尾に隼人が駆け寄る。

隼人の目が尋常ではないことに気づいた妹尾は刀を構えようとしたが間に合わなかった。

隼人の刃が妹尾の脳天を割った。

妹尾は膝から崩れ落ち、そのまま後ろに倒れた。

隼人は歯を食いしばり、鼻で荒い息をしながら、倒れた妹尾の首筋を無造作に斬った。

「重蔵の……仇……」

隼人は呟いた。

興奮は潮が引くように去って、体が冷たくなっていく。

隼人は震えながら地面に転がった重蔵の首を見た。見開いた目、口を半開きにした顔からも表情が消え、まるで人形の首のようだった。とんがり帽子の陣笠が何かの冗談のようで滑稽に見えた。

隼人は短く笑った。

それはすぐに止み、「重蔵……」と呟いて首の方へ足を踏み出す。

※　　※

遠くで隼人を呼ぶ重蔵の声が聞こえた気がした。

本坊奥の東漸院まで走り、索敵していた左馬之介は、急いで声の方へ走った。

燃える中堂、崩れ落ちた文殊楼と吉祥閣。そしてその側に佇む人影。襷掛けの小袖と股立ちを取った袴——。彰義隊か？

左馬之介は刀を抜いた。

佇む男の顔に覚えがあった。

その足元に二つの死体。

一つは官軍の制服を着ている。円錐の陣笠を被った首が近くに転がっていた。

さっき、隼人を呼ぶ重蔵の声がした——。

左馬之介は顔を巡らせて重蔵の姿を捜した。

重蔵はいない。

まさか——。

陣笠の首はこちらを向いている。

近づくにつれ、その顔が見えた。

重蔵だった。

「隼人！」

左馬之介が叫ぶ。

左馬之介の脳裏に、酒席で隼人が言い放った言葉が蘇った。

『おれはお前たちを斬れる』

隼人は返り血で真っ赤になった顔を左馬之介に向けた。

「隼人！　お前、何をした！」

絶叫する左馬之介。

隼人は刀を手にしたまま鐘楼堂の方へ走った。林の中に駆け込む。

左馬之介は全速力でそれを追った。

「お前は何をした！　重蔵の命、己の命で贖え！」

下生えを鳴らしながら遠ざかる隼人が、

「おれではない！　おれではないのだ！」

と返す。

「見苦しいぞ、隼人！」左馬之介は泣きながら叫んだ。

「侍らしく生きる道を選んだのなら、腹を切れ！」

返事はなかった。

下生えを踏む音も聞こえない。

左馬之介は立ち止まって耳を澄ます。遠く、戦いの音が聞こえるばかりだった。

もしかすると、逃げるのを諦めてどこかで腹を切ろうとしているのかもしれない。

「腹を切るなら介錯(かいしゃく)してやる！　出てこい！　隼人！」

左馬之介は呼びかけながら隼人を捜した。

腹を切って果てた隼人の死骸が見つかるのではないかとしばらく林の中を走ったが、見つけることはできなかった。

十一

穴稲荷門を破った鳥取兵が山内へ突入した。

背面攻撃の長州藩兵、土佐藩兵、佐賀藩兵、岡山藩兵、尾張(おわり)藩兵などが、多数の彰義隊が籠もる天王寺に攻め込み、火を放った。

大勢の彰義隊員、その支援部隊の兵たちが逃げた。ついには彰義隊を率いていた天野八郎までが逃亡。

しかし、徳川家への報恩のために彰義隊へ入隊した者たちは、絶望的な状況の中でも果敢に戦い、死んでいった。

官軍の兵たちは寛永寺の堂塔へ火を放つ。数日の雨も、大きな炎の前では意味を成さず、次々に類焼し、本坊も燃え上がった。

輪王寺宮は、万が一の用心として用意していた粗末な着物を着て、少数のお供と共に尾久村に落ち延びた。後に品川沖の榎本武揚の艦に移り、奥羽越列藩同盟に迎えられることになる。

※　※

気がつくと、左馬之介は隼人を追って千駄木坂下町まで走っていた。

御山からここまでの間、繰り返し幼い頃の想い出が頭の中に蘇っていた。

どの景色の中にも重蔵と隼人がいた。

友に殺された者と友を殺した者。

左馬之介の想い出の中には、どこを切り取ってもその二人がいるのである。

愛憎の感情が渦巻き、左馬之介は隼人を罵倒し、呪う言葉を叫び続けた。

しかし、想い出の中の隼人は楽しげに笑っている。

隼人を想い出の中から消し去らなければ気が変になる――。

隼人があの場で腹を切っていたら、想い出は汚されずにすんだろう。

誤って友を斬った友。そしてその責を負って腹を切った友。二人の友を失った悲しみに包まれた想い出となったはずだ。

だが、隼人は逃げた。

卑怯な振る舞いに出た。

隼人は三人の想い出を悪夢のようなものに変えてしまった。

「討つ。必ず討つ！」

左馬之介は叫んだ。

外出禁止令が出ているので通りに人影はない。戦禍を恐れて逃げ出したり、家の中で息をひそめているのだろう。

焦げ臭いにおいがするので辺りを見回すと、谷中の方に黒煙が上がっている。寛永寺の煙が見えているのかとも思ったが、方角がずれていた。湯島の方角にも黒煙が見えた。遠く近く、半鐘の音が聞こえている。

敵軍か、あるいは官軍が火を放ったのであろうか。

辺りに漂っているのは、遠くない場所で何かが燃える臭いだ。千駄木にも火が回っているのかもしれない。

すぐ近くで半鐘が鳴った。

目の前の路地から人が飛び出した。

着流しの侍だった。腰に大刀を差し落としている。着物の裾が皺だらけであった。

少し前まで袴をはいていたのだ。

左馬之介と目が合った。

官軍の制服を見て驚いた顔をし、一瞬どうすればいいか逡巡した様子だった。

おそらく、上野の御山から逃げてきて、防具を外し袴を脱いで、彰義隊とは関係のない御家人か旗本を装って逃げ延びようとしているのだ。

男は左馬之介に会釈すると、背を向けて歩き出す。

左馬之介も迷った。

逃がしてやるか、それとも戦うか――。

左馬之介は男の後ろを歩く。

男の歩みが速くなる。すっと右の路地に入った。

このまま知らぬふりをして通り過ぎよう。

江戸から逃げ出そうとしても、宿場には官軍の目が光っている。おれが今、ここで声をかけずともいずれどこかで捕らえられるはずだ。

運がよければどこかへ逃げ延びることができるかもしれない。

左馬之介は知らぬ顔で、男が入り込んだ路地を通り過ぎる。

路地に動くものがあった。

左馬之介は、はっとそちらに顔を向ける。

大上段に刀を振り上げた侍が、必死の形相でこちらに走って来る。

左馬之介は腰を落とし、サラシに差した大刀の鯉口を切る。

恐怖や緊張はあったが、体が勝手に動いていた。

こちらが刀を抜かないのを見て、侍は一気に間合いを詰めて来た。

左馬之介は、相手が刀を振り下ろす瞬間、体を左にずらしつつ、抜刀した。

刀の切っ先が敵の脇腹を深く切り裂いた。

悲鳴を上げて二、三歩歩いた敵は、左馬之介の方に向き直り、刀を構えようとした。

左馬之介は敵の喉に突きを入れる。

刃を抜きながら、左馬之介は返り血を避けて後ろに跳ぶ。

敵は前のめりに倒れた。地面に血が広がっていく。

急に恐怖が膨れあがった。

敵がまだ生きていて、突然立ち上がり反撃してくるのではないか？

左馬之介は悲鳴を上げて、地面に転がる侍の背中を滅多斬りにした。

途中で恐怖に重蔵が殺された怒りが入り交じり、隼人を討てなかった苛立ちもわき上がった。

左馬之介は死体が無惨な姿になってしまったことにはっとした。

自分も、御山の侍たちと同じ事をしている——。

左馬之介は、刀を構えたまま五間（約九メートル）ほども後ずさり、踵を返して走り出した。

血まみれの敵が追って来るのではないかと何度も後ろを振り返った。

※　　※

「重蔵はおれが殺したのではない。おれは重蔵の仇を討った……。重蔵はおれが殺したのではない。おれは重蔵の仇を討った……」

隼人は自分に言い聞かせるように呟く。

いつの間にか駒込片町の辺りまで逃げていた。

小路に入り、長屋の木戸をくぐる。耳を澄ませて様子を窺う。物音一つしない。住人は逃げ出しているらしい。

隼人は奥まで進み、井戸の水を飲み、顔を洗った。着物の返り血にも水をかけてみたが、色は落ちない。

浪人者でも住んでいれば、着物と袴が手に入るだろう。

隼人は長屋の腰高障子を次々に開けた。

家財道具や衣類を運び出している部屋が多かったが、隼人は簞笥にわずかに残された衣類や家財を調べる。しかし、住人は町人ばかりのようだった。

いたしかたなし——。

隼人は男物の着物と帯を盗り、鏡や櫛が残っている部屋に座り込んで、髷を解いた。髱を膨らませた町人風の髪型に結い直す。

血まみれの着物を脱いで、盗んだ着物を着こんだ。

今まで着ていたものをひとまとめにして、刀と共に抱えて外に出た。

惣後架(そうこうか)(共同便所)の脇の芥溜(ごみた)めの前で、隼人は逡巡する。

町人姿で刀を差しているのはおかしい。しかし、武器がなければ心細い。

「いたしかたなし」

隼人は着物と刀を芥の中に埋めようとする手を止めた。

着物だけを芥の底に突っ込み、左手に持った刀をじっと見つめる。

刀は捨てずにここで最後の役割を与えてやろうか。

ここで腹を切って果てる。

だが、なんのために?

ここで腹を切れば、死骸を見つけた官軍は、逃げ切れぬと思って自刃したと判断するだろう。

それは癪(しゃく)だ。

さりとて、東堂藩に戻ることもできぬし、酷たらしい戦に戻るのも嫌だ。北へ走って奥羽列藩同盟に転がり込んだとしても、あのような戦を繰り返すばかり。

無惨な人殺しを平然とするのは、真の侍ではない。

おれ自身だってそうだ。真の侍にはなれそうもない。

「刀を捨てる……」

隼人は呟く。

髪は結い直せばいいし、着物は店で求めればいい。

しかし刀を、町人の出した汚い芥の中に捨てるという行いは……。

「もはや、侍の世ではなくなるのだ」

隼人は溜息と共に呟いた。

刀を芥の底へ押し込んだ。

「侍を捨てる……」

それはいいが、侍を捨ててどこへ行く？

知り合いを頼るわけにもいかぬ。

ともかく、官軍の目が届かぬ場所で一休みしたい。体を休めればいい考えも浮かぶだろう。

大きな決断をしたというのに、随分落ち着いていると、隼人は手についた芥の欠片(かけら)を払いながら小首を傾げた。

ああ――。重蔵の仇を討つことができたからか。もしかするとそれが唯一、侍らしい行動であったかもしれない。

だが、左馬之介はおれが重蔵を斬ったと思いこんでいる。

「何もかもが壊れてしまったな」

隼人は溜息をついて、裾が邪魔にならないように尻端折り(しりはしょ)りして、長屋の木戸を出た。

第二章　韜晦

一

町が燃えていた。池之端仲町である。家々が数日間吸った雨も、炎熱のために蒸気と化し、もうもうとした湯気が途切れると隣家からの火の粉を浴びて燃え上がった。半鐘が鳴り響く中、官軍の兵たちは銃を構えて周囲を警戒している。隠れている彰義隊の残党が炎に追われて飛び出してくるのを待ち構えているのである。

大勢の足音が聞こえ、兵たちはそちらに銃口を向けた。

駆けてきたのは〈わ組〉の纏を担いだ若者を先頭に、鳶口や梯子を担いだ大勢の火消たちであった。

「停まれ！　何をしている！」

兵の一人が怒鳴る。

「見りゃあ分かるだろ。馬鹿じゃねぇのか」

纏持ち、鳶の清三郎が怒鳴り返す。

「馬鹿とはなんだ！」

「馬鹿に馬鹿って言って何が悪い。火消は火を消すのが役目ってのを知らねぇのか？」

「外に出てはならぬという命令を守れ！」

「ふざけんじゃねぇよ。火を消さなきゃ、お江戸中が焼け野原になっちまうぜ」

「炎に炙られた凶賊が逃げ出して来るのを待っているのだ。邪魔だから帰れ！」

「てやんでぇ！　お前ぇたちにゃあ、賊を炙り出す薪にしか見えねぇんだろうな。だったら教えてやるぜ、今、目の前で燃えてるのは、家とか店っていうんだよ！　早く消さなきゃ、おまんまにありつけなくなる奴が増えるんだよ」

「食い物なら、後から炊き出しの握り飯が配られる」

「食い物だけの話じゃねぇ。お前ぇらは上役に尻尾を振ってりゃあ餌をもらえるんだろうが、おれたちゃ、働かなきゃ食っていけねぇんだよ。店がなくなっちゃ、商売ができねぇ」

「尻尾を振るだと……。侍を愚弄するか！」

「公方さまを敵に回した奴が侍風を吹かすんじゃねぇ！」

「どうしても邪魔をするならば、撃つ」

兵たちは銃を構え、火消たちに狙いを定める。

「やれるものならやってみやがれ。火を消そうとしてる火消の兄さん方を殺したら、お前ぇら明日から町中を歩けねぇぜ」

火消たちはずいっと前に出る。

兵たちはその迫力に気圧（けお）されて後ずさる。

纏持ちは、兵たちを睨（にら）みながら後ろの火消たちに手で指示をした。

「さぁ、やるぜ」

「応っ！」

火消たちは近くの家に梯子をかける。

纏持ちは身軽にそれを上り、屋根の上で纏を振った。

屋根の上からは千駄木（せんだぎ）の方で〈れ組〉の纏が振られているのが見えた。

鳶口を持った火消たちは、まだ燃えていない家を壊しはじめる。

この時代の消火は、まだ火が及んでいない家を壊して延焼を防ぐことで行われた。

官軍の兵たちは苦い顔でそれを見つめていた。

※　　※

「あ〜あ、池之端の方も燃えてるよ」

十五歳くらいの娘が、傘を差し天水桶の木枠に座って頬杖をついた。口入屋志摩屋仙左衛門の娘、ときである。

口入屋とは、商家や武家などの奉公人を斡旋、仲介する商売であった。

ときが腰を下ろしているのは、日本橋堀留町の菓子屋の屋根の上である。甍の連なりの向こう側に煙が幾筋も見えている。時折、炎が閃いた。

「清三郎さんたち、ウチが燃える前に消してくれるかな」

「雨が味方してくれりゃあいいがな」

裏庭から屋根に立てかけた梯子を支えている三十歳ほどの男が返す。父の仙左衛門である。肩と顎で傘の柄も支えている。

「池之端も燃えてるのが見えたんならもういい。さっさと降りて来い」

「でもさぁ、心配じゃないか」

ときは頬を膨らませながら池之端の方角で立ち上る煙を見る。

「お前ぇがそんな所で心配してもしなくても、燃える時にゃあ燃えるんだ。いいから降りて来な」

「だって、店がなくなっちゃ商売ができないだろ」

「だから、心配したって火が消えるわけじゃねぇだろうが。それに、口入屋なんてのは品物を売る商売じゃねぇ。台帳と筆さえありゃあなんとかなる。燃えちゃまずい物は運んで来たろうが」

「持って来られないものだってあったよ」

ときは立てた膝に顎を乗せて泣きそうな顔になる。

「なんでぇ。忘れ物をしたかい」

「違うよ。あの家にはおっ母さんとの想い出が染み込んでるじゃないか」

「そういうことかい」

仙左衛門は一度溜息をついて屋根の上の娘を見上げる。

「お前ぇやおれ、おっ母さんを知ってる奴らの心にも染み込んでるだろ。新しい家は、前の家そっくりに建ててやるから、それで勘弁しな」

「うん」

と言いながら、ときはまだ屋根を降りない。

「無明軒さんは、江戸で戦が起こったら、それは日本が庶民中心の国となる手始めだって言ってた。本当にそうなるのかな」

無明軒とは、志摩屋の裏の長屋に住んでいた蘭学者のことである。上野に不逞浪士が集まりだした頃、落ち着くまで国許に逃げると言って江戸を出た。

「あいつの学問は浅ぇから信用するなって言ったろう。たいがいおれの受け売りだ」

仙左衛門は若い頃から学問好きで、仕事の合間に市井の学者を訪ねては色々と学んでいた。

「おそらく仏蘭西(フランス)の戦の話をしてるんだろうが、あれは小金持ちが王さま相手に起こした戦だ。今起こってる戦とは違うよ」

「だって、官軍には、坊主とか町人とか百姓とかも交じってるって聞いたよ」

「手駒として入れてるだけさ、この戦が終わったって、庶民が中心の世の中なんか来るわきゃあない。親分が、徳川(とくがわ)から薩長土肥(さっちょうどひ)に変わるだけの話さ」

「ふーん」

ときは頬を膨らませ、顎を膝の上に乗っけて考え込む。

「いい加減に降りて来ねぇと怒るぜ」

仙左衛門は苛々(いらいら)と言う。

「だったらさぁ、もしかすると日本の国ってずっと庶民が中心の国だったのかもしれないね」

ときは言う。

「どういう意味でぇ?」

「ずっと昔のことは見たわけじゃないけど、今の世の中を見渡してると、わたわたしてるのは侍だけじゃないか。その割を食って庶民はあっちゃ逃げ、こっちゃ逃げしなきゃならなくなってるけど。豊臣(とよとみ)が天下を取った後も、徳川が天下を取った後も、庶民はなんの変わりもなく暮らしてたんじゃないかな。だとすりゃあ、薩長土肥が天下を取ったとしても、庶民はなんの変わりもなく暮らしてくんだろうね」

「まぁ、そういうことだな。だけどよ、たぶん、新政府は色々と狡いことを始めるぜ」

「狡いことってなんだい？」

　ときは父を見下ろす。

「いずれ新政府は小商人や棒手振からも冥加金とか運上金とかを取るって言い出す」

　冥加金とは、商工業や漁業などを営業する者が、幕府や藩からその許可を得たり、保護を受けるために支払う上納金である。運上金は、問屋や市場などの業者団体に科された営業税であった。それらは大店や問屋、地主などが納めるものであり、裏長屋に住むような町人から徴収されることはなかった。

「なんだい、それ？」

　この時代、税収の大半は、国民の八割であったといわれる農民からの年貢であった。

　しかし、それだけで藩の財政がまかなえなくなってくると、御用金とか竈税とか、色々な理由をつけて町人からも税を徴収する藩もあった。

「新政府は西欧諸国に右倣えって姿勢だ。だとすりゃあ、かの国々は万民から平等に税を徴収するって仕組みを作ってるから、新政府も猿真似をするだろうって読みさ」

「その日暮らしの者が多いってのに。新政府が親分になったら、ますます暮らしづらくなるってことじゃないか」

「為政者なんてずうっとそんなもんだよ。庶民のことは二の次だ。自分たちの衣食が足りて、さて庶民にも少しおこぼれを与えようかって気になる。見てろ、今に大名を追い出して空っぽになった屋敷の奪い合いが始まるから。今まで諸藩で冷や飯を食ってた奴らが、でっかい屋敷を手に入れて悦に入る」

「だけど、官軍には町人だって入ってるじゃないか。そういう奴らは町人のことを考えてくれるんじゃないのかい？」

「黄泉戸喫した奴は、黄泉の国の住人になっちまうのさ」

「伊弉諾、伊弉冉の話かい。黄泉の国の食べ物を食べたらもう現世には戻れない。薩長土肥の下でいい思いをした奴は、こっち側には戻ってこないってことか」

「朱に交われば赤くなる。中には染まらねぇ奴もいるだろうが、そういう奴は煙たがられて潰される。古今東西の政なんてそんなもんよ」

「お父っつぁんが将軍だったら、世の中、すこしは変わってたんじゃないのかい？」

「おれなんかが将軍家に生まれてたとしたら、すぐに朱に染まって、こんなこたぁ考えてなかったろうよ」

仙左衛門は笑った。

「日本の当来（未来）は真っ暗じゃねぇか」

ときはぶつぶつ言いながら立ち上がる。

「衣食足りて礼節を知った者が、冷静に当来を考えて国の形を作っていくんなら、もしかしたらいい国ができたかもしれねぇ。だけど、今、旧幕を攻めているのは飢えた獣だ。衣食が足りるのはずっとずっと先。それまでは財を貪るばかりだろうよ」

「ああ、二百六十年衣食が足りていた徳川なら、いい方法を考えついたかもしれないってことかい？」

ときは言うと、片手に傘を持って、梯子を降りてきた。

「三、四十年前から準備してたら、うまくいったかもしれねぇが。今となっちゃあどうしようもねぇな」

「政をする奴は儲からないってことにすりゃあいい。銭にならないけど、国のために働きたいって奴だけを集めればいい政ができるんじゃないかい？」下に降りたときは、父を見上げると、

「いつ建てるんだい？」

と訊いた。

「何を？」

「家を建てる話をしてたろ」

「なんでぇ、せっかく政の話をしてやったのによ。もう仕舞いかい」

「だって結局、庶民が考えたって仕方ないってことだろ」

「西欧諸国に右倣えなら、そのうち入れ札（投票）で政をする奴らを選ぶようになる。そうしたら、おときもその中に入れるかもしれねぇぜ」

「それはいつだい？」

　ときは興味なさそうに訊く。

「百年先かな」

「生きちゃいないよ。なら、家が建つほうがずっと近い。で、いつ建てるんだい？」

「町が落ち着いたらすぐだ。明日、立て札を立てて来な」

　仙左衛門はときの背を押して離れに導いた。

※　※

　桜庭十左衛門は、筆を置いて耳を澄ます。

　文机の上には開いた読本と、半紙が置かれている。紙には今昔物語の一節が記されていた。桜庭の下に通ってくる子供たちのための手本を書いているのだった。

　桜庭は寺子屋師匠を生業とする浪人であった。四十代半ば、髪を総髪に結っている。

「砲声が止んだな」

　桜庭は呟くように言った。

そばで、依頼された仕立物を縫っていた娘のせつは顔を上げて、「気がつきませんでした」と答えた。二十三、四の、整った顔立ちの娘であった。

神田豊島町の裏長屋である。二間続きの比較的広い部屋であった。

新政府からのお触れで外出が禁じられていたから、寺子たちは来ていない。

「彰義隊の皆さまは――」

と言いかけて、せつは唇を噛む。

「おそらく負け戦であったろうな」

桜庭は静かに言って筆を取る。

「正しいことをしている方々が蹂躪されるのは、理不尽でございます」

せつは宙を睨む。布を持つ手に力がこもった。

「彰義隊が正しいことをしているとは思えぬな。新政府の兵を闇討ちしているし、あちこちで火つけや強盗をしているとも聞く」

「火つけや強盗は彰義隊の方々ではないと聞いております」

せつは少しむきになったように言う。

「同じ旧幕の者たちだ。変わり行く世に抗っても仕方がないと気が付かぬ気の毒な者たちだ」

「変えようとしているのは新政府でございましょう。なぜ変えねばならぬのか、わたしには分かりませぬ」

「世の中を変えねば、諸外国に攻め込まれるという大義を言うておるが」桜庭はもう一度筆を置く。

「大元は自分の身の上に対する不満であろうな。このまま徳川の世が続いてはいつまでたってもうだつが上がらぬと思う者らが蜂起した」

「世の中には理(ことわり)というものがございます。それに従っていたからこその、二百六十年の長きにわたる泰平があったのではございませぬか」

「藩の理不尽に唯々諾々(いいだくだく)と従った父を擁護(ようご)してくれるか」

桜庭はせつに微笑を向ける。

「そういうわけではございませぬ」

せつは、はっとしたような表情を浮かべ、縫い物に目を移して針を動かす。

何があったのか分からないが、突然、銅山吟味役であったせつの許婚(いいなずけ)が腹を切った。上役に対する抗議であったらしいという話であった。

父と許婚の父は金山奉行や家老と頻繁に会い、真相を問いただしたらしいが、突っぱねられた。

そして、「幕府の隠密(おんみつ)が城下に入り込んでいるという情報があり、いかような理由があろうとこれ以上、〝病死〟をだすわけにはいかぬ」と家老たちから強く釘(くぎ)を刺された。

せつの許婚の前にも、何人か〝病死〟があった。

父は職を辞し、家を出た。家はせつの弟が継いだ。

せつは父の後を追い、共に江戸で暮らすことになった。

死んだ許婚以外に嫁ぐつもりはなかったし、自分がそばにいることで、いつまでも父に〝責任〟を忘れさせないという目的もあった。

父は、せつに「自分がもっと早く動いていれば、許婚は死ななくてすんだ」と告白していたのだった。

侍ならば、もっと別の道を選ぶことができたはずだとせつは思った。それがどういうものであるのかせつにも分からなかったが、少なくとも、職を辞して家を出るというのは〝逃げ〟としか思えなかった。

いずれ父は侍らしい姿を見せてくれる。

それがせつの思いであった。

「かつて混沌としていた世の中に理を作ったのは徳川家であった。これからの理は雄藩の者らが作るだろう」

「新政府など、利害の一致だけで手を結んでいる者たちの集まりでございます。いずればらばらに壊れてしまいましょう」

「いや。雄藩といっても、力があるのは薩摩と長州だ。いずれ、どちらかがどちらかを潰しにかかるだろう」

「嫌な世の中でございます」

「徳川も潰し合いに勝ってのし上がった」

桜庭は言ったが、せつは言葉を返さず、縫い物に集中するふりをした。

※　　※

夕刻、左馬之介は虎ノ門近くの藩邸の前に立っていた。

門番が駆け寄って「お疲れさまでございました」と頭を下げた。

その目が、自分の全身に注がれて、どれほどの働きをしたか値踏みしているのを感じた。

左馬之介も自分の体を見る。

黒い制服であるから目立たなかったが、腰の白いサラシに、千駄木で斬った侍の返り血が少しかかっていたし、服のあちこちが破れていた。

一人も斬らずに藩邸に戻れば、腰抜けと罵られることになったろうと、左馬之介は苦笑いをした。しかし、それはすぐに引っ込み、冷たいものが背筋を這い上がる。

重蔵が死んだ。

隼人が殺した。

首筋まで上った冷たいものが、急に熱くなった。

友の仇を討たなければならない。

左馬之介は大股で藩邸に入った。

まだ制服を着た者や、着物に着替えた者たちが、急ぎ足で記録所へ歩く左馬之介を怪訝な顔で見送った。

記録所で書き物をする御用方検使倉持主膳を見つけて歩み寄った。文机を挟んで座り、頭を下げる。

「おお、八田か。今、帰ったのか。ご苦労であった」

倉持は筆を置いた。

「今野重蔵が殺されました」

「聞いた。気の毒なことであった。そのほか五名と共に死骸が運ばれて来たので、妙光院へ運んだ」

妙光院は藩主の江戸の菩提寺であった。

「殺したのは、柳沼隼人でございます」

「なに、確か？」

倉持は眉間に皺を寄せる。

「はい。重蔵の死骸の側に突っ立っているのを見ました」

「別の者に殺された重蔵を見て呆然(ぼうぜん)としていたということはないか？」

「辺りに生きた者はおりませんでした。隼人は出奔する前、戦になったら友である重蔵やそれがしであっても斬れると申しておりました」

「左様か……」

倉持は腕組みした。

「仇を討ちとうございます」

左馬之介が言うと、倉持は片眉を上げた。

「お前がか？」

「はい」

左馬之介は真剣な目で倉持を見つめる。

「我が藩では、殺された者の係累(けいるい)以外の仇討ちを認めておらぬ」

「そこを曲げて」

「赦免状は殿のお許しがなければ出せぬ」

「ならば、殿にお願いしてくださいませ」

左馬之介は平伏する。

「新政府から奥羽(おうう)への出兵を命じられた。今、それどころではないのだ」

「では、新政府にお願いをして、それがしを彰義隊の残党狩りに加えてくださいませ」

「うむ……」

　倉持は困った顔をする。

　左馬之介は額を床に押しつける。

「分かった。叶うかどうか分からぬが、話だけはしておこう。ともかく長屋へ戻って出陣の用意だけはしておけ」

「はい。よろしくお願いいたします」

　左馬之介は顔を上げて言うと、記録所を出た。忙しげに廊下を往き来する藩士らをかわして長屋へ戻る。

　入り口の腰高障子を開けると、自分の部屋の匂いがした。台所にこもった料理の匂いも漂って来る。

　二階に人の気配がした気がして、急いで階段を上る。隼人が戻ってきたか、重蔵の霊が訪ねてきたか――。

　残照に照らされた障子からの明かりが人気のない部屋を照らしている。

　二人の友と飲み明かした日々の光景が脳裏に浮かんでは消える。

　一人は死に、一人は出奔した。もう二度とこの部屋に三人が揃うことはない。

　隼人は重蔵を殺した。

重蔵の死に顔がありありと浮かぶ。

左馬之介は崩れるように座った。

「殺さずともよかったろうが……」

左馬之介は唸るように言った。

「逃げることもできたろうが……。隼人、なぜ重蔵を殺した……」

涙が溢れてきた。

左馬之介は声を殺し、畳を拳で叩いた。

何度も何度も叩き、むせび泣いた。

そして、障子の外が藍色に染まる頃、左馬之介は泣くのをやめて立ち上がった。

妙光院へ行かなければ。重蔵と、戦で死んだ者らを弔わなければ――。

左馬之介はのろのろと階段を下りた。

※　※

妙光院の本堂には六つの死骸が安置されていた。夜具に横たわり、顔に白い布をかけられた死骸は、蠟燭の明かりに照らされている。

抹香の煙がたなびき、和尚が枕経を唱えている。

重蔵以外の五人は家族持ちであったようで、妻子がその側に座り忍び泣いている。

夜具の膨らみが不自然であったから、おそらく大砲で吹き飛ばされたのであろうと左馬之介は思った。

重蔵の脇には同輩が二人座り、無念そうな顔で涙をこぼしている。

左馬之介が焼香を終えて本堂を出ようとすると、重蔵の同輩の一人が声をかけてきた。

「左馬之介。見たか？　重蔵を斬った奴を見たか？」

泣きはらした目で、左馬之介を睨むように見ている。

『隼人が斬った』という言葉が喉元まで出かかった。しかし、それがまるで『おれが斬った』という告白であるかのように、強い罪悪感を覚えたのだった。だから言えなかった。

左馬之介は、「いや」と答えていた。

「だが、仇を見つけ出し、必ずおれが討つ」

左馬之介はそう付け足し、一礼して足早に本堂を出た。

二

隼人は日暮れ近く、空き家を見つけて潜り込んだ。どこをどう歩いたか分からなくなっていたので、そこが何町であるのか知らなかった。

押入に掻巻を見つけ、くるまって横になったが、外で物音がするたびにはっと目覚めた。

いつの間にか雨音は聞こえなくなっていた。

静かな座敷で独り横になっていると、御山の死闘がありありと蘇ってくる。

何よりも重蔵の死。そして左馬之介の絶望したように自分を見た目――。

「おれじゃないんだ」

隼人は叫ぶ。

隼人は掌で口を覆う。

叫んだところで左馬之介には届かないし、いくら言葉を尽くしても信じてもらえないだろう。

あの時、左馬之介に斬られていればよかったのかもしれない。

おれは、重蔵の仇をとったのだ。

だが――、おれが出奔などしなければ、純忠隊に加わって、御山の守りについていなければ、あんなことにはならなかった。

重蔵を殺したのは、やはりおれかもしれない。それに、仇をとったところで重蔵は帰ってこない――。

長州や薩摩が諸藩を脅して仲間に引き入れ、徳川に反旗を翻すことがなければ、こんな酷い戦は起こらなかった。

しかし――、公方さまも、家臣を見捨てて江戸へ逃げ帰った。

もはやこの国に侍はいない。

武士道は死ぬことであるという。

誰のために死ぬのだ？

何のために死ぬのだ？

武士道など幻となってしまったというのに。

おれはどうすればいいのだ？

いつまで考えたところで見つかることのない答えを求めて、隼人の思考は堂々巡りを続けた。

障子の外が微かに明るくなり始めた頃、納得して命を捨てることのできる何かが見つかるまで、ともかく生きようという結論に達した。少なくとも、下劣な官軍の手に掛かるのだけはごめんだと思った。

隼人は起き出して、鏡で寝乱れた町人髷を直して外に出た。

空は綺麗に晴れ渡っていた。

自分の心は重く沈んでいるのにと、隼人は恨めしく空を睨んで歩き出した。

小路から小路へと、人気のない道を辿る。

焼け跡を見つけると、そこから離れる方向へ足を進めた。

おそらく火事は、上野を中心に燃え広がったろう。だとすれば上野から遠ざかるには、焼け跡から遠ざかるように歩けばいいと考えたのだった。

歩いていると前方に柳の並木が現れた。対岸の石垣が見えて、神田川であることが分かった。そう思って見ると、見覚えのある景色だった。左側に見えているのが和泉橋だから、ここは神田佐久間町か。上野から遠く離れたつもりでいたが、すぐ目と鼻の先であった。

駒込片町で着替えた後、北へ向かって歩いたつもりが、暗くなってから道が分からなくなり、闇雲に歩いているうちに大回りして戻ってきたらしかった。

和泉橋には官軍の兵が数人立っていて、往来する者たちを監視している。浪人者や士分の者が通りかかると呼び止めて聴取をしている。

町人の姿ならば橋を渡って日本橋方向へ向かえる。品川辺りに身を潜めて、官軍の監視が緩くなったら江戸を出よう。

北へ逃げることは考えなかった。

戦は北へ進む。奥羽列藩同盟に加盟する藩はすべて攻められるだろう。御山で見た、ああいう無惨な殺戮が繰り返されるのだ。

隼人は小路を出て和泉橋に向かって歩いた。

※　※

朝、左馬之介が記録所へ向かうと、倉持主膳が急ぎ足で近寄ってきた。

「薩摩藩の知り合いに話したところ、お前の願いが通った。大村益次郎さまが彰義隊の残党掃討を発令されて、新政府の兵が江戸市中で取締りを行っている。加わりたいのであれば、上野、池之端から谷中、日暮里辺りを担当している前田三郎助という小隊長にその旨を伝えよとのことだ。しばらくは藩邸の長屋から通え」

「ありがとうございます!」

左馬之介は深く一礼すると、急いで長屋へ戻った。

※　※

隼人の胸は大きく脈打っていて、兵たちに見破られないかと怯えていたが、何気ない様子を装い、橋のたもとに立つ官軍の兵に会釈した。ほかの町人たちの多くがそうやって兵の脇を通り抜けていたからだった。

気づかれたら、素早く兵の腰から刀を抜いて斬りつけ、神田川へ飛び込んで逃げる。そう決めていた。

兵がじろりとこちらを見た気がした。

「おいっ」

と声がした。

隼人は素早く振り返り、手近な兵の刀に手を伸ばしかけた。

兵たちは隼人の後ろを見ている。

羽織袴の若い侍が立っていた。

隼人はそっと手を引っ込める。

若い侍は険しい顔で言い返す。旗本の子息であろう。上等な着物であった。

「おいとはなんだ」

隼人は足早に橋を渡った。

対岸に立っていた兵の何人かが、助っ人に走ってゆく。

若い侍と兵の口論が背後で聞こえる。

侍は兵の口の利き方に文句を言い、兵は侍に氏名を名乗らせようとしている。

おそらく似たような揉め事が、江戸市中あちこちで起きているだろう。やはり侍の格好は面倒を引き寄せる。しばらくは町人の姿でいよう。

隼人は橋を渡りきり、左へ向かった。

日本橋へ行くなら右へ進んで火除御用地に出て左に曲がるのが近い。だが人通りも多い。

豊島町辺りまで歩いて小路に入り、細い道を選んで日本橋へ行く方が人目につかないと判断したのだった。

新シ橋の辺りまで歩いて右に曲がり、豊島町に入った。この辺りは一丁目から三丁目が複雑に入り組んでいた。

小路を歩いていると、前方の小さい辻で右から来た新政府兵と左から来た町人が出会った。

兵は町人を呼び止めた。名前と職業、在所を訊いている。

隼人はどきりとして右手の小路にそっと入った。

町人にまで聴取をする兵がいる。

姿形は町人に似せても、侍言葉は誤魔化せない。お国言葉で話せばなんとかなるかもしれないが、すぐにぼろが出そうだ。

隼人は辺りを見回し、長屋の木戸があるのを見つけて、そこをくぐった。

裏長屋の住人は出職が多いはずだから、あの兵が遠くへ行くまでの間、身を隠しておこうと考えたのであった。

路地を進むと右の部屋から大勢の子供の声がした。障子がどんっと鳴って、隼人は誰か出て来ると思い、奥の井戸端まで足音を忍ばせ駆けた。

井戸の陰に身を隠す。

左側は二間の長屋。路地を挟んだ向かい側は、一間の棟割り長屋のようであった。

腰高障子が開く音がする。左の長屋の方である。子供らの声が大きくなった。筆で悪戯をしないようにと叱る若い女の声が聞こえた。どうやら寺子屋のようである。

　草履の足音が聞こえた。

　剣術をする者のそれであった。

　浪人者か――？

　足音はこちらに近づいてくる。井戸を使うのか、惣後架へ向かうのか。

　足音は井戸の側でぴたりと止まった。

　気づかれたか？

　隼人の鼓動が速くなる。

　刀は捨てたので武器はない。周囲に武器になりそうな物も見あたらない。襲いかかられたら、組み手で相手するしかないか。

　隼人は井戸の陰で腰を屈めたまま、すぐに飛び出せるよう身構えた。

「盗人か？　上野から逃げてきたか？」

　穏やかな中年男の声であった。

「いえ……。町人でござりやんす」

　隼人はお国言葉で言った。

「ほぉ、奥羽の方の言葉だな。顔を見せよ」

　男は静かに言う。

隼人は迷った。飛び出して木戸へ走るか？

しかし、相手が刀を差していたら、後ろから斬られる。

隼人はゆっくりと立ち上がる。

総髪の男が微笑(ほほえ)みながら隼人を見つめる。

「なんだ。侍ではないか」

「いえ……、違いやんす。町人でござりやんす」

隼人は慌てて否定する。

「町人を装いたいのであれば、もう少し姿勢を悪くせよ。それでも肩の肉付きは隠せぬがな。彰義隊の残党か？　新政府に突き出しはせぬから、正直に答えよ」

微笑んではいたが、男の体からは気迫のようなものが滲(にじ)み出している。剣術、体術共に自分より数段上で、逃げても数歩も行かずに捕らえられると隼人は観念した。

「純忠隊でございます……」

「竹中重固(たけなかしげかた)どのの隊であったかな」

「よくご存じで」

「浪々の身ではあっても、旧幕の者たちのことは気になってな」

「新政府兵が士分ばかりか町人にまで聞き取りをしているのを見まして、慌ててこの長屋に飛び込んだのです。お騒がせしました。すぐに出ます」

隼人は木戸へ歩きかけた。

「待て待て。出てすぐお主が新政府兵に捕らえられては寝覚めが悪い。わたしが小便する間、少し待っておれ」

男は惣後架に入る。腰までの高さの扉から男の背中が見えている。

隼人は言われたとおり、井戸の側に立ったまま待った。

「国はどこだ？」

男は用を足しながら訊く。

「陸奥(むつ)国東堂(とうどう)藩でございます」

「陸奥国の南端か。列藩同盟には入ったか？」

「いえ。新政府に与(くみ)することになりました」

「ははぁ、だから脱藩して純忠隊に入ったか」

男は惣後架を出て井戸端にしゃがみ込み、顎で隼人を促す。

隼人は井戸から水を汲(く)んで、男の手にかけた。男は手を洗うと、袴(はかま)の腰に挟んだ手拭いで手を拭いた。

「ご明察でございます」

隼人は頭を下げた。

「ついてこい。話を聞いてやる」

男は歩き出す。

隼人は言われるまま、ついて行く。

男は賑やかな子供の声のする部屋の腰高障子を開けた。

六畳の座敷に机を置き習字をしていた五人の子供たちが一斉に隼人を見た。
二十三、四ほどの綺麗な顔をした娘が驚いたように隼人に目を向ける。
「お師匠。お客さんですか？」

顔に墨をつけた男の子が訊いた。

「そうだ。話をするから静かにしておれよ」

男は言って奥の座敷の襖を開けた。

隼人は男に続いて座敷に入り、娘に目礼して襖を閉めた。

男は奥の障子を背に腰を下ろし、隼人に座るよう手ですすめた。

隼人は男に向かい合って座り、頭を下げた。

「申し遅れました。それがし、柳沼隼人と申します」

「桜庭十左衛門だ。出羽国の小藩で禄をはんでおったが、厄介事があって藩を出た」

「左様でございますか」

こちらからあれこれと訊くのも失礼と考え、隼人は小さく頷いた。

「これ、茂助、きよ」

娘の声が聞こえた。

「盗み聞きするでないぞ」

桜庭は隼人の肩越しに言う。

慌てて這い戻るような音が聞こえた。

「今は寺子屋師匠と、娘のせつの仕立物、時々、旦那衆の道楽につきあい、講釈を垂れて食いつないでおる」

桜庭は言葉を切り、隼人を見つめて、

「なぜ奥羽へ向かおうとしなかった？」

と訊いた。

隼人は答えに詰まり、目を背けた。

「豊島町は上野の南。奥羽へ向かう意思がないからこちらへ逃げて来たのであろう。東堂藩が新政府についたので出奔し、旧幕の者らの仲間となったのであれば、上野の負け戦を奥羽で挽回しようと思いそうなものだと思ってな」

「それにお答えするには、それがしの恥を申し上げなければなりませぬ」

隼人は苦しげに言う。

「嫌か？」

隼人はまたしても答えに詰まった。

桜庭は、とりあえず自分を匿ってくれるようだ。しかし、さっき初めて会ったばかりの人物に、どこまで話せばいいのか。

今まで苦しいことがあれば、重蔵や左馬之介に聞いてもらい、憂さを晴らし、心の傷を癒やしていた。

しかし、重蔵は死んで、左馬之介はおれが重蔵を殺したと思っている。国許には脱藩の知らせが届くであろうから、親兄弟、親戚もおれを不届き者と思うだろう。もはや、自分の苦悩を聞いてくれる者はいない。

ならば行きずりのこの男に聞いてもらい、背中にのしかかる重い物を少し下ろしてしまおうか。

「お話しいたします――。上野の惨状を目の当たりにして、戦が嫌になったのでございます。遠くから砲弾を飛ばし、人の体をばらばらにしてしまうような所業は、侍のすることではありません」

「戦で大砲を使うのは卑劣か」

「卑怯です」

「一対一の真剣勝負こそ侍の戦い方だと思っておるのか」

「武士は弓箭の者とも申しますから、弓は許せます」

「生まれてくるのが三百年ほど遅かったな」桜庭は苦笑する。

「彰義隊も大砲を使ったであろう。もっとも、官軍にはアームストロング砲なる強力な大砲があるらしいから、おあいことは言えぬがな」

「もはや侍などいないのだという結論に至りました」

「お主の言う侍は、葡萄牙(ポルトガル)から鉄砲が入ってきた時点で消えてしまっている——。なるほど、そういう戦は嫌だから、奥羽へ走らなかったのか。では、侍を捨てるのか？」

「途中で刀を捨てて参りました」

隼人は苦しげに言った。

「髪型も変え、着物も着替えたか」

「はい」

「で、侍を捨てたお主は、これからどうやって暮らしを立てるつもりだ？」

「まだ分かりません。なにができるのか皆目見当がつきません」

「藩での役は？」

「番士(ばんし)でございます」

「わたしと同様、潰しが利かぬな」

桜庭が首を振った時、すっと襖が開いた。

隼人が振り返ると、せつがじっとこちらを見つめていた。

「命が惜しくて逃げてきたのでございましょう」

「これ、せつ」桜庭が窘める。

「盗み聞きはしたないぞ」

「二つの座敷を遮る物は襖一枚。盗み聞きせずとも聞こえます」

せつは穏やかに答えた。

隼人はせつに向き直る。背後の座敷に子供達の姿はなかった。

「子供らは帰しました。いくら侍を捨てたとて、娘に叱られる姿を見られたくはないであろうと思いまして」

「命が惜しかったのではありませぬ。命を懸ける戦ではないと思ったのです」

「殿さまが戦えと言えば戦わねばならぬのが侍でございましょう」

「殿さまが考え違いをする場合もございます。我が殿は新政府を選んだのです」

「ならば、腹を切って諌めればよかったではありませぬか」

「それで心を動かしていただけるのであればそうしたでしょう。しかし、番士一人が腹を切ったところで大勢は変わりませぬ。だから、上野の御山に走ったのです」

「そこで、侍に絶望なさったと？」

「左様でございます」

「ならば、侍を捨てずに、これが真の侍であると、あなたさまが体現して見せればよいではありませぬか」

せつの言葉に、隼人ははっとした。

そういう道は考えもしなかった。しかし――。

「しかし、どうすれば真の侍を体現できるのでございましょう?」

「あなたさまの理想はあなたさまにしか分かりませぬ。それにそういうことは他人から聞いて成し遂げることではございますまい」

「うむ……」

隼人は視線を落とす。

「柳沼どのを困らせるでない」桜庭は苦笑する。

「せっかく侍を捨てると決断したのだ。それを揺るがしてどうなる」

その言葉に、せつは父の方に向き直り、厳しい表情で言った。

「侍は、そう簡単に侍を捨てられるものではございますまい。父上もそうでございましょう? 捨てられるものならば、そのような姿で寺子屋師匠などせず、何か商売でもなさっているはず。それに、娘の言葉で揺らぐような決断ならば、それは決断と申せますまい」

「母親そっくりだな」

桜庭は溜息混じりに言った。

「母上の娘でございますから」

「わたしの娘なら、もう少し優しい言葉を選んでもよさそうなものだ」

「それで、お優しい父上は柳沼さまをどのようになさるおつもりで？」

「せめて、新政府の残党狩りが落ち着くまで匿おうと思っている」

「いえ。それではご迷惑がかかります」

隼人は首を振った。

「すでに迷惑はかかっております」

せつが言う。

「申しわけございません……」

と言って隼人は立ち上がろうとする。

「待て待て。急ぐ用事があるわけではなかろう。もう少し話をしていけ。お主が侍を捨てようと思った一番大きな理由はなんだ？　大勢がどうのというのは建前であろう」

桜庭が訊く。

隼人は座り直し、膝の上で強く拳を握った。

「目の前で、幼い頃からの友人を斬られました。斬ったのは、純忠隊でわたしの面倒をみてくれた方です。わたしはその方を斬りました。直後に別の友人が現れて、わたしが友人を斬ったのだと思われました……」

せつは眉をひそめ、

「色々と失礼なことを申しました」

と頭を下げた。

「それで、お主はその友から逃げて来たか」

桜庭は溜息混じりに言う。

「色々なことが頭の中で渦巻いて、何が自分の本音なのか分からなくなっています」

「それはそうであろうよ。考えがまとまらないうちに捕らえられ、討たれては無念であろう。死ぬにしても、考えがまとまった後であれば、晴れ晴れと散ることもできよう。考えがまとまるまで、ここにおれ。幸いここは二間ある」

隼人は黙ったまま深々と頭を下げた。

※　※

左馬之介は下谷広小路まで走り、三枚橋の畔で辺りを見回した。

周辺は焼け野原であった。

戦火は、上野、池之端、湯島、下谷、谷中、根津、千駄木など、千戸余りを焼いたという。

焼け残った柱が針のように突き立ち、所々、焼け落ちなかった屋根が傾いでいる。

寛永寺の御山も、多くの木々が炭と化していた。不忍池の蓮の葉は茶色に変色し、水面には燃え滓が浮いている。火は完全に消えて、煙も出ていなかったが、地面に熱が残っているのか、上野の外より蒸し暑く感じられた。

あちこちに旧幕側の兵の死骸が転がっていて、蠅がたかっていた。鴉につつかれている死骸もあった。新政府が敵の死骸の回収を禁じているからであった。焦げ臭いにおいと死臭が入り交じっていて、辟易した左馬之介は口で息をした。

その中を、大勢の町人たちが歩いている。

まるで寛永寺に花見に来たかのような様子で。しかし、その視線は頭上ではなく足元に向いている。

旧幕の者たちの死骸を見物しているのである。

男が一緒に歩いている女を死骸の方へ押す。女が悲鳴を上げて男にしがみつくと、笑い声を上げながら抱き合うようにして歩く。

無惨な死骸を棒きれでつつく者。

死骸を囲んで何やら話し合う集団。

町中で行き倒れがあったり、辻斬りに殺された死骸があったりすると、その周りに見物の人だかりができるのが江戸である。小塚原や品川の刑場で刑が執行される時には竹矢来の向こうは立錐の余地もないほど見物人が集まる。

死刑、死骸は、古今東西、庶民の娯楽の一つであった。

左馬之介は眉をひそめる。

死骸を見物するなど死者への礼儀を知らぬ者たち。

しかし、そういう低俗な精神の者は庶民ばかりではない。今は侍が下手に出歩けば彰義隊に関わる者と疑いをかけられ新政府兵に斬りかかられるから姿は見えないが、刑場見物などには侍の姿も少なくないのであった。

官軍の兵たちが、荷車を曳いて黒門から現れた。荷車には米俵が山と積まれていた。

おそらく彰義隊の兵糧であろうと左馬之介は思った。

一頃は四千人もいたといわれる旧幕の浪士たちの腹を満たすには相当量の米が蓄えられていたはずである。

荷車は二台、三台と降りてくる。

戦利品としてお城へ運ぶのかと思っていたら、兵たちは三枚橋の前の広場に荷車を停め、

「お救い米である！」

と大声で言った。

それを聞くと、群衆は歓声を上げてどっと荷車の周りに集まった。

荷台に上った兵たちが、俵に一升枡を突っ込んで米をすくい上げる。

群衆は手拭いを広げてそれを受け取る。

集まった後ろの者たちまではなかなか米が回らない。

この中の何人が火事で焼け出された者たちであろう。

おそらく、大半が呑気に戦の跡を見物に来た火事を免れた者たちであろう。被害も受けていないのに、もらえる物はもらってやろうという根性の者たちである。

なんと情けない。庶民など、しょせんいじましい存在なのだ。

左馬之介は苦い顔をして首を振った。

そういう者たちに、さも自分の手柄のように米を配る官軍の兵たちも、同様にいじましく見えた。

「手伝ってやるぜ」

と言いながら二、三人の若者が荷台から俵を担ぎ上げた。後方で米を配る気配もなくそのまま逃げた。

それを見た者たちが、我も我もと俵を盗んでいく。

「いいのでございますか？」

左馬之介は荷台の兵に訊いた。

「構わぬ。どうせ彰義隊の兵糧だ」

兵が答えた時、「御山にはまだ何か残っているかもしれねぇぞ。分捕ってやれ」と言いながら黒門の方へ駆けていく者がいた。数十人がそれに続く。火事場泥棒をするつもりなのである。

左馬之介は眉をひそめて兵に顔を向ける。

左馬之介が抗議しそうなのを悟って、

「彰義隊に味方した寺だ、放って置け」

と兵は言った。

官軍ならなにをしてもいい。賊軍やそれに加担した者はなにをされても仕方ないと思っているようだった。こういう奴に道義を説いたところで無駄だと思った左馬之介は、自分の用事を片づけようと思い直した。

「左様でございますか――。それがし、前田三郎助さまを捜しております」

左馬之介が言うと、兵は荷台から周囲を見回し、左手の池之端仲町方向へ走る数人の兵を指差した。

「あの者たちが前田さまの配下であるはずだ」

「かたじけない」

左馬之介は走る兵たちを追って駆けた。

焼け跡に人影がある。大勢の町人が焦げて転がった材木の中で何かしている。百人を超える人数である。

「お前たち、何をしている!」

兵の一人が怒鳴った。

「自分の敷地に縄を張ってるんだよ！」

小娘の声が返した。

「邪魔するんじゃねぇ、馬鹿！」

若者の声が言った。

「なんだと！」

兵は焼け跡の中に踏み込む。炭が砕ける硬い音がした。

「お前ぇたちに家を焼かれて迷惑してるんだ。これ以上邪魔をするんじゃねぇ」

娘が地面に立て札を突き立て、若い男が掛矢（大きな木槌）で打ち込む。その周囲には杭が打ち込まれ、敷地を示しているのであろう縄が張られていた。

左馬之介は兵たちの後ろに立つ。小隊長の前田の居場所を訊きたかったが、今口を挟めば兵たちに怒鳴られるのがオチである。事が収まるまで待つ方が得策だと考えた。

立て札には〈口入屋　志摩屋仙左衛門　日本橋堀留町の菓子屋　ゑびす屋に居り候　口入　承り候〉とあった。

焼け跡の人々はそれぞれの敷地に縄を張り、瓦礫の中から使えそうな器などを拾い集めている。焼け残った雨戸や板戸、襖、畳、筵、茣蓙などを壁や天井にして、仮小屋を掛けている者たちもいた。

家も家財も焼けてしまったというのに、悲愴な顔をしている者たちは少なかった。早くも復興に手をつける者——。火事場泥棒をする者や、嬉々として死骸見物をする不届き者もいるが、庶民のなんと逞しいことよと左馬之介は感心した。焼け出された者は、死骸見物や火事場泥棒をする暇などないのだ。今日を生きて、明日を生き延びることに精一杯なのだから。

百姓の村々で、災厄は村の外から来るとして、村境に道祖神を建てる意味が実感として分かった。

「勝手なことをするな!」

兵が立て札を打ち込む若者に摑みかからんばかりに言った。

「勝手なことをしてるのは手前ぇらだろうが」若者は片手で大きな掛矢を持ち、兵を指す。

「侍同士の喧嘩に町人まで巻き込みやがって!」

「侍同士の喧嘩ではない! 御政道を正すための戦だ!」

「てやんでぇ! 御政道を正すんなら、お城の中ですりゃあいいじゃねぇか。町中で火ぃつけたり、大砲を撃ったり。流れ弾で死んだ町人もいるんだぜ」

「仕方のない犠牲だ」

「頭、おかしいんじゃねぇのか?」

若者はぶんっと掛矢を振り回す。

兵たちはそれを避けて後ずさる。

「お前ぇら、薩摩の芋侍だな？　おれたちゃあ、御用強盗を忘れちゃいないぜ！」

御用強盗とは、慶応三年（一八六七）に頻発した民家への放火や商家に対する強盗、侍や町人への見境のない暴行などのことである。

武力による討伐を目指していた薩摩藩は大政奉還によって肩透かしをくらってしまう。御用強盗は、行き場を失った衝動を抑えられなかった薩摩藩士の仕業であった。

凶賊が薩摩藩邸に逃げ込んだことで、幕府は御用強盗の背後には薩摩藩があると判断し、庄内藩に取締りを命令。薩摩藩が犯人の引き渡しを拒んだため、討ち入りを決行。薩摩藩邸は火に包まれた。

江戸の庶民は御用強盗を行った薩摩藩に強い恨みを持っていた。

「侍たちにとっちゃ、町人も農民も、草履の下の蟻みてぇなもんだろうけどよ。こっちは文句を言う口も、掛矢を振るう腕もあるんでぇ。蔑ろにし過ぎると、しっぺ返しを喰らうぜ」

若者は掛矢を振り回し、兵たちは道まで下がった。

「一揆を起こすと言うか！」

「謀反人として捕らえるぞ！」

兵たちの言葉を、若者は鼻で笑う。

「急いでたから顔を覚えちゃいねぇが、火消を邪魔しやがったのはお前ぇか？　ここで会ったが百年目ってやつだぜ」

若者が舌なめずりする。

若者と兵たちのやり取りを聞いて、焼け跡の人々が集まってきた。

これはまずいと左馬之介は思った。威張り腐った兵が袋叩きに遭うのは気の毒とも思わなかったが、そんなことをすればこの町人らはただではすまないし、前田の居所を訊くどころの話ではなくなる。

「失礼いたします！　大総督府より、すぐに戻れとの命令でございます」

左馬之介は大声で言った。

兵たちはほっとしたような顔で左馬之介を見て、次いで若者に「命拾いしたな」と言って駆け出した。

左馬之介も一緒に走りながら、

「申しわけありません。多勢に無勢と思い、嘘をつきました」

と言った。

「貴公の機転で助かったぞ」

兵の一人が言った。

「それがし、東堂藩の八田左馬之介と申します。彰義隊残党の掃討に加われと命じられました。前田三郎助さまを捜しています」

「左様か。では、我らと共に来い。小隊長は広小路の東を探索している」

「ありがとうございます」

※　※

その日、五月十六日、越後長岡藩、新発田藩など北越同盟に加盟していた五藩が新たに加わり、奥羽列藩同盟は、三十一藩による奥羽越列藩同盟として成立した。

三

十六日の昼、寺子が集まって、算盤の稽古を始めた。

柳沼隼人は、奥の座敷でじっと座っていた。

昨夜の夕飯も、今朝の昼飯も食わせてもらったが、一人の食い扶持が増えるのは迷惑に決まっている。

自分は何をしているのだろう。侍の誇りを守るために、出奔したのではなかったのか。

見ず知らずの浪人親子の厚意に甘えて命を繋ごうとしている。

自分にその価値があるのか。

上野の戦で、旧幕にも新政府にも真の侍はいないと断じた。

本当にそうだろうか。

ただただ無惨な死骸が怖かったからではないのか。

左馬之介に、重蔵を殺したのは自分だと誤解された。言い訳もせずに逃げたのは、動揺する自分は左馬之介に勝てないと思ったからではないのか。

なんと情けない男。

刀を捨てたのも、刀がないから腹を切れぬという言い訳にしたかったのではないか。

この家の流しに行けば包丁がある。腹を切ろうと思うのなら、それで充分だ。

ほれ、切ってみよ——。

隼人は自分を挑発する。しかし、襖を開けて流しへ駆け寄ることはできない。

頭の中に、無惨な切腹を寺子の子供らに見せるわけにはいかないという言い訳が聞こえる。

国許の道場では師範代を勤めるほどの腕前だった。

遠くから鉄砲や大砲で撃たれる戦で、そんなもの、なんの役にも立たぬではないか。

最後に白兵戦とはなるが、そうなる前にほとんど勝敗は決している。

おれには——。

何事にも動じない不屈の心が足りなかった。

隼人が膝の上で強く拳を握った時、腰高障子が開く音がした。

「ごめんくださいよ」

老爺の声がした。

「これは善兵衛どの」桜庭の声。

「なにかありましたか？」

「お客さまだそうで」

老爺が言う。

隼人はどきりとした。残党狩りに気づかれたか――？

「はい。国許の知り合いの息子です。焦臭くなって参ったので落ち着くまで預かってほしいと頼まれまして」

桜庭は嘘をついた。

「お侍でございますな？」

「いえ。商人でございますが――、誰か侍だったと申しましたか？」

「五平の倅から聞きました」

「ああ茂助ならば、昨日、手習いに来ておりましたな。茂助が侍の客があったと申しましたか。勘違いでございますな。なんなら会うてみますか」

桜庭の足音が襖に近づく。

隼人の鼓動が早鐘を打つ。

すっと襖が開いた。

桜庭と、六十ほどの老爺が立っていた。算盤を習う子供たちが首を伸ばしてこちらを見ている。せつがその頭を鷲摑みにして、一人一人、算盤に集中させる。

「油屋の跡取り、作太郎です」

桜庭が言ったので、隼人は、「作太郎でございます」と言って頭を下げた。

「こちらはこの長屋の大家で善兵衛どのだ。表店で小間物屋を営まれている。お前が彰義隊の残党ではないかとお疑いのようだ」

「そのようなことはございません」

言って、隼人は表情を読まれないように平伏した。

「跡取り息子にしては、ずいぶん粗末な着物でございますな」

老爺――、大家の善兵衛は不審げに眉をひそめる。

「金持ちの格好をしていれば、山賊に狙われますからな」桜庭が即座に答えた。

「こちらによこすなら、見窄らしい格好をさせよと文で知らせました」

「もし彰義隊の残党であれば、長屋の者らにも迷惑がかかります。そのことはお分かりでしょうな?」

「油屋の跡継ぎと申しました。国許の騒ぎが落ち着けば帰しますので、それほど長くはおりません」

「お国は秋田でございましたか」

「はい。佐竹(さたけ)さまのお膝元で。国を追い出されても、頼ってくれる者はおります」

　桜庭は苦笑して見せる。

「奥羽の諸藩は新政府に抗(あらが)っているとか」

「追い出された身でございますから、もう関係はございませぬ。まぁ、恨みもありますゆえ、もっと若ければ官軍の兵に志願していたやもしれませぬな」

　桜庭は笑った。

「分かりました。長くなる時にはお届けをしなければなりませぬので、早めにお知らせ下さいよ」

　この時代の大家は、長屋の持ち主のことではない。持ち主は〈家持ち〉の地主で、大家は〈家持ち〉に雇われ、家賃の徴収や長屋の管理などをする者のことを言った。裏長屋の住人や、裏長屋に接した表長屋に住む商売人で、信用のできる者が選ばれた。

　また大家は、町役人のような役割も担い、長屋へ新たに住む者があれば、町名主に届け、名主は人別帳に書き込んで奉行所へ提出した。町名主は、町内の訴訟を裁定する役割があり、そこで解決しない場合は奉行所に訴状を上げた。その補佐をするのが

〈家持ち〉の役割であったが、大家が代行することも多かった。また、〈家持ち〉には、自身番に詰める役割もあったが、大家はその代行もした。

そして、長屋から縄付きの者が出れば、連座して罰せられたので、住人やその家族などの行状に気を配っていたのである。

「承知しました。一人で出歩けば疑われて市中取締りに捕まるやもしれませぬから、あまり外に出さぬようにします」

「それではよろしく」

善兵衛は隼人を一瞥し、桜庭に頭を下げて三和土に降りた。草履を履いて出ていく。

今まで口を閉じていた子供たちがひそひそと何やら話し始める。

「さて、童ども」桜庭は文机の間に立って子供たちを見回す。

「聞いての通り、客人は商人だ。あることないこと話し回ると、お前たちのお父っつぁん、おっ母さんにも迷惑がかかるゆえ、余計なことを言うて回ってはならぬぞ」

子供たちは背筋を伸ばして元気よく「はいっ」と答えた。

「では、せつ師匠の言うことを聞き、稽古にはげめ」

「はいっ」

子供たちの返事に頷くと、桜庭は奥の部屋に入り、襖を閉める。

桜庭は隼人に向き合って座り、

「まぁ、上出来だったな。油屋の跡取りの作太郎という芝居に乗ったのだから、それを通せよ。ばれればおれとせつが危うい立場に立たされる。これ以上、迷惑はかけるなよ」

と言った。

「はい……」隼人は小さい声で答えた後、顔を上げた。

「なぜおれを助けてくれるのです？」

桜庭は一瞬躊躇った後、口を開いた。

「国許のごたごたで、若い奴を一人死なせてな。おれが気づいて手を差し伸べていれば、失わなくてもいい命だった。もうあの苦しみを味わうのはごめんだ。だから、お前はおれを苦しませぬために黙って助けられておればよい――。まぁ、少し気持ちが落ち着いたら、寺子屋を手伝え」

言って桜庭は座敷を出ていった。

※　　※

五月十七日、新政府海道軍が北越の荻野に布陣し、長岡城攻略の準備を始めた。

同日、田無村にいた旧幕の振武軍が、彰義隊の残党を加えて飯能へ向かった。

十八日、箱根戦争が始まった。

同日、彰義隊の残党が上総国佐倉城を攻撃したが、敗走。上総、下総で彰義隊残党の追討が行われた。

十八日、長岡城が落城した。

左馬之介は前田三郎助の小隊に入り、彰義隊の残党狩りを続けていた。

左馬之介が加わった薩摩藩の小隊は、広小路周辺の町を探索することになっていた。

そのほか、熊本藩と鳥取藩が同じ地域の探索に当たっていた。

本郷や駒込、根津の辺りは長州、佐賀、岡山などの藩。谷中、王子の方向は芸州や岡山など。浅草、蔵前は福岡、尾張など、各藩に探索が割り当てられていた。

捕らえられた者は厳しく詮議された。

牢に留められる者もいたが、斬首される者も多かった。

幕臣が、外様の下級武士に首を斬られるのである。

せめて腹を切らせてくれと言う、悲痛な懇願の声も、首と共に断ち斬られる。

捕縛に抵抗し、斬り殺された者は、まだしも誇りを守れたかもしれない。

宿場で取締りに当たっていた兵が交代で戻ってくると、捕らえた中に柳沼隼人がいなかったかと聞いたが、皆、首を振った。

偽名を使って、そのまま首を刎ねられたか。

すでに奥羽へ脱出したのか——。

左馬之介は焦りを感じた。

重蔵の仇をとることが、自分の生きる縁と左馬之介は感じていた。

隼人を討たなければ、次の一歩を踏み出せない。

上野戦争で焼け出された者たちに、五日ほど握り飯が配られた話が聞こえてきた。おそらく戦の翌日に三枚橋前で配っていた米の残りであろう。あそこで配られたのは兵糧のごく一部であったに違いない。

奪った米をお救い米と称して配ったり、握り飯にして与えたり――。

隼人は、寛永寺へ駆けていった火事場泥棒を思いだし、官軍も連中と似たり寄ったりではないかと苦笑した。

五月十九日、新政府は行政、裁判の権限を徳川家から委譲され、江戸鎮台を置いた。これをもって、新政府は名実共に江戸の支配者となった。

五月二十三日、振武軍は入間川で官軍と戦い、敗走する。

五月二十四日、新政府は徳川宗家を駿河国府中へ移封することを決定、通告した。後に駿河府中藩と名乗ることになる。

将軍家であった頃は八百万石を越えるといわれていた所領から、駿河国約四十万石、遠江国の一部約十八万石、陸奥国の一部約十二万石。合わせておよそ七十万石へと減らされた。

旗本たちは一介の大名となった徳川家について府中へ移ったが、全員というわけにはいかなかった。駿河国に移れたのは旗本の半数。はじかれた者たちは新政府に職を求めたが、全員が潜り込めたわけではない。

旧幕臣としての誇りと活路を見出すため、奥羽へ走る者。潔く武士を捨てて商人になる道を探る者など、少し前まで何不自由なく暮らしていた者たちは、浪々の苦しさを味わうこととなった。

この頃、徳川慶喜は未だ水戸で謹慎の身であった。

江戸では、探索によって発見される残党の数も減ってきて、前田三郎助の小隊は、仕事がおざなりになっていった。旧幕の者たちは会津へ向かって、もはや府内にはいない。だから捜しても無駄だというのが彼らの主張であった。

仲間たちが探索を放り出し、昼から居酒屋や蕎麦屋で酒を飲むようになった。

五月の下旬、左馬之介は居酒屋の暖簾をくぐる仲間らに「探索に行ってきます」と言って歩き出した。

「おい、八田」

と同輩の一人、山之内が呼び止める。

「残党はもう御府内にはいないぞ」

「御山の戦からまだ十日も経ってはおりません。潜伏している者もいるはずです」

「輪王寺宮は寛永寺から根岸、豊島郡三河島村、尾久村へと逃れたという話だ。その経路ならば、新政府の包囲から脱出できたはずだ」

「しかし、輪王寺宮はまだ府内であちこち身を隠して御座すという話も聞きます。浅草の東光院で見たとか、市ヶ谷で一行を見かけたとかいう噂もあります」

「噂は噂だ。無駄なことをせず、一緒に飲もう。大きな声では言えぬが、必死で隠れている奴を見逃してやるのも武士の情けであろう」

「おれにはやらなければならないことがあるのです」

「友の仇討ちだったか」山之内は顔をしかめる。

「そういう古くさい考えは捨てろ。仇を討ったところで友が戻ってくるわけでもあるまい」

　他人にそう言われると、左馬之介は意固地になった。

「戻ってこないからこそ、仇も戻ってこられないようにするのです」

「八田」

　山之内は気の毒そうな顔をして手招きした。

　左馬之介はすぐにでも隼人を捜しに出たかったから、残党探索を諦めた者などと話している暇はないと思った。しかし、立場は雄藩の者の方が上である。左馬之介は身動きがとれず立ち尽くした。

「こっちへ来い！」

山之内が厳しい声で言うので、左馬之介は仕方なく前に歩み寄った。

同輩は床几の自分の隣を軽く叩いた。

左馬之介はそれに従う。

「八田。これからの世の中、どうなると思う？」

「さぁ……」

左馬之介は素っ気なく言ってそっぽを向く。

「又聞きだが、西欧諸国に近づいていくのだそうだ」

「西欧諸国を知りませぬゆえ、分かりませぬ」

「世の中が落ち着いたら、侍がいなくなるのだそうだ」

「それでは世の中、職を失った侍ばかりになりますな」

左馬之介はからかうように言う。

「侍も自分の才覚で食っていかなければならなくなる」

「それでは政はどうなるのです？」

「入れ札で選ばれた者たちが政を司るのだそうだ。町人にも百姓にも、平等に政に携われる機会が与えられるというのは、素晴らしいと思わぬか？」

山之内の言葉を聞いて、左馬之介の脳裏に、新政府が作る輝かしい当来を語る重蔵の顔が浮かんだ。東堂藩は、情報に乏しい小藩であったから、重蔵の語る当来は、光に満ちているだけで具体的なものではなかった。

だが、これから訪れるであろう目映い光を心から信じていた——。

「そういう世を作るために、我らは戦っている。奥羽の諸藩もそのことを理解してくれれば、血で血を洗うこともないのだ」

「しかしながら、西欧諸国にはまだ王が君臨している国々も多いといいます。英吉利にも未だ王族がいて、厳然たる身分制度があると聞きます。身分が上の者と下の者では入れる店も違うとか。亜米利加では肌の色の黒い者を奴婢に使っているそうです。侍も町人も百姓も平等な世など夢のまた夢でございましょう」

「なんだ。欧米のことも知っているではないか。だが、亜米利加の奴婢は、もはや解放されたというぞ——。今まで奴婢とされていた者が解放されるように、欧米諸国もどんどん変わっているのだ。停滞しているのは日本ばかりであったが、今、大きく変わろうとしているのだ」

「仕掛者（詐欺師）は、都合のいいことしか語りませぬ」

左馬之介はぼそりと言った。

「その言葉、ほかの者の前で言うなよ。袋叩きにされる」

同輩は早口で言うと左馬之介の腿を叩いた。

「はい……」

左馬之介は小さく頷いた。

「戦が起こってしまったことは残念だが、日本は確実にいい方向へ動いている。

「今のところ、不平等な条約を結ばされるほどなめられておるが、新しい世になれば、欧米諸国にも一目置かれるようになる。やがて、それらと肩を並べる大国となる――。この戦が終われば、もはや仇討ちなど許されぬ国となる。罪を犯した者は、法によって裁かれる。恨みを刀で解決するような野蛮な時代ではなくなるのだ」

「ならば、いまのうちに仇を討たなければなりません」

左馬之介はさっと床几を立ち、一礼すると走り出した。

※　　※

左馬之介は町中を走り回り、隼人を捜した。

しかし、制服姿の左馬之介を見ると、逃げ隠れする人影が多かった。近い小路に走り込んだ者は捕らえることができたが、遠くで逃げ出す者は無理だった。

そしていつも、捕らわれるのは新政府兵の制服が怖くて逃げた町人ばかりだった。

左馬之介が隼人を捜せるのは、小隊が探索を任されている広小路周辺の範囲に限られていたから、どうにももどかしかった。何度か別の藩が担当する場所に出かけてみたが、他藩の探索隊に見つかり、怒鳴られた。

もし隼人が奥羽へ逃げてしまったのなら、東堂藩の軍に合流した方がいいのではないか？

しかし、奥羽は広い。捜し出すことは不可能だ。

隼人が、もう江戸にいないという確かな証がなければ、奥羽へ赴くわけにはいかない。

左馬之介は、隼人が江戸に残っているという理由を探し始めた。

府内に潜んでいるならば、見つけられる可能性はある。

自分が無為なことをしているのではないという証が欲しかった。

しかし、谷中広小路周辺しか探索できないのでは意味がない。そして、官軍の兵という立場では、もう限界だ。

左馬之介は立ち止まった。

制服を着ていなければどうだ？

町人の姿で聞き込みをすれば、相手の口はもう少し緩くなるのではないか？

たとえば、以前世話になった彰義隊士を捜しているという口実で。

うまく行きそうな気がしたが、そのために町人に身をやつすことには抵抗があった。

武士が町人の姿になり、本来なら身分が下の者に対してへつらうような言葉を使いながら聞き込みをしなければならない――。

こちらの問いに、素直に答えてくれるとはかぎらない。ぞんざいな答えや、邪険にするような態度を、果たして、自分は我慢できるだろうか？

さりとて、侍の格好で、上野で新政府と戦った男を捜しているなどと聞いて回れば、残党ではないかと疑われるかもしれない。

まるで関係のない侍が、残党に間違われて斬られたという話も聞いた。

しかし、このままでは隼人を見つけることは難しい。

今のおれにとって一番大切なのは、隼人を見つけて重蔵の仇を討つこと。ならば、気が進まないなどと言っている場合ではない。

隼人を見かけた者がいたとして、時が経てば経つほどその記憶は薄れてゆこう。

庶民への聞き込みは庶民が――。そう考えた時、閃くものがあった。

官軍に入った時、暇を出してしまったが、それまで左馬之介は徳蔵という渡り中間を一人雇っていた。

中間は旗本、御家人の供揃のことであり、屋敷の下男としても働いた。渡り中間とは、臨時雇いの中間であり、左馬之介は江戸に来た時から徳蔵を雇っていた。

徳蔵ならば顔が広いから、聞き込みには最適かもしれない。

左馬之介は夕方、藩邸の長屋に戻ると、小者に徳蔵を呼んでくるように命じた。

徳蔵が左馬之介の長屋の腰高障子を叩いたのは、日が暮れて少し経った頃であった。

お仕着せの半纏ではなく、縞の着物の着流しであった。

「お久しぶりでございます」

四十を少し出たばかりの徳蔵は、行灯に照らされながら頭を下げた。

「すまんな、急に呼び出して。今は、誰に仕えている？」

「お大名の多くが江戸を離れちまいましたから、お声がかかりませんや。日雇いで暮らしておりやす」

「新政府の役人は雇ってくれぬか？」

「小者のくせに威張り腐りやがるから、どうも性に合わなくて」言ってしまって、徳蔵ははっとした顔をする。

「こりゃあ、失礼申し上げやした。八田の旦那も新政府のお方でござんしたね」

「好きこのんで与してるわけではないから、気にするな」

「それで、今夜のお呼び出しは、もしかしたら今野さまとか柳沼さまの事でござんすか？」

徳蔵は眉を八の字にして訊いた。

「察しがいいな」

「お二人のことは耳にしておりやして、八田の旦那はご傷心のことと気にしておりやした」

「重蔵の仇を討ちたい」

「ってことは、柳沼さまを捜し出したいのでござんすね」

「残党狩りで回っても埒があかない」

「官軍の制服を見りゃあ開く口も閉じちまいまさぁ」

「頼めるか？」

「はい……。だけど、仲のおよろしかった八田さまと柳沼さまが斬り合いをするってぇのは……」

徳蔵は複雑な表情で後ろ首に手を当てた。

「重蔵と隼人も仲がよかった」

左馬之介の胸に苦々しい思いがこみ上げる。

「はい……」

徳蔵は苦しげに言った。

「隼人を討たなければけじめがつかぬ。これから先を生きていくためにな」

「分かりやした」徳蔵は決心したように背筋を伸ばす。

「なんとか見つけ出しやしょう。知り合いを使って広く捜してもようござんすか？」

「任せる」

左馬之介は、懐から小判数枚を包んだ紙包みを出し、徳蔵の膝の前に滑らせた。

徳蔵はそれを押し戴き、懐に仕舞う。

「毎夕、お知らせにあがりやす」

徳蔵は「それでは、失礼いたしやす」と言って、長屋を出ていった。

四

居酒屋で酒盛りを始めた仲間から離れて、左馬之介は谷中広小路に立った。

上野の戦から一月(ひとつき)近く経ち、焼け跡はあらかた片づいていた。しばらく放置されていた旧幕の者たちの死骸は、三ノ輪の円通寺の和尚仏磨(ぶつま)らの手によって集められ、荼毘(だび)に付されていたから、地獄のような惨状は消え失(う)せていた。

敷地に焼け焦げた材木が積み上げられているだけの場所もあったが、あちこちに真新しい柱が建ち始めている。

足場を組んで焦げた壁を塗り直している蔵もあちこちにあった。

火事と喧嘩は江戸の華といわれるくらい、江戸には火事が多い。焼け出されるのに慣れっこになっているのが、この復興の早さに表れているのだろうか。

池之端仲町に、建てている途中の家の前に座り込んでいる娘がいた。大工らが屋根板を張っているのを眺めている。

上野の戦の翌日、新政府兵に食ってかかった連中の一人だと、左馬之介は思い出した。

たしかあの土地には、志摩屋とかいう口入屋の立て札が立っていたはずだ。

左馬之介は広小路を離れて、娘に歩み寄った。立て札はまだ家の前に立っていた。

「だいぶできてきたな」

左馬之介が声をかけると、娘はきつい顔で振り返る。

「あの時、薩摩兵を逃がした奴だな」

「あのままだと血を見そうだったからな」

「あたしら町人は鬱憤晴らしもできないってことかい。官軍の連中は旗本や御家人を虐めて鬱憤を晴らしてるってのにさ」

「そうだな」

と左馬之介が溜息をつくと、娘は意外そうな顔で左馬之介を見上げた。

「変な奴だな」

「何が？」

「あたしは喧嘩を売ったんだ。怒って捕まえようとしたら、逃げて石をぶつけてやろうと思ってた」

「鬱憤晴らしにか」

左馬之介は苦笑する。

「薩摩兵なら乗って来たはずだ」

「おれは薩摩兵じゃない」

「どこの生まれだい」

「陸奥国だ。田舎者だよ」

左馬之介が言うと、娘は鼻で笑った。

「江戸なんて、あっちこっちから来た田舎者の吹き溜まりだよ。そんなこと気にしてたら暮らしていけないさ。三代住まなきゃ江戸っ子じゃねぇなんて粋がってる奴もいるけど、四代遡れば田舎者って奴がごまんといる。それで、田舎者ほど江戸に住んでいるだけで江戸っ子だって粋がるのさ」

「今は東京だ」

慶応四年（一八六八）、新政府は江戸を〈江戸府〉とした。

明治元年五月、三奉行を廃止し、寺社奉行所を社寺裁判所、南北の町奉行所を南北の市政裁判所、勘定奉行所を民政裁判所とした。

同年九月、詔書が発布されて〈江戸府〉は〈東京府〉となった。

「馬鹿じゃねぇか。東の京なんて京の方が上だって認める名前じゃねぇか。どうせ江戸に誇りを持たねぇ奴がつけたんだろ――。あんた、何でこんな所をほっつき歩いてる？」

「旧幕の残党を捜してる」

「残党狩りかい。ご苦労なこった」

「あの日、ここにいたか？」

「馬鹿じゃねぇのか。いたら生きちゃいねぇよ。日本橋堀留町の知り合いの家に逃げてたよ」

娘は立て札を指差した。

思ったことをなんの忖度もなしに語る娘の言葉に、腹が立つよりも清々しささえ覚えた。今まで左馬之介の周りにそういう者はいなかった。

「そうか――。それじゃあ、旧幕の者を匿っている奴を知らないか？」

「ほんと、馬鹿じゃねぇのか」娘は呆れ顔で左馬之介を振り返る。

「知ってたとしても、知り合いを売るわけねぇじゃねぇか。江戸っ子を甘く見るんじゃないよ」

「戦の翌日は、知り合いでも家族でも売りそうな奴がいっぱいいたぞ」

「ああいう奴らは、親の躾がなってなかったのさ。死んだ奴らを弔う気持ちとか、人さまの物を盗んじゃならねぇってのは、親が教えることだ」

「なるほどな。おれは親ではないが、一つ教えてやる。親しくもない他人にあまり馬鹿という言葉は使うな」

「馬鹿に馬鹿って言って何が悪い」

「馬鹿かどうかは親しくなってみなければ分からぬ」

「なるほど、一理あるな。これから気をつけるよ。あんたは侍にしては物分かりが良さそうだからな。言うことを聞いて損はないかもしれねぇ」

「侍は嫌いか？」

「嫌いだね。侍とあたしらの間にはお城の堀よりも広くて深い溝がある。あんた、ずっと侍を続けるのかい？」

「さぁな。新政府がどう考えているかだ。もしかすると、侍はいなくなるかもしれないな」

「なんで？　新政府の役人だって侍だろ」

「格下の侍が格上の侍をやっつけたからな。そういう格が残っているのは都合が悪いだろう」

「だって、豊臣秀吉（ひでよし）から天下を分捕った徳川家康（いえやす）だって侍だろ？　今回だって、侍が侍をやっつけて、天下を取ったんだ。同じことだろ。頭がすげ替わるだけだとあたしは思うね」

「手厳しい言い方だな」

「庶民はみんなそう思ってるよ。で、ずっと侍を続けるのかい？」

「なぜだ？」

「侍にしておくのは勿体ないと思ってさ」

娘の言葉に左馬之介は笑い出す。しばらく笑った後、すっと暗い顔になって、

「侍でいなければやりづらい事があるからな」

と呟くように言った。

「なんか物騒な事を考えているのかい」

娘は眉根を寄せた。

「謀叛とかそんなことじゃない」

左馬之介は笑みを浮かべて娘を見る。

「そうかい。もし侍を捨てる時があったら、ウチに来な。お父っつぁんが仕事を世話してくれる」

「ああ、口入屋だったな」左馬之介は立て札に目を向けた。

「侍を辞める時には頼ることにしよう」

「そうしな」と言って娘は立ち上がる。

「お父っつぁんに、家の進み具合を知らせなきゃならないから、あたしは帰るよ。残党狩り、頑張りな」

「ああ。ありがとう」

娘は左馬之介に頷いて駆け出した。

「おい、名前はなんという？」

左馬之介は娘の背中に問うた。

娘は立ち止まって振り返る。

「とき。あんたは？」

「八田左馬之介だ」

「〝サマ〟だな。それじゃあな、サマ」

ときは手を振ると、また駆け出した。

「変な奴はお前もだ」

左馬之介は言うと、鎚音や鋸の音を遠く近く聞きながら、探索へ戻った。焦げ臭い空気の中に、真新しい材木の匂いが混じっていた。

五

隼人は、桜庭の寺子屋を手伝うようになっていた。その分、せつが教える時間が減り、仕立物の仕事を多く入れることができて、隼人の食費を捻出できた。

隼人の財布には幾ばくかの金があったので、それを預けようとしたが、桜庭は暮らしていれば自分の財布から銭を払わなければならないこともあろうからと受け取らなかった。

財布の金は小判など大きい金が多かった。町人暮らしでは銭が必要であろうと、せつが細かい銭に両替して来てくれた。

寝所は桜庭とせつが奥の間、隼人が寺子屋にも使う出入り口の座敷であった。

長屋の者たちは、最初こそ疑わしそうな目で見ていたが、大人しい隼人の様子に安心し、言葉を交わすようになった。

隼人は侍言葉が出ないように気をつけながら話したので、口べたな男という印象をもたれたようであった。

寺子屋に通う童たちは、大人たちよりも慣れるのが早く、隼人が手習いの助教を始めたその日から、気安く声をかけた。

向かいに住む太吉の息子、秀蔵がずけずけと訊いた。

「作太郎師匠はせつ師匠と夫婦になるのかい？」

突拍子のないことを訊かれ、隼人は戸惑った。

「なにを馬鹿なことを。せつどのに失礼であろう」

と答えると、残り四人の子供らが、げらげらと笑った。

「せつどのに失礼であろう、だって。侍みてぇな言葉遣いだ」

茂助が言った。

隼人はどきりとして、すぐに誤魔化した。

「桜庭先生の言葉が移ったんだよ」

「作太郎師匠はお侍になりたいの？」

ときよが訊いた。きよは通ってくる童たちの中で一番年下であった。

「金持ちの商人は金を出して侍株を買うっていうけど、作太郎先生もそのくちかい？」

秀蔵が生意気な言い方をする。

「侍になんかなるつもりはないよ」

隼人は素っ気ない返事をする。

「国許に許嫁（いいなずけ）はおらぬのか？」

桜庭の問いに、思わず『おりませぬ』と答えそうになり、咳払（せきばら）いをして誤魔化してから、

「いませんよ。やっと一番上の兄貴が嫁を娶（めと）ったばかりです。おれの番はまだまだ先です」

と、答えた。

「あれ？」とみちが振り返る。みちは茂助と同い年である。

「家の跡継ぎで、奥羽は危ないから江戸へ来たんじゃなかったっけ？」

矛盾をつかれて、隼人は一瞬口ごもった。

「兄貴は家を継ぎたくないって、町医者になったんだよ。だから、おれが継ぐことになったんだ」

なんとか辻褄（つじつま）を合わせる。この時代、医者の資格などはなく、自分で名乗れば誰でも医者になれた。

「ふーん」

とみちは興味を失ったように紙に筆を走らせる。

「なかなか大変だな、作太郎」桜庭はにやにや笑いながら隼人を見た。

「だが、童らといると、気が紛れるであろう」

桜庭の言うとおり、寺子たちに教えている最中は、仇討ちの事でささくれだった心が、穏やかになるのを感じていた。

「はい」

と隼人が答えると、みちがまた顔を上げて、

「なんの気を紛れさせるの？」

と訊く。

「いつ戦に巻き込まれるか分からぬ実家のことが心配なのだ」

桜庭が言った。

すっと襖が開いてせつが顔を出す。

「おみっちゃん。何でもかんでも訊くもんじゃないの」

と、怖い顔で窘める。

「だって、桜庭師匠は気になったことはなんでも訊けって仰せられました」

みちは不満そうに言った。

「それは手習いや算術で分からないことがあれば何でも聞くようにと仰せられたのです」

「はーい」

みちはまた紙に向かった。

隼人は微笑む。

しかし、すぐに表情を引き締めた。

仲のいい寺子たちを見ていると、昔の事を思い出した。重蔵、左馬之介と共に過ごした幼い日々が蘇って、いつ左馬之介が現れて、斬りかかって来るかもしれないという緊張が柔らかく揉みほぐされていくような気がするのだった。

※　※

残党狩り終了の命令が下った。明日からは通常の市中警備となり、左馬之介は上野辺りを警備、見回りする担当となった。巡邏（じゅんら）である。巡邏とは、市中を見回り、警備することを言うが、その役目を担う役人も巡邏と言った。かつて町方同心であった者や、目明かしなどが勤める下級の役人を命じられたのである。

上野周辺はすでに調べ尽くしている。あの辺りには隼人はいない。

あとは中間の徳蔵が頼りか――。

左馬之介は歯がみしながら藩邸に戻った。

すでに大半が国許に戻っており、江戸家老一人と、荷物の運び出しや掃除のために少数の藩士と小者がわずかに残っているばかりの藩邸は深閑としている。

左馬之介が長屋へ入ろうとすると、背後から声がかかった。

「八田、勤め大儀であったな」

江戸家老の小松崎が敷台に立ってこちらを見ていた。

左馬之介は敷台の下まで駆けて、片膝を突いた。

「お声がけ、ありがとうございます。明日から市中警備の任を承りました」

「こちらにも報告が来た」小松崎は気の毒そうな顔をする。

「東堂藩江戸屋敷は明日、新政府に明け渡すことになった」

「左様でございますか……」

つまりはねぐらがなくなるということか。左馬之介は溜息を飲み込んだ。

いずれそうなることは覚悟していた。まだ住んで一年にもならないが、色々と想い出のある部屋を離れるのは寂しかった。

「ああ、そうそう」小松崎は思い出したように言う。

「御用方検使の倉持主膳から伝言がある」

「何でございましょう」

「そなたが新政府のお役目に務めている間、商人からの借財はすべて綺麗にしておると伝えてくれとのこと」

「ああ……。左様でございましたか。ありがとうございます」

町で顔見知りの商人に出会っても恨み言を言われずにすむと、左馬之介は微笑んだ。

「お前の住処(すみか)は、薩摩藩が上野の仮屯所(かりとんしょ)に用意してくれるとのことだ。しかし、朝から晩まで異国の者と暮らすのは苦痛であろう。そこで相談なのだが――。一緒に国許へ帰らぬか？　柳沼を捜すことは諦め、国許に帰って官軍の一員として、奥羽の戦を戦え」

「はい……」

左馬之介は視線を逸(そ)らす。

「そうか。まだ柳沼を捜すか――」小松崎は溜息をついた。

「明日の朝、三田の薩摩藩蔵屋敷へ挨拶に向かうがよい。荷物は上野の仮屯所へ運ばせる」

「ありがとうございます……」

左馬之介が礼を言うと、小松崎は小さく手を上げて去りかけ、立ち止まった。

「そうだ、もうひとつ。隼人のお父上は、息子の恥を雪ぐと、新政府軍で小隊長を務めているそうだ」

「左様でございますか……」

憂いがひとつ消えて、左馬之介の肩は少しだけ軽くなった。隼人の出奔の件で腹を切るのではないかと心配していたのだった。

それでも自身に関する心配事は増えるばかりである。

左馬之介はのろのろと長屋へ戻る。一階の居間に行灯をともすと、崩れ落ちるように壁に背を預けて座り込んだ。

夕餉をとる気力もなく、ぼんやりと宙を見つめる。

隼人は、どうすれば見つかる?

命令に背いて上野以外の場所を捜すか?

隼人はもしかすると、旧幕の兵たちと共に各地を転戦しているのかもしれない。

北越戦争では、列藩同盟軍が善戦していた。

会津戦争では、白河口で激戦が繰り広げられている。列藩同盟は白河城を奪還できずにいた。

奥羽越列藩同盟の足並みが乱れていた。久保田藩は同盟に反対し、新発田藩は共同歩調をとらず、討伐すべしの声が上がっていた。

上野戦争を逃れた輪王寺宮が、列藩同盟の盟主に就任したという話も聞こえてきた。

世の中は激動している。

おればかりが足踏みをしているような気がする――。

左馬之介は両手で顔を覆った。

六

左馬之介が藩邸に戻った頃、渡り中間の徳蔵は、池之端で料理屋をしていた女将（おかみ）を訪ねていた。今は両国（りょうごく）広小路に面した米沢町（よねざわちょう）の料理屋で手伝いをしていた。

御山の不逞浪士の仲間になっているのなら、必ず上野周辺の料理屋に顔を出しているだろうという読みで、焼け出された料理屋の女将たちの避難場所を捜し歩いて、何人かの居所を摑んだのであった。

かつという名の女将は、店の裏口で煙管（きせる）を吹かしながら徳蔵の問いに答えた。

「ああ、柳沼隼人って名前には覚えがあるよ。純忠隊の人らと一緒に来てたから、隊士だったんじゃないかな」

「そうかい。純忠隊士だったかい。で、行方に心当たりはないか？」

「御山で死んだんじゃないのかい」

「いや。逃げ出したらしい」

「なんで行方を訊きたいのさ」

かつは掌に煙管の火玉を落とし、器用に転がす。左手で煙草入れから煙草を摘んで煙管に詰め、火玉で煙草を吸いつける。

「とあるお店の娘がさ――。分かるだろ」

「なるほどね。だけど相手は賊軍だよ。いくら惚れてるからって、親父が許すまいよ」

「親父は娘のいいなりでね。ほとぼりが冷めるまで匿うってんだよ」

「危ないねぇ。そんな危ないことに関わっていいのかい？」

「たんまりともらえるからな。見つけ出したらその金を持って有馬温泉辺りへ行くつもりさ。こっちもほとぼりが冷めるまでな」

「あたしもおこぼれに与れるのかい？」

かつは徳蔵にしなだれかかる。

「あんたから聞いた話で見つかったらな」

「そうかい。残念だけど行方は知らないよ。あんた、今までどこを当たった？」

「上野から谷中、千駄木とか。官軍が逃げ道を開けた方はだいたい」

「神田川の向こうは？」

「行ってねぇが、あっちへ逃げた者もいるのかい？」

「官軍を手伝って和泉橋に張り込んでた親分がいてさ」

「目明かしかい？」

「侠客。岩本町の辰三親分っていうんだけど、その親分が、何人か怪しい奴が神田川を渡ったって言うんだよ」

「見逃したのか？」

「元々、旧幕贔屓の人だもの。仕方なく手伝っているだけだったから、官軍が見逃した奴はそのまま逃がしてやったんだって。辰三親分なら何か知ってるかもしれないよ」

「なるほど。どこに住んでる？」

「岩本町の仕舞屋だよ。おかみさんは近くで料理屋を開いてる。たまにそっちも手伝ったりしているから。怪しまれたらあたしから聞いたって言やぁいいよ」

「分かった。ありがとうよ」徳蔵はかつに小粒を握らせる。

「いい手掛かりに繋がったら、もう少し持ってきてやるぜ」

「あてにしてるよ」

かつは煙管を掌で叩き、灰を落とすと店に戻っていった。

徳蔵は岩本町へ走った。米沢町からすぐである。

何人かに道を聞き、辰三の家に辿り着いた時は、空は藍色に暮れていた。

開け放たれた腰高障子の向こうは広い土間で、床几を置いて三人の若い衆が煙管を吹かしていた。足元には蚊遣りが煙を上げている。

正面の座敷に、長火鉢を前にして中年の男が座っていた。長いもみ上げが白い。景気がいいらしく、蠟燭を立てた燭台が数本立ち、土間も座敷も明るく照らされている。

徳蔵が戸口に立つと、若い衆三人がさっと立ち上がって「何の用だい？」と近づいて来た。

「おれは、渡り中間の徳蔵ってもんだ。池之端のおかつ姉さんから話を聞いて、訪ねてきた。辰三親分と話がしてぇ」

「だから何の用かって訊いてるんだよ」

座敷の中年男——、岩本町の辰三が言った。

「あんたが辰三親分かい」

「残り三人を見てみろよ。親分って面じゃねぇだろ」

辰三はにやりと笑う。

「人を捜してるんだよ。おかつ姉さんから、どうやら純忠隊の隊士らしいってとこまで分かった」

「その名前をでかい声で言うんじゃねぇよ」

辰三は舌打ちする。

「ここに突っ立ってたら、この位の声じゃなきゃそっちまで届かねぇ」

徳蔵は突っ立った三人の間から首を伸ばす。

「通してやんな」

辰三は太い手綱煙管を振って、三人の若い衆に命じた。

徳蔵は若い衆の間をすり抜けて、上がり框（がまち）に腰を下ろす。

「純忠隊の誰を捜してる？」

「柳沼隼人って男だ」

「最後のあたりに入った奴だな」

「どこへ逃げたか知ってるか？」

「似た奴を見かけた」

「どこで？」

「なぜ捜してる？」

「知り合いに頼まれた」

「新政府のか？」

「まさか。商人だよ。娘が柳沼って隊士にのぼせ上がっててさ」

「嘘じゃねぇって証は？」

「口で頼まれたんだ。証なんかねぇよ。新政府の悪口でも並べ立てりゃあ信じてもらえるか？」

「お前ぇの身分が渡り中間だってのが気に入らねぇ。侍の手先じゃねぇか」

「あんた、旧幕贔屓だったんじゃねぇのか？」

「旧幕だって侍だ」辰三はしかめっ面をする。

「知ってるか？　勝麟太郎（海舟）とかいう野郎」

「ああ。名前だけは知ってる」

「あいつは、薩摩の軍が江戸に攻め込んで来たら、町に火を点ける算段をしてたんだぜ」

「本当かい？」

徳蔵は驚いて身を乗り出した。

「ああ、本当だとも。火消の連中を使ってさ、江戸のあちこちに火を点けて市中を丸焼きにしようとしてたらしい。ある火消の頭からそれを聞いて、旧幕贔屓の思いなんか吹っ飛んじまったね。けっきょく侍って奴らは自分の都合しか考えていねぇのよ。だが、長い物に巻かれなきゃ生きていけねぇ世の中だ。橋の張り込みにつきあえって言われりゃあ揉み手をして従うしかねぇ」

「橋で見たのか？　柳沼隼人を」

「おお。和泉橋でな。町人の格好をしてたから、馬鹿な薩摩兵は見逃した。おれは知らねぇ振りをしてやった」

「どこへ行ったか分かるかい？」

「そこまでは分からねぇな。だが、日本橋を越えて、江戸を出ようって魂胆だったんじゃねぇかな」

「西へか？」

「新政府は奥羽の諸藩を平定しようって躍起だ。御山の逆賊の探索を西へ向かわせやしめぇ」

「市中に潜伏してるってことはねぇかな」

「噂は入ってきてるな。新政府に恭順した旗本んとこに匿われてるとか、寺に匿われてるとか。あっちこっちの長屋の芥溜（ごみため）や堀で、捨てられた刀が見つかってるって話もあるから、町人に身をやつして息を潜めてる奴もいるだろうな」

「そうかい――。柳沼隼人が和泉橋を渡ったって事が分かっただけでもめっけもんだ」

徳蔵は財布から一両を取り出し、畳の上に置いた。

「礼金なんざいらねぇよ」辰三はしかめっ面をした。

「この程度の話で金をもらうなんざ、岩本町の辰三の名が廃るぜ」

「一度出した金を引っ込めるのは徳蔵の名が廃るって言いてぇところだが――」徳蔵は苦笑しながら一両を財布に戻した。

「江戸から大名連中が引き上げたから、さっぱり仕事が入らねぇ」

「そうだろうな」辰三は気の毒そうに徳蔵を見た。

「国許からの参勤もなくなっちまうから、渡り中間はおまんまの食い上げだな。なんならうちに来るかい？　お前ぇさんは腕っ節が強そうだ」

「もう粋を張って生きる年じゃねぇよ。女房も子供もいるしな」

「もし柳沼隼人について何か分かったら、どこへ知らせに行きゃあいい？」

「そうだな――」

嘘をついた手前、東堂藩の藩邸で継ぎが取れるとも言えなかった。

「また顔を出すよ――。もし、見つけても、娘の話は内緒にしておいてくれねぇか。胸の内を話すのが他人じゃ艶消しだ」

「分かってるよ。じゃあな」

辰三は手綱煙管に煙草を詰めて、長火鉢の火で吸いつけた。

三人の若い衆のお辞儀に送られて、徳蔵は外に出ると、すぐに虎ノ門前の東堂藩邸に走った。

※　　※

戸口の外で声がした気がして、左馬之介は目を開けた。いつのまにか眠っていたようだった。一階の居間である。辺りは真っ暗になっていた。

「もう寝ちまったのかな――」

徳蔵の声だった。

「すまん。今、起きた。戸は開いている」

返事をして左馬之介は身を起こし、行灯に明かりをともした。

徳蔵が三和土に入って頭を下げた。

「すみやせん。柳沼さまの件で分かったことがあったんで」

「上がれ」

左馬之介は手招きする。

「失礼いたしやす」

徳蔵は左馬之介に向き合って座り、かつと辰三から聞き込んだ話をした。

「そうか……。神田川を渡っているとは考えなかったな」

左馬之介は腕組みをした。

「へい。明日からは神田の辺りを廻(まわ)ってみやす」

「こっちも言っておかなければならぬことがある」

「何でござんしょう？」

「明日で藩邸が新政府に明け渡される」

「……左様でございますか。八田さまはここから移るのでございますか？」

「上野の仮屯所へ住むようにと言われている。小松崎さまには、一緒に国許へ戻ろうと言われてた」

「どうなさるんで？」

「国許へ戻るつもりはないが、御山の残党狩りは市中警備に切り替わり、おれは上野辺りを回るよう命じられている」

「それなら、神田の探索はあっしにお任せ下せぇ。柳沼さまを見つけたら、すぐにお知らせにうかがいます」

「うむ」

左馬之介は頷きながらも細く長く溜息をついた。

「最初は偉そうな態度の薩摩の上官にむかっ腹を立てていたが、この頃は慣れてきた。それどこか、おもねるような言葉を口にするようにもなっている」左馬之介は唸るように言った。

「このままだと、ずるずると新政府軍の中に取り込まれて、それが当たり前になってしまうような気がする」

「それでいいんじゃござんせんか。殿さまが変われば、新しい殿さまに従うものでござんしょう」

「自分自身が消えていくような気がする。八田左馬之介がどこかに行ってしまわないために、隼人を討つことにしがみついているような、そんな気がするんだ。隼人は憎い仇だが、己の意思で藩を出奔した。重蔵は侍らしく、戦の中で死んだ。おれはどうなんだ？」

　徳蔵を見る左馬之介の目がすがるようなものになった。

「お侍も町人も、滅私奉公でござんす。八田さまはちゃんとやっておりやす――。左馬之介さま、ご自分が一番、何をしたいのか、もう一度お考えなさいやし」

「重蔵の仇を討ちたい。それを成し遂げなければ、次の一歩が見えぬ」

「ならば、今野さまの仇を討つためには何をなさらなければならないので？」

「隼人の居所を見つけなければならない」

「だったら、それを成し遂げるために必要なことだけお考えなさいやし。失礼ながら、自分を哀れと思ってめそめそしていても、屁の役にも立ちやせんぜ」

　徳蔵の言葉を聞いて、左馬之介の顔に怒りの表情が浮かんだが、それはすぐに引っ込んだ。

「その通りだな。自己憐憫は屁の役にも立たぬ――。しかし、自分の足で隼人を捜せぬのは、なんとも歯がゆい」

「官軍の侍なのですから、新政府の命令は聞かなきゃならねぇ。それは致し方ないことでござんすよ」

「いっそ出奔してしまえば、あちこち隼人を捜し歩ける」

「およしなせぇ」徳蔵は顔の前で手を振った。

「浪々の身を甘く見ちゃいけやせん。官軍をおん出ちまえば、その日の食い物にさえ苦労して、柳沼さまを捜すどころの話じゃなくなりやす。それに、御身まで、官軍に追われることにもなりかねやせんよ。そして、おれも手伝いができなくなりやす。八田の旦那から手間賃をもらえるから、なんとか家族を養っていやすが、それが無くなれば、おれも新しい仕事を探さなきゃならなくなります。金の切れ目が縁の切れ目みてぇで申しわけねぇんですが、こればっかりはどうしようもねぇ。食わなきゃ死んじまうんでね」

「そうか……」

左馬之介が申し訳なさそうな顔をすると、徳蔵は慌てて言った。

「いや、難しくねぇ仕事で手間賃をもらえてありがてぇって思ってるんですよ。ですから、おれとしちゃあ、八田の旦那に官軍でいてもらいてぇ。柳沼さまはおれが見つけ出しやすから、まずはお勤めに精を出してくださいやし。本懐を遂げてから、その後のことを考えやしょう」

「すまん。余計な心配をかけた。よろしく頼む」

左馬之介は頭を下げた。

「それじゃあ、おれはこれで」

徳蔵は言って居間を出て、三和土で一礼すると外へ出ていった。

七

大家の善兵衛は、桜庭の言葉を信じたのか、あの日以来、隼人の身元について何か言うことはなかったし、奉行所から誰かが調べに来ることもなかった。

長屋の住人でも、よく言葉を交わしたのは同年代の良介(りょうすけ)であった。まだ独り身である。

良介は魚屋を生業としていて、まだ暗いうちに河岸にでかけ、魚を仕入れて、常連客のいる長屋を回って売り歩く。昼に一度長屋へ帰り、残った魚を煮付けにして夕方まで売り歩く。煮魚が、自分の夕飯のおかず以上に売れ残れば、長屋の誰かにふるまった。

そして夕方、隼人を湯屋に誘いに来るのである。

最初に湯屋に誘われた日、良介は隼人の逞しい体つきを見て驚いた。

「作太郎、お前ぇ油屋の倅のくせにいい体してやがるなぁ」

隼人はどきりとしたが平然とした顔で、

「町道場に通ってたんだよ」

と返した。

「ああ、そう言やぁ攘夷攘夷って騒いでた時にゃあ、江戸でも町道場へ通う町人が多かったぜ」

「おれの国許では、町人にも武芸を学ぶことが奨励されていた。小さい国だから、異国人が攻めてきたら、総掛かりでやっつけるんだってね」

「あれ？　お前ぇの生国は秋田じゃなかったかい？」

良介は流し場の端にある上がり湯の桶から手桶で湯を汲んで下半身を洗った。

隼人はドキリとした。桜庭の国許から来た事になっていたことを忘れて、東堂藩の事情を話してしまった。

「秋田に出店を出したんだよ。そこを任されてたんだが、お父っつぁんが心配してな。本店は東堂藩にある。数年前までそっちで暮らしてたんだ」

隼人は柘榴口へ向かう。

「東堂藩ってどこだ？」

良介は隼人に続いて柘榴口をくぐり、「冷や者でござい」と、先に湯船に浸かっている者たちに断りながら、湯に身を沈める。

「陸奥の南の端っこさ」

隼人は湯の心地よさに唸りながら答えた。

「奥羽は列藩同盟だ新政府だって大騒ぎのようだが、お前ぇの国はどっちについた？」

良介はざぶざぶと顔を洗う。

「新政府。小さい藩は長い物に巻かれなければ生き残れないからな」

「どっちが長い物かを見分けられたんだから、いいじゃねぇか」

「お前は新政府が長い物だと思うのか？」

「当たり前ぇじゃねぇか。今、新政府に逆らってるのは奥羽の諸藩ばかりだろう。生き残りたきゃ、新政府に逆らっちゃ駄目だな」

「武士の意地ってもんがあるだろう」

二人の話を聞いていた老人が口を挟んだ。近くの仕舞屋を借りている隠居だった。

「奥羽越列藩同盟のお侍さんたちは、武士の意地を通してるんだよ。立派なもんじゃないか」

「だけどよ、ご隠居」良介が異議を唱える。

「その意地のために、町人も百姓も、食い物を奪われ、家に火をつけられ、田畑を踏み荒らされるんだぜ。散々に荒らされた後に降参すれば、目の玉が飛び出るくれぇの賠償金を求められるって話だ。それを用立てるために商人が苦労する」

「民百姓のことを第一に考えれば、新政府につくのが一番だぜ」別の男が言う。

「武士の意地なんか、果たし合いか、戦の元にしかならねぇじゃねぇか。そんなもの、何の役にもたたちゃあしねぇんだ。昔っからな」

ご隠居はむっとした顔をしたが、反論せずに湯船を出ていった。

武士の意地など何の役にも立たない。それが庶民の本音なのだと隼人は思った。

「人斬り包丁を腰に差して粋がってるけど」良介が言った。

「自分たちが百姓の年貢のお陰で食っているってことを分かってねぇ。着物や、暮しの中で必要な物は、みんな庶民が作ってる。そのありがたさなんかまるで知らねぇで、天下国家の事を論じ、いい気になってる。あいつらにとっちゃあ、おれたちなんか地面の下をうごめいている虫けらでしかねぇんだろうな」

「ほんと、侍はいけ好かねぇぜ」

暗い湯船のあちこちから賛同の声が上がった。

「儲けさせてくれるんなら威張らせてもやるが、損をさせるくせに謝りもしねぇのは業腹(ごうはら)だ」

「湯島の知り合いは、店を焼かれて首を括った」

「おれのだち公は流れ弾で怪我をした」

侍を捨てた隼人であったが、その声はどれも胸に刺さった。隼人自身にも幾つか覚えがあった。

国許では民百姓を大切に扱っているつもりであったが、確かに自分よりも下層の者、住む世界の違う者として接していた。

百姓は米を作り、その米は年貢となり、自分の俸禄になるのだということは理解していても、それは当たり前のことで、ありがたいと思ったことはなかった。

侍は、民百姓のために何か役に立っているだろうか？

治水の工事も、飢饉の時のお救い米の供出、炊き出しも、「やってやっている」気であったが、侍がいなかったとしても互助で補えるものばかりではないのか？

今起きている戦は、どんな大義名分を並べ立てたとしても、考えの異なる者を力でねじ伏せる天下取りにほかならない。

庶民にとって侍は、地回りよりも質の悪い穀潰しなのかもしれない。

※　　※

左馬之介は同輩の山之内と共に、下谷広小路を警邏していた。寛永寺の御山からは蟬の声が響いている。蒸し暑い空気の中に、未だ焦げ臭いにおいが漂っていた。

三枚橋近くまで来るうちに、あちこちの溝から、法具やら法衣を拾った。寛永寺から盗み出された物である。盗品の取締りが厳しくなったために、夜陰に乗じて捨てに来る者が多くなっているのである。

「庶民の賤しい心も直していかなければ、欧米と肩を並べることはできぬな」

と拾った物を番所に預けた後、山之内は眉をひそめた。

「どこの国も同じではありますまいか。貧富の差が大きければ、こそ泥の数も増えましょう」

左馬之介は周囲を見回す。焼け木杭を積み上げた空き地もまだまだ目立ったが、真新しい家が建ち始めている。

三枚橋のたもとで左馬之介は左を見た。

池之端仲町にはずらりと表店が建っていた。暖簾がたなびいている店もある。

ロ入屋の志摩屋はもう店を始めただろうか。

左馬之介は橋を渡る山之内に「手分けして回りましょう」と言い、池之端仲町の方へ歩いた。

「一人では危ないぞ」

山之内の言葉に、左馬之介はすぐに返す。

「残党はもういないんでしょ」

山之内は苦笑して「気をつけてな」と言い、鉄砲の穴だらけになった黒門に向かった。

左馬之介は志摩屋を探して小走りに進む。

藍染めの暖簾に、白抜きの志摩屋の文字。

ときと名乗った娘の顔を思い出し、左馬之介は口元をほころばせながら暖簾をくぐった。

「何かのお調べですかい？」

土間の向こうの座敷で文机に座った男が訊いた。三十歳ほどの痩せた男である。

左馬之介は上がり框に腰を下ろし、

「市中警備の途中だ。怪しい者はうろついておらぬか？」

と訊く。

「見回りのお陰でござんしょうね。彰義隊の残党は姿を見せやせんや。火事場泥棒が盗んだ物を捨てに来るのが迷惑っちゃあ迷惑でござんすね。見つけるたんびに、番所に届けなきゃならねぇから」

男の口調にはどことなく嘲るような響きがあった。

「官軍は嫌いか？」

左馬之介は訊いた。

「好きも嫌いも、いるんだからしょうがねぇ」

男は、左馬之介が怒り出さないと判断したのであろう、にやりと笑うとそう答えた。

「名はなんという？」

「志摩屋の主、仙左衛門と申しやす」

「面白い娘がおるな？」

「ときをご存じで？」

「この店の柱が立った頃に会った」

「ああ。娘からも聞いておりやした。〝サマ〟の旦那でござんすね」

「八田左馬之介という」

「ああ、だから〝サマ〟でござんすか。娘が失礼なことをいたしやして、申しわけござんせん」

「構わぬ。ときはおるか？」

「使いに出ておりやす。あと半刻もすれば帰って参りやすが」

「それほど長っ尻をするわけにもいかぬな。上野の辺りを警邏する役を命じられておるから、また邪魔をする」

「侍をお辞めになることになさいましたか？」

仙左衛門は左馬之介の顔を覗き込む。

「ときとそのようなことを話したな」左馬之介は笑う。

「まだ辞めるつもりはない」

「左様で。この頃、侍をお辞めになるお方が多ござんすもので」

「旧幕の者たちか」

「はい。お旗本はなんとか新政府の中に役をもらえた方も御座すようでござんすが、御家人の皆さまはなかなか。巡邏は嫌だと言うお方も多ござんすから」

「仕事の選り好みはいかんな」

左馬之介は苦笑する。

「左様でござんす。商家の下働きもいや。人足などもってのほか。何十人かは用心棒をご紹介いたしやしたが、店からは扱いづらいと文句を言われておりやす」

「侍気分が抜けぬか」

「家に引っ込んで息を潜め、御山の戦にも出ていない方々でござんすから、人を斬ったこともない。押し込みを見て逃げ出した方も御座します」

仙左衛門は一度言葉を切り、身を乗り出すようにして訊いた。

「侍でなければ成せぬことがおありだとか」

「ときはそのようなことまで申したか」

左馬之介は眉根を寄せた。

「ときは何でも話してくれます」

「いい親子だ。これからは気をつけて話さなければならぬな」

「もしかして、どなたかをお捜しですか?」

「なぜそう思う?」

「八田さまは、陸奥国のお生まれだとか。とすれば、お国は奥羽越列藩同盟に加わったか、新政府に与したか。いずれにしろ、今は奥羽の戦の真っ直中。今、江戸にいて、しかも巡邏をなさっているのは、江戸で何かを成さなければならないから。そして、新政府軍にお勤めということは、お国からのお許しを得てのことでございましょう。ということは、お国は新政府に与しましたか——。娘が最初にお会いした時は御山の残党狩り。そして今は巡邏をなさっている。とすれば、御山にいた浪士を捜して御座すのか。尊皇攘夷が叫ばれ出した頃から、諸藩は脱藩に寛容になりましたから、出奔した者を討てとの命令があったわけではない。とすれば、仇討ちの相手をお捜しではなかろうかと邪推したのでございます」

仙左衛門は一気に話し終えると『いかがでございます?』と言いたげに微笑んだ。

「なかなかの読みだな——」

左馬之介は驚いて仙左衛門を見た。

「当たりでござんすか?」

「答えは言わぬ――。が、もしおれが仇を捜しているとすればなんとする？」

「居場所を絞り込めているのなら、それなりのお仕事を紹介できるかと」

「それなりの仕事とは？」

「仇の動静を調べるには、巡邏の格好では警戒されやしょう。元禄の赤穂の方々も、色々な仕事をしながら仇の動静を調べやした」

「なるほど――。知り合いに仇討ちをする者がいれば教えてやろう」

「新政府の中に身を置いていては動きづらい事も多々ありましょうから」

「なぜ仇討ちの手伝いを申し出る？」

「ときと話が合うお方はなかなか御座しやせんからね。色々と便宜を図って差し上げたいと」

「おれが仇討ちをしようとしているとは限らぬ」

「ああ、左様でござんしたね」

「お前、ただの町人とは思えぬな」

「旗本でござんした」

仙左衛門はけろっとした顔で答えた。

「旗本？」

「へい。お城に勤めておりやしたが、馬鹿馬鹿しくなって家を出やした。旗本なんて、誰に取り入ればいい役をもらえるかとか、誰にはどれくらい袖の下を渡したらいいかとか、あいつは上手(うま)くやっているから足を引っ張ってやれとか、いつもそういうことばかり考えておりやす。世の中が勤皇だ佐幕だと騒いでいる時にでござんす。それがほとほと嫌になり、出奔いたしやした。一時、新政府に転がり込もうとも考えやしたが、薩長土肥もさもしい連中でござんした。そんなこんなで、知り合いの口入屋に転がり込み、そいつがおっ死(ち)んだんで店を継ぎやした」

「なるほど。おれなどよりずっと身分は上であったか」左馬之介は唇を歪(ゆが)める。

「では、言葉遣いを改めた方がよろしゅうござるか？」

「滅相もない。もはや町人になって長うござんすから、どうぞそのままで」

「そうか——。それで、家は？」

「おれは死んだことになって、弟が継いでおりやす。徳川家について駿河へ行きやした。以前の屋敷には長州の侍が住んでいるようで」

「ときは？」

「あれは拾いっ子でござんす。店先に捨てられてまして」

「ときは知っているのか？」

「へい。実の子だろうが拾われっ子だろうが関係ありやせん。気にせずに暮らすためにゃあ、知っといた方がいいと思いやしてね。それで、あのように育ちやした」

仙左衛門が答えた時、ときが「ただいま」と言って暖簾をくぐり、土間に立った。

「あれ、サマじゃねぇか。侍を辞める決心をしたかい」

ときはにっこりとしながら左馬之介を見た。

「八田さまはまだ新政府の巡邏さまだよ。ちゃんと八田さまと言いな」

仙左衛門が窘める。

「なんでぇ、つまらねぇ。町人になったら、色々と指南してやろうと思ってたのに」

「おれに何の指南をしようというのだ？」

左馬之介は面白そうに訊いた。

「侍がすぐに町人に馴染めるわきゃねぇだろう。何人か商人になった侍を知ってるが、客に対して言葉が無礼だとか、態度が偉そうだとか、文句ばっかりつけるもんだから、すぐに潰れちまった。それで世をはかなんで腹を切った奴もいる。そうはなりたくねぇだろ？」

「うん。なりたくはないな」

「だからあたしがついて、侍根性が出たら蹴飛ばしてやろうと思ってさ」

「蹴飛ばして指南するか。それは厳しいな」左馬之介は笑いながら上がり框を立つ。

「もう少しお手柔らかに頼む」

左馬之介は出入り口へ歩きながら、ときの頭を撫でようとした。

ときはさっと体をかわして、

「もう子供じゃねぇ」

と唇を尖(とが)らせた。

「左様か。それは失礼した」

左馬之介は言って外に出た。

そして、大きく息を吸う。

焦げた材木と、真新しい材木のにおいがした。

湯屋を出た時のような、身も心もさっぱりした感覚があった。

八

隼人が世話になっている桜庭の長屋の向かいの棟割り長屋に読売屋が住んでいた。

この頃は、瓦版屋と呼ばれていたが、その名は安っぽいと、昔ながらの読売屋を名乗っている。

読売にしろ、瓦版にしろ、世の中の珍しい出来事や天変地異、心中事件などを一枚物、あるいは数枚組の冊子にして売り歩いた。ネタ元のはっきりしない噂話の類も扱っていて、取締りの対象となっていた。だから読売屋は深編笠を被(かぶ)り、人相が分からないようにして売り歩き、町方同心などの姿を見かけると逃げ出すのが常であった。

長屋に住む読売屋は、伊三郎と万七といった。

時々、桜庭に草稿の校正を頼んでいるので、その礼として摺り上がった読売はいつも届けていた。

七月に入って少ししたある日の夕方、いつものように伊三郎が読売を持って桜庭の部屋に顔を出した。

寺子らが帰り、せつと隼人は文机を拭き、桜庭は奥の座敷で煙管を吹かしていた。

「会津はそろそろ危なくなってきたようですぜ」

伊三郎は座敷に上がり込み、桜庭の前に座って読売を差し出した。細かい文字が並ぶ下に、申しわけ程度の城が炎に包まれる挿し絵があった。

「会津に戦火が迫ったので輪王寺宮は会津を出て白石に向かったか」

桜庭は読売に目を通しながら言った。

「北越戦争の方は列藩同盟が頑張ってるようで。米沢と新発田藩連合軍が十二潟を攻めているようでござんす」

二十歳を少し出たくらいの伊三郎は腰から煙草入れを取って煙草盆の炭火で吸いつける。

「しかし、新政府軍も棚倉藩の棚倉城とか泉藩陣屋、湯長谷藩陣屋など陥落させているな——。列藩同盟も長くは保たぬな。そろそろ脱退する藩も出て参ろう」

「同盟軍は白河城を何度も攻めているようでござんすが、なかなか落とせないようで」

「ほぉ——」桜庭の目が一つの記事に留まった。

「純忠隊の隊長であった竹中重固どのは、伝習第一大隊の総督となったか」

手桶の水で雑巾を絞っていた隼人の手が止まった。

「竹中どのは白河口に出陣とのこと。なかなかの強者と耳にしたことがあるが、戦況は変わるであろうかな」

桜庭の言葉を聞きながら、隼人は雑巾をきつく絞って机を拭く。せつは隼人の表情からその心情を読み取ろうとしているのか、ちらちらと視線を送りながら、拭き終えた文机を座敷の隅にかたづける。

「強ぇ武士が一人二人増えたところで、戦の勝敗が左右されることはありますめぇよ。近頃の戦は、鉄砲と大砲の数が勝ち負けを決めやすからねぇ」

「瓦版の方はどうだ？」

「あっしらのは読売でござんすよ——。こっちは負け組でござんす」と伊三郎は溜息をつく。

「今は、草紙屋なんかが、色摺りの瓦版を出しやがるから、勝負になりやせん」

草紙屋とは、読本や浮世絵などを出版する版元である。今まで培ってきた技術を、瓦版の制作に持ち込んだのである。

「新政府から銭をもらって、旧幕の連中を混乱させるような内容の瓦版を出す奴もおりやす。新政府が列藩同盟相手に連戦連勝って嘘を書いてやがる。そういうのが飛ぶように売れてるんでござんす。あっしらの読売は、万七がちゃんと調べて書いてるんですが、売れ行きが悪い」伊三郎はもう一度深く長く溜息をついた。

「庶民ってのは派手なのが好きでござんすからね。色摺りの紙面、嘘でもいいから派手な内容。真実なんて二の次でござんす」

「ならば――」と、片づけを終えたせつが奥の座敷に入り、父の横に座る。

「伊三郎さんも、そういう読売を摺ったらいかがですか？」

「とんでもねぇ」伊三郎は手を振る。

「確かに、読売や瓦版ってのは、嘘八百も書いたりするもんでしたが、これからはそういうんじゃ駄目だと思うんでござんす。米問屋が米を溜め込んで値を吊り上げてるって噂に踊らされて米蔵を打ち壊したなんてことがござんした。瓦版の中身を信じてそういうことだって起こりやす」

「真実のみを伝える読売を作りたいと？」

桜庭は面白そうに言った。

隼人も片づけを終えて、奥の座敷の隅に座る。

「横浜に異国人の居留地がござんしょう。あそこでは、異国人たちが瓦版を出しているんだそうで。日本と違って、漢字とか仮名とかの別がなく、文字の数が少ないんで、一文字一文字の判子みてぇなのを組み合わせて摺るんだそうで。内容も、ちゃんと調べて正しいことを書くって聞きやした。そういう物を作ってみてぇって思うんです」

「幕臣に柳河春三っていう男がいてな」桜庭が言う。

「異国人らの新聞を翻訳し、日本の記事も載せた、〈中外新聞〉というものを出していた。残念ながら、六月の始めに新政府の取締りが厳しくなって、廃刊となったがな」

「もちろん、読んでやしたとも」伊三郎は我が意を得たりとばかりに膝を打つ。

「〈中外新聞〉は半紙判でござんすが、地方で売るために小さくして合本しているのもござんした。柳河さんは、上野戦争の様子を報せるために〈別段中外新聞〉ってのも出してやす。今、起きていることを日本中の人たちに読ませる。おれはそういうのを書きてぇ」

伊三郎は目を輝かせて言う。

新政府がやっている世直しは、こういう希望も生みだしている。

隼人は眩しそうに伊三郎を見た。

しかし――。と、隼人は眉をひそめる。

それは、幕府が港を開き、異国人が住むようになったからであって、新政府が意図したことではない。現に伊三郎が憧れていた〈中外新聞〉を廃刊にしている。そのことが伊三郎の心の中の火に油を注いだのかもしれないが――。

幕府は、進むべき方向を間違えてはいなかった。

新政府は進むべき道など考えず、遮二無二武力によって日本全土を己の意思に従わせようとしている。

隼人は歯がみをする。

侍を捨てたというのに、己の中に、未だ旧幕に味方しようとする心がある――。

伊三郎は、桜庭とせつとしばらく話をして帰っていった。

隼人は自分の中で堂々巡りをする思いに翻弄されていた。

「白河口へ行ってみるか？」

桜庭の言葉に、隼人ははっと顔を上げた。

桜庭は微笑みながら隼人を見ている。

また竹中重固の下で戦ってみるかと問うているのである。

隼人は返事に詰まる。

せつもこちらをじっと見ていた。

「行きません……」

隼人の返事に、せつは表情を動かした。

落胆が読みとれた。

せつはおれに、武士らしくあることを望んでいる。

「そうか」

桜庭の顔からは、その思いを窺うことはできなかった。読売に書かれた竹中の動静を読み上げたのは、どんな意図であったのだろうか。日頃の態度から、おれがこのまま町人になろうが、武士に戻ろうが、関心はないように感じられていた。

しかし、わざわざ竹中についての記事を読み上げた。

おれを戦へ向かわせるため。

おれの意思を確かめるため。

おれを混乱させ、深く己の心を見つめさせるため――。

いずれにしろ、おれをどこかに導こうとしているのに違いない。

国許の剣術の師も桜庭以上に感情を表に出さない人であった、いつも凪いだ水面のように穏やかで、竹刀で打ち込まれる瞬間でさえ殺気を感じさせない人であった。また、親身になって弟子たちの世話をする人でもあった。

これこそが侍だと、重蔵や左馬之介と話したものだ――。

桜庭は、師に似ている。おそらく、浪々の身であっても侍の心を忘れていないのだ。

もしかすると侍とは、生き方そのものなのかもしれない。

だとすれば、今この時、真の侍は何人いるだろう。

新政府の中に。旧幕の者らの中に。

おれは侍を捨てたつもりになっていたが、侍が生き方であるとすれば――。

おれも侍として生きていけるかもしれない。

上野の御山から逃げて以来、闇の中を彷徨っていたが、前方遥かに微かな光を見たような気がした。

※　※

渡り中間の徳蔵は、東堂藩の藩邸近く、芝の神谷町の仕舞屋に暮らしていた。女房のとめは洗い張りをして、暮らしを支えていた。一人息子の徳一は十歳。来年から油問屋に奉公へ出ることになっていた。

七月半ばのある夜のことである。徳蔵は隼人を捜すために神田を歩き回り、なんの手掛かりも得られずに疲れ果てて家に戻った。

「帰ったぜ」

と、徳蔵は足を引きずりながら土間に入り、戸に心張り棒をかけた。

「あんた。長谷川（はせがわ）さまのお使いがいらしたよ」

板敷で縫い物をしていたとめが手を止めて言った。徳一はもう寝ているらしく、板敷に姿はなかった。

「長谷川さまって？」

徳蔵は板敷に腰を掛けて草履を脱ぎ、足の土埃（つちぼこり）を手拭いで払った。

「ほれ、前に二年ばかりお世話になったじゃないか」

「ああ……」

前に二年ばかり世話になった長谷川といえば麻布熊野横丁（あざぶくまのよこちょう）近くに屋敷を構える旗本である。

「長谷川さまがなんだって？」

徳蔵は長火鉢の前に座る。とめは通（かよ）い徳利（どくり）の酒を錫（すず）の銚釐（ちろり）に注（つ）いで、火鉢にかけた鉄瓶に沈める。

「あんたに来てほしいんだってさ」

「中間でかい？」

「新政府から仕事をもらったんだってさ。中間はみんな辞めちまったんで、供揃ができなくて困ってるんだってさ」

「そうか。参ったな……。八田さまのお勤めがあるからな」

「八田さまの方は、小遣い程度だろ。ちゃんとお給金を払ってくれるってさ。寄らば大樹の陰。新政府のお役人に奉公する機会なんてなかなか廻ってこないよ」

「そうだな……」

「八田さまへの御恩もあるだろうけど、徳一やあたしのことも考えておくれよ」

徳蔵は腕組みをして考え込んだ。とめが燗（かん）のついた酒を猪口（ちょこ）に注いでも、眉間に皺を寄せて炭火を見続けていた。

九

上野の周辺にはずいぶん家が建った。大工や鳶、左官屋相手の飯屋、居酒屋の仮小屋もできていて、賑わいも復活しつつあった。

しかし、寛永寺の山の、火に炙られて葉が茶色くなった木々はそのままであった。

左馬之介は山之内と並んで上野山下を警邏していた。

「もうすぐ、この辺りで戦があったなど分からなくなるでしょうね」

左馬之介は景色を見回しながら言う。

「江戸は大火が多いから、こういう光景はしょっちゅうあるそうだ。材木問屋が大儲けだとさ。少し回してもらいたいもんだな」

二人が弾痕で穴だらけになった黒門へ向かって歩いていると、後ろから遠慮がちに声をかける者がいた。

「八田さま」

振り返ると、徳蔵が神妙な顔をして立っていた。

山之内は「先に行っておるぞ」と言って坂を上っていった。

徳蔵は頭を下げながら左馬之介の前に立つ。

「悪い知らせか？」

左馬之介が問うと、徳蔵は言いづらそうに目を逸らす。

「へい……。実は、麻布の長谷川さまと仰るお旗本からお声がかかりやして……」

つまりは、長谷川とかいう旗本に雇われるから、これ以上隼人の探索はできぬと言いに来たか――。

徳蔵の調べがなければ隼人の居場所を見つけることは困難になる。〝この不忠者！〟という言葉が出かけたが、忠を求めるほどのことをしてやってはいない。

「そうか。よかったではないか」

左馬之介はなんとか笑みを浮かべると、そう答えた。

「長谷川さまとやらは、新政府にお役を得たか」

「そのようでござんす」

徳蔵は、怒鳴られることを覚悟していたのか、左馬之介の穏やかな言葉にほっとした顔をする。

「柳沼さまを捜すお勤め、最後までできずに申しわけありやせん」

徳蔵は腰を折って頭を下げた。

「いや。こんなご時世に、長く勤められそうな仕事が見つかったことは目出度い」

左馬之介は財布を出し、小粒を何枚か取りだして、徳蔵に握らせた。

「八田さまこんなに頂けやせん……」

「今までの駄賃と、職が見つかったことへの祝儀だ」

「ありがとうございやす。後ほど、あっしの代わりに柳沼さまの居所を捜す者を連れて参りやす」

「いや、こちらでなんとかできる」

左馬之介は言った。

「左様でござんすか。それじゃあ、柳沼さまのことが何か耳に入りやしたらお知らせいたしやすんで」

「気にするな。新しい仕事に慣れる事を一番に考えよ」

「分かりやした。それでは、これにて。お体大切に――」

徳蔵は深々と頭を下げ、踵を返す。何度も振り返りながら三枚橋の方へ歩いて行った。

　さて、困った——。

　こちらでなんとかできると言ったものの、まったくあてはない。

　山之内の後を追おうと廻らせた目に、池之端の志摩屋の暖簾が映った。

　仙左衛門に相談してみようか——。

　左馬之介は小走りに志摩屋へ向かう。

　暖簾をくぐると、土間の向こうの板敷に仙左衛門が座っていた。左馬之介を見て笑みを浮かべる。

「いらっしゃいやし、八田さま」

　左馬之介は上がり框に腰を下ろす。

「相談に乗ってもらいたくて来た」

「何でござんしょう」

「人捜しが上手い者が欲しい。今まで捜させていた奴が都合で辞めたんだ」

「ほぉ。人捜しでござんすか」仙左衛門は腕組みした。

「先日、そんなお話をしたような気がいたしやす」

「そうであったかな」

　左馬之介は惚(とぼ)けた。

「まぁ、ようございましょう――。で、どういうお方をお捜しで？」

「言わなければ紹介できぬか？」

「捜さなければならない人によって、伝手が違いやすから。たとえば、家出人と逃げた女を捜すのでは、聞き込みをする場所が違いやす。それぞれに顔が利く者も違いやすんで」

　左馬之介は少し迷って口を開く。

「男だ。御山から逃げ出した旧幕の男」

「お知り合いで？」

「そうだ」

「お名前は？」

「どうせ偽名を使っておろうから、名前を聞いても無駄であろう」

「最後の詰めに使うんでござんすよ。偽名を使っていても、突然本名を呼ばれれば振り返りやす」

「なるほどな――。柳沼隼人という」

「柳沼隼人さまでございますか」仙左衛門は留書帖に名前を記す。

「年齢、人相、背格好などをお教え下さいやし」

「年はおれと同じ。背はおれより少し低い。人相は、無骨ではあるが、いい男だ」

「ふむ」

仙左衛門は自分が記した留書を見つめる。

「町人姿で、和泉橋を渡って神田へ入ったことまでは分かっている」

「神田川を南に渡ったんなら、もう東京を出ているやもしれませんぜ。だとすれば無駄骨だ」

「虱潰しに調べたわけではない。神田や日本橋北の辺りにまだ潜んでいるかもしれぬではないか」

左馬之介はむきになって言う。

「新撰組の者も何人か東京に潜んでいるっていう噂も聞こえておりやすから、御山の浪士らもいないとは言えやせんが、伝手もないままに潜伏するのは難しゅうございましょう。東京に知り合いなどはおりませんか？」

「いない。いれば真っ先に調べておる」

「なにやら、柳沼さまとやらは東京に潜んでいると思いこみたがっているように見えますねぇ」

「なに？」

左馬之介は仙左衛門を睨む。図星を突かれたような気がして、鼓動が速くなった。

自分は、隼人が東京にいると思いたがっているのか――？

「八田さまは、柳沼さまが見つかろうが見つかるまいが、捜し続けること自体が大切なのではござんせんか？　東京の外に逃れていれば、もう捜しようがござんせん。だから東京にいると思いこみたがっているようにおれには思えやすが」

「そのようなことはない……」

左馬之介は言ったが、顔から血の気が引いていくのを感じた。

「捜し続ける事で己を保って御座すのでござんしょう」

左馬之介は答えられなかった。目は土間の一点を見つめ続けた。

「だとすりゃあ、ご自身で捜すのが一番でござんしょう」

左馬之介ははっとして仙左衛門に顔を向ける。

仙左衛門は煙管に煙草を詰めて、火入れの炭で吸いつける。

「柳沼さまが居もしない場所を警邏しながら、捜してくれる者の知らせをじりじりしながら待つよりも、ご自身の足でお捜しになった方が納得できるんじゃござんせんか？　他人に頼みゃあ、どうしたって、あそこは捜したろうか、ここは捜したろうかって疑いたくなりやす」

確かに、そういう思いはあった。

「しかし……」

「下っ端の巡邏ではあっても、侍の誇りは辛うじて保てましょう。食っていくにも困らねぇ。それにしがみつきたきゃあ、柳沼さまを捜すのはきっぱりと諦めなせぇ。どうしても諦められねぇってんなら、他人任せにせずにご自分で捜しなせぇ。神田の辺りを歩き回れる商売を紹介いたしやすぜ。棒手振にも縄張りがござんすが、そのあたりは元締めらに話を通して差し上げやす」

「おれに、棒手振になれと申すか？」

　左馬之介は眉間に皺を寄せた。

「八田さまは天秤棒を担いで歩けばよろしゅうござんす。売り声や商売は、娘がやると言っておりやす」

「お前の娘が……？」

「どこが気に入ったんだか」仙左衛門は苦笑しながら煙を吐く。

「八田さまが侍を捨てる気になったら、自分が売り方をするって言いだしやしてね。八田さまは病かなんかで口が利けねぇことにすればいいと。天秤棒を担いで、頷いたり、首を振ったりしてればいいんだって申します」

　左馬之介は仙左衛門が自分を追いつめているように感じた。相手は、元旗本ではあっても今は町人である。町人の言葉に狼狽えている自分が腹立たしく、そういう状況に追い込んだ仙左衛門にも腹が立った。

　左馬之介は、なんとか話の鉾先を変えたかった。

「お前はなんでおれの世話を焼こうとする?」

それは、『なぜおれを追いつめる?』という問いの言い換えであった。

「娘が言うから——。というのもござんすが、八田さまを見ていると世話を焼きたくなるのでござんしょうね」

「憐れみか」

左馬之介は仙左衛門を睨む。

「八田さまは柳沼さまを見つけたらどうなさるおつもりで?」

「お前には関係のないことだ」

「もし、柳沼さまを斬ろうと思っているのなら、わたしは人殺しに加担することになります。関係ないとは申せやせん」

「うむ……」

「八田さまはその先のことをお考えでござんしょう?」

「先のこと……」

「腹を切りやすか? それとも本懐を遂げたから胸を張って国許に帰りやすか? あるいは——」

仙左衛門は言葉を切って左馬之介を見る。

左馬之介は答えられなかった。

「その先のことはなにも考えていないのか」

と仙左衛門は続けた。

その通りだった。

隼人を斬った後、おれはどうすればいいのだろう——。

「もし、最後の読みが当たっているとすれば、一度町人になってみれば、その先のことも考えられるんじゃねぇかと思いましてね。もう侍の世は終わるんだから、生き延びるつもりがあるのなら、侍以外の生き方も経験しておくのがいい」

「だから……、なんでおれにそこまで構う？」

「侍で何の裏もなく人の世話をする者は少のうござんすが、町人は困っている奴を見ると見返りも考えず人の世話を焼こうとする者が多ござんす。町人の世も悪うなござんすよ。それに人捜しは、相手の顔を知っている者がやるのが一番でござんす。ご自分で捜しながら、先のことをお考えなせぇ」

その言葉に、左馬之介は黙り込んだ。

確かに仙左衛門の言うとおり、自分が棒手振に身をやつし、隼人を捜すのが一番理に適って(かな)いる。隼人を討った後の事も考えておかなければならないのもその通りだ。

しかし、何の裏もなく仙左衛門が自分の世話を焼こうとしているのが解せない。

だが、どういう裏があるのかと考えても、何も思いつかなかった。

新政府の巡邏をそそのかして棒手振にしても、何の益もない。仙左衛門が言った通り、下手（へた）をすれば人殺しの片棒を担いだ咎（とが）で捕らえられるかもしれない。

「即決なさいませとは申しやせん。お帰りになってよくお考えになればよろしゅうございましょう」

仙左衛門に促され、左馬之介は「分からん」と呟き立ち上がった。そして土間を出て行く。

入れ替わりに、奥からときが出てきた。

「サマの声が聞こえた気がしたけど」

「今、帰（け）ぇったよ」

「なんだい。呼んでくれりゃあいいのに」

ときは膨れっ面で仙左衛門の横に座った。

「真剣に迷ってらしたからな。お前ぇを呼んだら混ぜっ返される」

「あたしだって黙ってろって言われりゃあ黙っているさ――。で、サマは迷ったまま帰ぇったのかい？」

「ああ。棒手振になるのを迷ってたのもあるようだが、こっちの親切を理解できねぇ様子だった」

「お父っつぁんみてぇにすっぱり侍を辞めちまやぁいいのに」

「すっぱりと侍を捨てられれば、長屋で傘を張り、糊口を凌ぐ浪人者なんかいねぇさ。人は生きていくために、しがみつかなきゃならねぇものがある。侍ってのは、しがみつきやすい誇りなんだよ」

「お父っつぁんは、なんで侍にしがみつかなかったんだい？」

「若ぇ時に町人らとつるんで遊んでたんでな。家を出た後、すぐに馴染んだよ」

「サマは苦労するかな」

「そう思って、お前ぇはついて歩くって言い出したんだろ」

「あたしは苦労するだろうって思うけど、お父っつぁんから見たらどうなんだい？」

「苦労しねぇと思ったら、お前ぇの案は突っぱねてるよ」

「やっぱりねぇ」ときは大きく頷いたがすぐに心配そうな顔になる。

「で、サマはまた来るかな」

「さぁな。背に腹は代えられないと思うか、誰かほかの奴に相談するか、分からねぇな。お前ぇ屯所まで行って説得しようなんて考えるんじゃねぇよ」

「そこまではやらないよ。あたしらが言ってやって駄目ならそれまでさ。苦しんで自分で道を見つけりゃあいいんだ」

ときは鹿爪らしい顔で言う。

「いっぱしの口をききやがって」

と仙左衛門は笑った。

十

左馬之介は下谷広小路から東側の上野元黒門町へ入った。

ぽつりぽつりと新築の家があり、建築途中の家、仮小屋が並んでいる。

大工や、呆然と焼けた庭先に座る者たちが、険しい表情を巡邏姿の左馬之介に向けた。地面に唾を吐いて小屋の中に引っ込む者もいた。揶揄しているのか、「新政府万歳！」と叫ぶ者もいた。

考え込む左馬之介は住人たちの憎悪を感じ取れないまま歩き続ける。

隼人を捜すなら、奴の顔を知っている者が最適だ。徳蔵は隼人を知っているから安心して任せられた。

隼人を知らない者が奴を捜すとなれば、それらしい人物を見つけるたびに、おれが確かめに行かなければならない。

自分で捜すのが一番合理的だが、そのためには巡邏を辞めなければならない。

いや――、まだ手はある。

警邏する場所を神田川の南に変えて欲しいと申し出よう。

それが駄目なら、志摩屋の世話になるのも仕方あるまい。

左馬之介は踵を返して仮屯所へ向かって走った。

左馬之介の暮らす仮屯所は、四軒寺下の、焼け残った僧坊であった。

焼け落ちた山門を抜けて、屯所に入ると、直属の上司である前田三郎助の下に向かった。

前田は以前、池之端から谷中、日暮里辺りを担当していた残党狩りの小隊長である。

僧坊の奥まった座敷が上官らの執務室になっていた。

文机が並んだ広敷で、数人の上官が書き物をしていた。左隅に小松崎の姿を見つけ、左馬之介は近寄って一礼して座り、すぐに切り出した。

「友の仇が潜伏しているおおよその場所が割れました。そちらに持ち場を替えていただけませせぬか」

前田は難しい顔をして筆を置いた。

「事情は小松崎さまから伺っておるが――」

小松崎は東堂藩江戸家老である。

「お前の私事を考慮して、持ち場を替えればほかの者たちはどう思う？　ならば自分の私事もと、次々に申し出て来よう」

「しかし、仇は御山の不逞浪士の残党でございます。私事とはいえ、残党狩りのお勤めでもございます」

「ならば、潜伏している場所を申せ。その辺りを任せている巡邏に捕らえさせよう」

「ですが……」

「八田。お前は上野界隈を警邏する役目の巡邏だ。持ち場の外のことで何か知ったことがあれば報告を上げるまでが勤めであろう」

「はい……」

「お前も東堂藩の禄をはんでおったのだ。組織など融通の利かぬものだと知っておろう」

　左馬之介は俯いて、膝の上で強く拳を握る。

　ならばやはり、志摩屋の手を借りねばならぬか。そのためには、仮屯所を抜け出さなければならない。黙って消えれば逃走したことにされよう。隼人を捜している最中に顔見知りの巡邏に出会えば捕らえられてしまう。

　左馬之介はふと思いつき、顔を上げた。

「分かりました。仇討ちを諦めて、国許へ選ります」

「諦めると――?」

　前田は片眉を上げた。

「柳沼隼人は神田川を南に渡ったという所まで分かっております。見つけたならば捕らえてくださりませ」

「神田川を南に渡った――。なんだ。そこまでしか分かっておらぬのか」

「もし、そちらに持ち場を替えてもらえれば、虱潰しに当たるつもりでございました。考えてみれば、隼人はもうすでに東京を出ているやもしれませぬ。日々、無駄足を踏むよりは、国許に戻り、列藩同盟との戦いに身を投じることが侍の生きる道であろうと思い直しました」

「左様か。それでは、急に戻っても驚かれよう。その旨書状にしたためて、小松崎さまにお送りいたそう」

「ありがとうございます。すぐにも発たなければ、仇討ちへの未練がまた燃え上がりましょう。お借りしていた座敷の品々は、小者に処分させてくださいませ」

左馬之介は素早く立ち上がり、広敷を出た。

前田は呼び止めなかったので、自分の話を信じてくれたのだと左馬之介は思った。

国許へ帰るつもりはない。

左馬之介は国許に帰ったということになれば、顔見知りの巡邏がよく似た棒手振を見ても、他人の空似と思ってくれるだろう。そう考えての嘘であった。

左馬之介は自室に入り、制服を脱いで綺麗に畳むと、小袖胴着に裁付袴を穿き、打裂羽織に袖を通す。柄袋を被せた大小を腰に差して一文字笠を手に取ると廊下に出た。

障子を閉めながら、左馬之介は裁付袴の脚を見下ろした。

この姿で、重蔵、隼人と共に江戸に来たのだ。三人での旅路がありありと思い出された。

そして――。重蔵は隼人に斬られ、おれは今から隼人を斬ろうとしている。

脳裏に浮かんでは消える友らの笑顔が悲しかった。

左馬之介は廊下を歩き出す。

すれ違う者らに「国許に帰ります。お世話になりました」と声をかけて外に出た。

足早に山下の道を進み、三枚橋を渡ると、周囲に視線を巡らせて巡邏の姿がないことを確かめ、右に走った。

不忍池の畔の道を駆け、志摩屋の暖簾をくぐる。

帳場に座る仙左衛門と、その横に腰を下ろしていたときが驚いた顔で左馬之介を見た。

「国許に帰るのかい？」

ときが訊いた。

「帰ると偽って、仮屯所を出てきた」

「なるほど。そうしておけば、大願成就の後、国許に帰りやすうござんすね。帰藩が遅れたとしても、途中で柳沼さまを見つけ、しばらくつけ回して討ち果たしたとか、言い訳はできやす」

仙左衛門は頷いた。

「そこまでは考えなかった――」

左馬之介は首を振った。

「それでは、さっそくあちこちに手を回しやしょう。明日、明後日(あさって)からは仕事ができるようにいたしやす」

「すまぬ。よろしく頼む」

左馬之介は頭を下げる。

「それじゃあ、町人に姿を変えてもらおうかね」ときは立ち上がった。

「髪結いを呼んで来るよ」

仙左衛門はときの背中に声をかける。

「ついでに古着屋で適当なやつを見繕って来てくれ」

「合点承知の助さ」

ときは土間を飛び出した。

これから、隼人を見つけ出すまで町人に身をやつす。それは左馬之介にとって未知の体験であった。まるで御前試合の前のような緊張が、左馬之介を包み込んだ。

第三章　天酒頂戴

一

隼人は長屋の木戸から一歩外に出て、素早く左右を見た。

巡邏の黒い制服姿はない。

何気ない素振りで歩き出す隼人は、町人髷も板について、剣術で鍛えられた脚の運びも、無造作なものに変わっている。

隼人は、魚屋の良介に誘われて湯屋に出る時以外、長屋の木戸の外に出ることはなかった。自分の顔を知っている者たちに出会わない用心である。しかし、寺子たちが学びに来ていない時もずっと部屋にいる隼人を訝しむ者も出てきたので、時々外に出なければと考えたのである。豊島町を出て、神田川沿いの柳並木を筋違御門の方へ歩く。紙と墨が足りなくなっていたので、桜庭に申し出て、蛤新道にある帳屋（文房具屋）まで買いに出たのであった。

筋違御門から浅草御門まで続く柳並木は土手になっていて、柳原土手と呼ばれていた。葦簀張りや筵を地面に敷いただけの店が並んでいる。ほとんどが古着屋である。

侍の時はいつも腰に刀を差していたから、丸腰で出歩くのは心許なかったが、良介との湯屋通いで幾らか慣れていた。それでも、大勢の人が往来する道を歩くのは緊張した。

桜庭に世話になって二月余りが過ぎた。

居心地はよかったが、いつまでも世話になっているわけにもいかない。

奥羽に戦火が広がる恐れがあるので江戸に避難してきたという理由で世話になっているのだから、奥羽の戦が収まるまでは桜庭の下で暮らすことができるが、それまでに身の振り方を考えなければ——。

東堂藩は新政府軍として会津攻めに加わっていると、読売屋の伊三郎の話に出てきた。

奥羽越列藩同盟は揺らいでいるらしい。

盛岡藩にはしばらくの間、奥羽鎮撫府の総督九条道孝と、副総督の醍醐忠敬、兵千三百余名が逗留していた。久保田藩大館へ向かう途中の逗留であった。九条提督は、盛岡藩に新政府軍への恭順と、一万両の御用金を求めた。

盛岡藩は新政府への恭順は明確にしなかったが、御用金一万両は支払った。

奥羽鎮撫府の一同は、久保田藩へ向かった。

七月の初めには久保田藩が脱退。

桜庭の故郷は久保田藩であったから、その話を聞いて眉を曇らせた。

同調した新庄藩も脱退。その後、矢島藩、本荘藩、亀田藩も脱退した。

久保田藩は新政府軍として庄内藩に攻め込んだが、反撃されて領地の各所を焼かれたという。

仙台藩は盛岡藩に再三久保田攻めを要請していた。盛岡藩は、京で薩長の動静を探っていた家老の楢山佐渡が帰藩するまで判断を保留していた。楢山が盛岡に戻り、新政府に与するべきではないと報告すると、即座に久保田攻めを決定し、七月二十七日、楢山佐渡、向井蔵人を総大将とし、六百の兵を率いて秋田鹿角に出陣した。

伊三郎は桜庭の故郷を知ってか知らずか、読売を手渡しながらそういう話をした。

桜庭は内心の動揺を隠そうとしてか、「奥羽諸藩が固く手を結べば、もしかすると新政府に抗することができたかもしれない」と語った。

桜庭の話によれば、白河より北を一つの国として諸外国に認めてもらうという手を使えばよかったというのだ。

輪王寺宮を王とした一つの国が諸外国に認められれば、新政府もおいそれと攻めてくるわけにはいかなくなる。

隼人には、そんなことができるとは思えなかったし、もしそんなことになったら、南北朝の時代のように、帝と輪王寺宮の間で戦いが続くだけではないか？　盤石と思われた徳川幕府が崩されたのである。どんなことが起きても不思議ではない。

しかし、一枚岩になり切れなかった列藩同盟はもはやその手は使えまいと桜庭は言った。

日本の上に誰が立とうと、日本が二つに分かれてしまおうと、町人となってしまったおれ自身にはさして関係はない。

そんな大所高所のことよりも、明日を生きることが大切なのだ。

どうすればいいのだろう。

左馬之介に事情も話さないまま逃げ出してしまった。あの時の左馬之介の目を思えば、真実を語ったとしても信じてはくれなかったろう。きっと斬り合いになった。

そして、おれは左馬之介を斬っていたろう。

逃げるしかなかった。

東堂藩には、おれが重蔵を斬ったと報告が上がっているはずだ。だとすれば、もはや東堂藩に戻る道はない。

東京で町人として暮らすか――？

いや、左馬之介は東京に残り、おれを重蔵の仇として、捜し回っているかもしれない。

ならば東京を出て、左馬之介が思いもつかぬ土地で暮らすか――？

それはどこだ？

当て所もなく旅をして、縁のあった土地に住み着くか――？

いずれにしろ、奥羽の戦が収まる前に長屋を出ては怪しまれ、ひいては桜庭親子にも迷惑をかけるかもしれない。

もうしばらくは世話にならなければならないが、侍しか知らぬおれがその後を生き延びることはできるだろうか。

今のうちに手に職をつけるか――。

とはいっても、おれに何ができるだろう。

番方であったから、読み書き算盤は、それこそ寺子屋で子供に教える程度でしかない。

長屋の連中との関わりで、町人と対等に接することはできるようになっているから、小さな商売ならできるかもしれない。

どこかの町で商売をして、旅に出られるだけの蓄えができたら、左馬之介の下を訪れて、真実を話して聞かせよう。

その頃にはきっと、左馬之介の心も落ち着いておれの話を聞いてくれるだろう。聞いてもらわねば困る。真の友と呼べるのは重蔵と左馬之介しかいないのだから。

重蔵を斬った仇はおれが討った。そう知れば、また親しい仲に戻れるはずだ。

隼人は微笑みながら歩く。しかし、その笑みはどこか悲しげであった。

和泉橋南詰めの武家地を過ぎた辺りで、前方から黒い制服の巡邏が歩いてきた。

隼人は怪しまれぬようにゆっくりと左の小路に入った。

柳原岩井町で右に曲がる。まっすぐ進めば神田平永町で、蛤新道はその中央を通る小路である。

右に曲がって蛤新道に入ると、すぐに大きな筆の形の、〈帳屋　泉玉堂〉と記された看板が見えた。

目立たぬように素早く左右を見て、自分を追っている者がいない事を確かめると、隼人は店に入った。広い土間の奥の店には、紙の束を積んだ棚や、筆を並べた箱を置いた台などがあって、客と手代、番頭が商談をしていた。

「いらっしゃいませ」

と手代らしい若い男が近づいて来た。

「豊島町の桜庭先生から頼まれて来ました」

隼人は丁寧な口調で言うと、頭を下げた。

「ああ、近頃若先生が入ったと聞きましたがあなたさまでございましたか」

「作太郎と申します。お見知り置きを。ただの手伝いでございます。先生がお国に御座した頃、父が世話になっておりまして、向こうが焦臭くなってきたので、お世話になっております」

「お国に盛岡藩が攻め込んだとか。ご心配でございますね」

手代は表情を曇らせた。

「本当に……。戦は早く終わってほしゅうございます」

「会津の方では棚倉城や二本松城が落城したとか――」

手代はまだ戦の話がしたかったようだが、隼人は遮った。

「あっ、紙と墨が心許なくなってきたので、頂きに参りました」

「いつもの分量でよろしゅうございますか？」

「はい。そのように申せば分かってくれると言いつかっております」

隼人は懐から風呂敷を出して手代に手渡す。

「少々お待ち下さいませ」

手代は風呂敷を受け取って店に上がり、墨の棚から十数本取って紙に包み、紙の棚から束を三つ下ろして風呂敷に包んだ。

「お支払いは年末にまとめて頂いておりますので」

手代は言いながら隼人に風呂敷包みを渡した。

「ありがとうございます。頂いていきます」

隼人は一礼して店を出た。

どうやら疑われずにすんだようだと、大きく息を吐いて歩き出す。

これで時々、桜庭の使いで出歩ける場所が一つできたが——。紙と墨をたっぷり仕入れたからしばらくは帳屋へ行くこともできない。

もう少し、出かけられる所を作っておかなければ。長屋の住人に疑われないように。

町人の言葉や態度に慣れるために——。

二

志摩屋の奥の座敷で、廻り髪結いに町人髷に結い直してもらった左馬之介は、ときが買ってきた古びた小袖を着こんだ。

「こんな継ぎ接ぎだらけの着物、売っている店があるのか?」

左馬之介が顔をしかめると仙左衛門は、

「神田柳原土手へ行きゃあ、ずらりと古着屋が並んでる。上等な絹のおべべから、継ぎ接ぎだらけの襤褸まで、なんでも揃うぜ」

　と言った。髪型と服装が変わると、仙左衛門の口調が砕けたものになり、左馬之介は少し不快に感じた。しかし、言葉遣いには触れず、

「ふん。売ってたとしても買う酔狂者は少なかろう」

　と返した。

「おれんとこは年に何回か買うぜ。それに、そういう襤褸しか買えねぇ奴もたくさんいる」

「貧乏人が買うのは分かるが、なぜ志摩屋が襤褸を買う？」

「勘当された若旦那とか、そういう奴が泣きついて来ることがあるんだよ。手に職を持ってるわけでもねぇから、棒手振の仕事を探してやる。だけど、綺麗なおべべで棒手振をするわけにゃあいくめぇ。そういう奴のために、知り合いの古着屋にちょいと細工をしてもらってるんだ」

「細工？」

「若旦那は天秤棒を担ぐのに慣れてねぇから、左右の肩に古布を厚く縫いつけてある。柔な肩をしてるお前ぇにも好都合だろ」

「馬鹿にするな。これでも鍛えておる」

　左馬之介がむきになって言うと、仙左衛門は立てた指を振って、「町人言葉で話す

んだよ」と言った。

「悪い……。気をつける」

「お前ぇは見たことなかろうが、年季の入った棒手振や、大の祭好きで御輿を担ぎたがる奴は、肩に瘤みてぇなのができてる。剣術の稽古でできる竹刀胼胝なんかよりもでっけぇ胼胝だ。仕事の合間に汗を拭いてる奴の肩にそんなのを見たら、ちゃんと敬意を払わなきゃならねぇぜ」

「分かった……」

左馬之介は言うと、股引を穿いて帯を締め、尻端折りをした。

仙左衛門は少し離れて左馬之介の全身を眺め「まぁ、こんなもんかな」と言う。

その言葉を聞き、襖が開いてときが現れ、左馬之介の着付けを検分した。

「着物に着られてるね」

ときは鼻に皺を寄せた。

「こんな小汚い着物に着られるものか」

左馬之介は舌打ちをする。

「汗水垂らして稼いだことのない奴が仕事着を着ても似合わないって言ってるんだよ。まぁ、そのうちしっくりくるようになるだろうけどね——。ところでお父っつぁん、サマの仕事、何にするんだい？」

「それよ」仙左衛門は腕組みする。

「お前ぇ、料理はできるか？」

「たいしたものはできん」

左馬之介はぶすっと答えた。

勤番長屋に台所はあったが、ほとんど棒手振が売りに来る惣菜ですませていた。

「だろうな――。だとすりゃあ、食い物屋は無理だな。手先は器用か？　木や竹で玩具を作ったことは？」

「ない」

左馬之介は首を振る。

「物を作って売るのは無理か」

仙左衛門はしかめっ面をした。

「塩売りなんかはどうだい？」ときが言う。

「道具も塩も塩屋が出してくれる。身一つでできるよ。売り声も『え～、塩ぇ～、塩』って言やあいいからサマにもできるだろ」

「売り声はお前ぇがやるのではなかったか？」

左馬之介が言う。

「ああ、そうだった」

ときは舌を出した。

「塩売りは爺ぃばかりだ。若い奴がやってると目立つ」

左馬之介は首を振る。

「じゃあ、歯磨き売りなんかどうだい？　たまに百眼をかけて売ってる奴がいるじゃないか」

百眼とは、紐で耳にかける、目元を覆う仮面で、目や眉が描かれている。文政、天保の頃、百眼をつけて高座に上がった落語家がおり、嘉永に入ってそれを真似た歯磨き売りが現れた。

「顔を隠せるから好都合じゃないかい？」

「歯磨き売りは手提げの箱一つの商売だ。お前ぇがついて歩いてちゃ目立っちまうよ」

仙左衛門が言った。

「だったら、お父っつぁんは何がいいと思うんだい？」

ときは口を尖らせる。

「お前ぇがついて歩いていても不思議はない商売――」仙左衛門は腕組みをする。

「お前ぇも一緒に商売できる商売」

仙左衛門は視線を巡らせる。仕事着を着て居心地悪そうに突っ立っている左馬之介に目が留まった。

「古着売りか。サマが品物を担いで、お前ぇが客に似合うかどうかを見立ててやるってのはどうでぇ？」

「そりゃあいい」ときはぽんと手を打つ。

「あたしも飽きずにつきあえそうだ」

この時代、新品の着物を仕立てて着ているのは富裕層で、多くの人々が古着屋を利用した。江戸には古着屋が多く、古着を扱う商売も多岐にわたった。不要になった着物や質流れの着物を買い集める古着買い。それを買い取る古着問屋。小売りの古着屋と問屋を仲介する古着仲買。傷んだ古着を修理したり仕立て直す古着仕立屋。古着問屋には、近郷近在から古着を買う地古着問屋と、上方から買い付ける下古手問屋があった。

小売りの古着屋は、日本橋富沢町、元浜町、神田柳原土手、浅草田原町などに多くが集まっていた。

店を構える古着屋のほかに、竹馬と呼ばれる竿にたくさんの古着を掛けて売り歩く古着売りもあった。

「古着売りは一人で売り歩く商売だ。お前ぇがくっついていて不思議はねぇとはいっても、調子に乗って評判になると目立つ。やりすぎるなよ」

仙左衛門は釘(くぎ)を刺した。

※　※

神田柳原土手下の古着屋は、ちゃんとした店ではなく、天道干(てんとうぼし)といって、筵を敷いて品物を並べていたり、葦簀張りの床店(とこみせ)だったりで、雨が降ると商売は休みだった。古着屋の間に、茶店(ちゃみせ)や、ちょっとした食事のできる店もあり、昼間は客で賑(にぎ)わうが、夜は大勢の夜鷹(よたか)が立つことで知られていた。

左馬之介はときに連れられて、柳原土手の一軒の古着屋を訪ねた。

葦簀張りの店先の床几(しょうぎ)に、老婆が座っていた。黒っぽい留め袖に真っ赤な半襟、男物の太く大きな手綱煙管(たづなぎせる)を吹かしている。

「しげ婆(ば)ぁ、ちょいと相談があるんだ」

ときは老婆の横に座った。

しげ婆ぁと呼ばれた老女は、じろりと左馬之介を見る。

左馬之介は頭を下げた。

「あんた、侍だね。振売(ふりうり)なら、挨拶に頭を下げる時は、ちょいと首を前に伸ばすようにして頭だけ下げるんだよ。やってみな」

しげは掌に煙管を打ちつけて灰を落とした。吸い口から息を吹き込んで燃え滓(かす)を飛ばす。

　左馬之介は言われた通りにやってみた。

「ぎこちないね。慣れるまで頷く程度にしときな」しげはときに顔を向ける。

「こいつを古着屋に仕立てたいのかい？」

「さすがしげ婆ぁ。こいつはサマって言うんだ。神田界隈を流させたいんだよ」

「日本橋の北詰まで」

　と左馬之介は付け加えた。

「日本橋は富沢町の縄張りだよ」

　しげはぴしゃりと言った。

「まずは神田界隈」ときが言う。

「古着屋の連中に、話を通しておいてくれないかな」

「食い詰めた御家人かと思ったら、人捜しかい」

「さすがだねぇ。その通りさ」ときは手を叩いた。

「あとは何が分かる？」

「侍が振売に身を窶して人を捜そうってんだから、仇討ちかい。それじゃなかったら色惚け野郎で、惚れた女の居所を捜そうってのか――」しげは目を細めて左馬之介を見る。

「ふん。色惚けの顔じゃないね。誰の仇討ちだい？」

「だち公だってさ」

「なぜときが答える？　ははぁ。言葉かい。侍言葉が抜けないだけじゃなくて、訛(なまり)があるか。どこかの藩の勤番侍だったね。どこの国の出か知られたくないか」

「詮索はそのぐらいにしておこうよ。しげ婆ぁにかかったら、全部読まれちまいそうだ。物騒な話だから詳しく知らない方がいいよ」

　ときは、しげの耳元に囁(ささや)く。

「あたしゃ、何にも怖くないがね」しげは鼻で笑う。

「まぁいいや。神田界隈の古着売りに『サマって新顔が歩き回るけど放っておきな』って話を通してやるよ。その見返りは？」

「さる大名の引っ越しに人足を手配したんだけど、その礼に、手間賃とは別に長持(ながもち)を一つもらったんだよ」

「中身は？」

　しげの目が光る。

「お姫さまの普段着。ウチで持っててもしょうがないからどうだいってお父っつぁんが言ってる」

「ふん。悪い話じゃないね」

　しげはにんまりと笑った。

「商談成立だよ」

ときは左馬之介の背中を叩いた。

左馬之介は頷くように頭を下げ、思わず出そうになった『かたじけない』という言葉を飲み込み、

「どうも……」

と小さい声で言った。

「こんな様子じゃ商売はできないよ」

しげは眉間に皺を寄せた。

「あたしがついて歩くさ。サマは荷物担ぎ。上野の戦に巻き込まれて怖い目に遭い、それ以来口が利けなくなったから、妹のあたしが助けてるって筋書きだよ」

「なるほどね――。それじゃあサマ。明日の朝までに売り物の着物と竹馬を用意しておくから、明け六ツ（午前六時頃）までに来な」

竹馬とは、着物を掛けて担ぐ脚つきの竹棒である。

「へい……」

左馬之介は頷いた。

三

八月十九日、榎本武揚の率いる旧幕府軍の軍艦八艦が脱走。江戸を離れた。榎本はそれまで、輪王寺宮や上野戦争の残党らを奥羽へ運ぶなど、奥羽越列藩同盟に協力していた。脱走は列藩同盟支援のためであった。

さらに、盛岡藩の久保田攻めの話が伝わって来た。七月二十七日に鹿角に出陣した盛岡軍は、八月の後半、大館城、板沢、早口、坊沢と攻略していった。

読売屋の伊三郎から故郷が侵略される話を聞きながら、桜庭の表情は変わらなかった。

内心には様々な思いが交錯しているに違いないと隼人は思った。

国許で何があったのか、桜庭はその上辺を断片的にしか語らなかったし、隼人も訊くことはなかったから、よくは知らない。けれど、国を離れなければならない程の大きな出来事があったのだ。国に対して強い思いがあるはず。しかし、桜庭は故郷が隣藩に侵略されている事を、昨日の雨は酷かったという話ほどの深刻さも見せずに聞いている。

自分は、東堂藩が危機に陥ったならば、このように平然とした顔をしていられるだろうかと、隼人は思った。おそらくできまい。増えた心の重荷にまた苦しまされるのだ。

※　　※

ときは、古着を担ぐ左馬之介の前を、くるくる回りながら売り声を上げる。

「古着ぃ〜。古着ぃ〜。上物、柳原物の古着だよぉ〜」

長い振袖が、ときの動きに合わせてくるくる回る。

目立たないようにと仙左衛門に釘を刺されていたのだが、一月近く売り歩いているうちに、ときはすっかりそれを忘れていた。

かわいらしい売り子と、無口な荷担ぎの組み合わせは小さな評判となって、売り上げはよかった。中には神田の外から売り声を捜して買いに来る者もいた。

西の四軒町から始め、少しずつ東に移り鍋町の辺りまで売り歩いて来たが、隼人を見つけることはできなかった。

着物を掛けた竹馬と、売り子のときの回りに男女の人だかりができる。客は品物を物色しながら、ときに助言を求める。

左馬之介は侍言葉を抑えることに幾分慣れてきたので、そっとその場を離れて小路に入り、聞き込みを行った。

馬鞍横丁や不動新道の辺りを歩き回り、小店の者や長屋で洗濯をする女に隼人の人相を語って訪ねたが、皆首を振るばかりだった。

半刻ほどして左馬之介が戻ってみると客の数は男三人に減って、竹馬の着物も随分少なくなっていた。

「米沢藩が官軍に降伏したってな」

着物を広げて見ながら一人の男が言った。

「誰に聞いた？」

仲間らしい男が聞く。

「夜鳴き蕎麦屋をしてるだち公よ。お城の近くを流しててな。そいつが昨夜、客が喋ってるのを聞いたんだ。どうやら新政府の役人だったらしい」

「旧幕贔屓の何たら同盟も分が悪いねぇ」もう一人の仲間が言う。

「会津もひでぇ有りさまだっていうじゃねぇか」

「もう薩長土肥の世の中になっちまうんだなぁ」

「まぁ、誰が政をしようが、たいして変わりはねぇだろうがよ。東京と名前が変わったって、江戸は江戸だし。新政府とか言ってるが幕府の名前が変わっただけだろ」

「そうそう、徳川も、薩長土肥も、侍が政をするのに変わりねぇんだから。同じ穴の狢って奴よ」

「違いねぇ」

三人の男は笑い、それぞれ選んだ数着の着物をときに見立ててもらう。

左馬之介は少し離れた所で拳を握りしめていた。

町人たちは侍の苦労を知らない。分かろうともしない。新しい国を作るための戦で、今この時にも命を散らしているというのに。

世直しのために立ち上がる町人もいるが、多くの者は、戦が起これば、ただ逃げ回るだけ。そして、喉元過ぎれば熱さを忘れ、上野での戦の恐怖ももう忘却の彼方なのだ。

では、自分はどうだ？

という問いが浮かび、左馬之介はひやりとした。

おれは、隼人を討ち果たしたら東堂藩に戻り、戦に身を投じる。

左馬之介の、三人の客を睨みつけるような表情に気がついたときが、眉根を寄せて小さく首を振る。

左馬之介はそれを見て、大丈夫だというように頷いた。

三人の客は、それぞれ一着の着物を買って去って行った。

ときが駆け寄って、

「人を斬る寸前の侍みてぇな顔してちゃ駄目だよ。外に出てる時にゃあ、愛想よくするか、ぼんやりと間抜けな顔をしてな」

と左馬之介の腰を叩く。

「すまねぇ……」

「町人たちは新政府も旧幕も同じ穴の狢って思ってるんだから、そういう話になったら合わせなきゃならないよ」

「……分かった」

果たして合わせられるだろうかと思いながらも、左馬之介は答えた。

※　　※

桜庭は日本橋の大店(おおだな)の旦那に呼ばれ、儒教の教授に出かけ、寺子は隼人とせつが面倒を見た。算術の勉強であったので、墨をつけ合う子も少なく、さほど騒がしくない一日であった。

文机(ふづくえ)を片づけながら、せつが言った。

「東神田の知り合いが申しておりましたが、面白い古着売りが廻っているそうでございます」

「面白いと仰せられますと？」

「兄妹(きょうだい)で古着を売っているのだそうで。兄が竹馬を担ぎ、妹が踊りながら客を集めて、見立てまでするのだそうです。随分、繁盛しているのだとか」

隼人はちらりとせつの後ろ姿を見る。

あちこちに小さい継ぎ当てのある着物である。もう少しいい物を纏えば美しさも引き立つだろうにと考えた瞬間、顔が熱くなった。

「そうですか。繁盛しているなら柳原土手に床店を持つのもすぐでしょうね」

と隼人は慌てたように言った。

口調の変化を訝しく思ったのか、せつが振り返る。

「あら、お顔が赤うございますよ。お熱でもあるのでしょうか」

せつが駆け寄って隼人の額に手を当てる。

ひんやりとした掌が心地よかったが、隼人は思わず身を引いた。

わずかな距離で二人の視線が絡み合った。

「少し、お熱があるようですね」

せつはわずかに顔を背ける。

「風邪でも引いたのかもしれません……」

隼人も視線を外しながら言った。

「夕餉まで奥で横になっていてくださいませ」

「はい……。それでは失礼して……」

具合が悪いわけではなかったが、隼人はそそくさと奥の座敷に入り、襖を閉めた。

胸の高鳴りを悟られるのではないかと思うほどに、心の臓が激しく鼓動していたからだった。

国許では、男兄弟ばかりで身近に同年代の女がいない生活であったから、どういう話をすればよいのかとか、どういう手順で恋を育んでいけばよいのかが、まるで分からなかった。同輩、先輩の姉妹や、上司の娘など遠くで見かけて思いを寄せた娘はいたが、駆け引きが苦手で何も告げずに終わるというのが常であった。類は友を呼ぶというのか、左馬之介、重蔵も奥手であり、女郎屋へも、知り合いに会っては気まずいと、行ったことがなかった。

せつは自分のことをどう思っているのだろう——?

今まで考えまいとしていた思いが胸に迫り上がって来た。

一つ屋根の下、薄い襖の向こうで寝起きしている若い娘である。意識しないことはできなかった。すれ違った時、すぐ近くで寺子の指南をしている時に漂ってくる、男とは違う匂いに胸がときめくこともよくあった。

しかし、こちらは居候の身分。恋をしたところで成就するわけもないし、そういう素振りを見せれば、桜庭から長屋を追い出されるかもしれないと思った。

だから、己の気持ちを押し殺して暮らしてきた。

意識すまいと心の底に押し込み続けた思いが、ちょっとしたきっかけで吹き出してしまった。内圧が強かっただけに、せつへの切ない思いは止めどなく溢れてきて、隼人は狼狽(うろた)えた。

逃亡者の身で、色恋など考えてはならない。

重蔵はもう、女に恋をすることもできないのだぞ――。

そう思った瞬間、熱く燃え上がっていた胸の内の炎が小さくなった。

隼人は小さく溜息(ためいき)をついた。そして座敷の隅の枕屏風(まくらびょうぶ)の陰から、自分の夜具を出して敷いた。

いつもは前の座敷で寝ているから、奥の座敷で横になるのは初めてであった。

天井を見上げ、せつもこの景色を見ながら眠りにつくのかと思うと、また鼓動が激しくなった。

駄目だ、駄目だ。

いずれはここを出ていかなければならないのだ。未練を残してはならない。

隼人は襖に背を向けて、強く目をつむった。

四

八月二十八日。昼過ぎ辺りから町が騒がしかった。

外の道を走る足音が頻繁で、何やら大声も聞こえた。桜庭の長屋に残っていたおかみさんたちや、朝の仕事から帰ってきていた男たちも一人、二人と路地に出て、木戸の外を不安げに見た。

寺子に算盤を教えていた隼人も、桜庭とせつに「ちょっと見てきます」と言って外に出た。

通りに様子を見に出ていた魚屋の良介が血相を変えて戻って来た。

「帝が江戸に来るってよ」

路地に集まっていた者たちは一斉に驚きの声を上げた。

「江戸じゃねぇ。東京だ」

煮売り屋の五平（ごへい）が言う。

「なんで来るんだい？」太吉（たきち）の女房、まつが不安げな顔をする。

「攻めて来るのかい？」

「いや、そんな事じゃないから心配するな」

出入り口から顔を出した桜庭が言う。草履（ぞうり）を履いて路地に出てきた。

長屋の住人たちは桜庭を囲む。

「新政府は東京を日本の中心にする準備を本格的に始めたのだ」

「どういうことで？」

太吉が訊いた。

「帝が東京にお住まいになるのだ。帝がお住まいになる場所が、すなわち日本の中心」

「じゃあ、京はどうなるんで？」

「中心から遠く離れた田舎になるだろうな」

桜庭は意地悪そうな笑みを浮かべた。

「へぇ。江戸が京になるんで？」

良介の言葉に、五平の女房たけが顔をしかめる。

「もう、京じゃないか。東京ってのは東の京って意味だろ」

「ああ、なるほど。じゃあ、京は西京になるのかい？」

「京の連中はそういう呼び方は好まぬだろうな。京はあくまで京だと言うだろう」

桜庭が言った。

「本当に帝が来るんですかね」

良介が小首を傾げる。

「きっと高札場にお触れが出たんだろう」隼人は言った。

「だから町中が騒がしいんだ」

「高札場に出てたんなら、新政府のお触れだね……」

たけが言う。

「そうか……。東京が日本の中心か」

太吉がしみじみと言った。

「なに言ってやがんでぇ。徳川さまが天下を獲ってからこっち、ずっと江戸が日本の中心だったじゃねぇか」

良介が太吉の肩を叩く。

「作太郎」桜庭が隼人に顔を向ける。

「高札場に言って文言を書き取って来てくれ」

「はい」

と隼人は部屋に入り、留書帖と矢立を取って木戸に走った。

旧幕府は高札の文面を寺子屋の書取の教材とすることを薦めていたのだった。

※　※

「帝が東幸だそうだ」

夕方、志摩屋に戻った左馬之介とときに、帳場に座った仙左衛門は言った。

「町も大騒ぎでした。いよいよ東京遷都でしょうか」

左馬之介が答えた。上がり框に腰掛けて、ときが用意した盥の水で足を洗う。

「それはまだだろうな」

「様子見ですか」

「町人の中には、帝を担いでいる新政府を嫌っている奴らも多いからな。まずは帝が来たら、町人たちがどんな態度で迎えるかを見てみようってことだろうよ」

「日本橋の高札場まで走って確かめて来たよ」ときも足を洗いながら答える。

「日付は書いてなかったけど、いつになるんだろうね」

「すぐってわけじゃあなかろうな。行幸の道筋は厳重に警護するだろうから、町役にも知らせが来て動き出すはずだが」

「お父っつぁんは、口うるさい公家らから帝を引き離し、新政府の思うような政を行うための東京遷都だって言ってたろ。お公家さんたちはよく認めたね」

「奠都の段階で、公家や町衆の抵抗がずいぶんあったって話だが、お公家衆の多くは長い間食い詰めてたからな」

「金を積んだかい」

「あるいは脅したか——。東京に来たら、今よりも楽な暮らしができるとでも言って説得したのかもしれねぇな」

「公家たちも東京に来るのかい？」

ときは驚いた顔で言う。

「当たり前ぇだろう。公家は帝の家来だぜ。大名だって国替えの時にゃあ家臣を引きつれて移るさ」

「だったら――」左馬之介が言う。

「大名や勤番侍がいなくなって困っている商人らも、商売ができますね」

「さてな。京の連中は格式だなんだってうるせぇから、京の老舗も引っ張って来るかもしれねぇぜ。野蛮な東国などに行きたくないって泣くのを無理やりな」

仙左衛門は笑った。

「でも、危なくないのかい？」ときは手拭いで足を拭き、もう一度草履を履いて、左馬之介と自分の盥を重ねて持った。

「帝の命を狙おうと思ったら、アームストロング砲で一発じゃないか」

「馬鹿。帝は天照大神のご子孫だぜ。つまりは神さまだ。誰が帝のお命を狙うよ。御所に鉄砲の筒先を向けただけで逆賊だぜ。旧幕だって、帝に逆らうつもりは無ぇって言ってることを考えてみろよ。帝は日本一、敵の無ぇお方だ」

「昔々は、同族では殺し合いをしてたんじゃなかったかい」

「神さま同士は戦っても構わねぇんだろうよ。なんにしろ、帝には刃をむけちゃあなんねぇっていうのは、昔々からの動かしがたい決まりなんだよ」

仙左衛門は皮肉っぽい笑みを浮かべる。

「御所も東京に移すのかい？」

「今まで幕府は、形だけにしろ、政の重要な決定事項を京の帝にお伺いを立てなければばならなかった。決定するまでに京と江戸の間の往復という日数がかかった。だが、御所が東京にあれば、すぐに回答が得られる」

「帝って確か十六、七だよね。それで政を司れるのかい？」

「薩長の傀儡になるかもしれませんね……」

左馬之介が言った。

「さぁな。おれは官位もねぇから、お目にかかったこともねぇし、どんなお方かも知らねぇ。だが、薩長の田舎侍にははっきりと物を仰せられるんじゃねぇか。田舎侍が素直に言うことをきくかどうかは分からねぇがな」

「お父っつぁんは、『侍ってのは、上の者にいいことしか言わねぇ』って言ってたじゃないか。そうやって帝を騙くらかすんじゃねぇかな」

「まぁ、政なんてそんなもんだ。権力のある奴が、自分の都合のいいように仕組みを作っていく。権力の無ぇ者らは唯々諾々と従うしかねぇ」

「なーんだ。帝が東京へ来ても、何にも変わらないんだ」

ときはつまらなそうに言って台所へ向かう。

「黒船が来た時点で、日本は否応なく変わらなければならなかった」仙左衛門は溜息をつく。

「その時点で、幕府と諸藩が手を取り合って方策を考えられれば、今頃世の中は大きく変わっていたろうよ。両方ともつまらねぇ意地を捨てられなかったから、多くの血を流し、無駄な金を使うことになったんだ」

「自分だけはそれに気づいていたと仰りたいのですか」

左馬之介は皮肉っぽく言った。

「おれだけじゃねぇよ。多くの旗本が気づいていた。たぶん、諸藩の侍たちにも気づいている奴はいっぱいいたはずだ」

「だったら、動けばよかったじゃないですか」

「動いたところでどうにもならなかったよ。上役に『まぁまぁ、任せておけ』と肩を叩かれ、宥められて終わりさ。権力のある者はのらりくらりと批判をかわしてやりたいことをやる。成功すれば自分の手柄で、失敗すれば誰かになすりつける。この世の中全体が滅んでしまうまで、それは続くさ。そしてこの世が滅ぶのも、自分以外の誰かのせいにするんだ」

珍しく、仙左衛門は苛立ったような口調で言った。

「政に絶望なさっているのですね」

「とうの昔にな。今までと違った政に変える好機を逃したからには、日本の政は誰がやっても同じだ。これから先、雄藩の侍だった者の一部が美味い汁を吸い、それ以外の、特に賊軍とされた藩の侍たちは辛酸を嘗めることになろうな。徳川の世と何も変わりゃあしねぇ。町人でいるのが一番さ」

「町人や百姓こそ、政に振り回されるばかりではありませんか」

「そう思うか？」

仙左衛門はいつもの様子に戻り、にやりとする。

「思います」

「そうか。お前は侍だな」

仙左衛門は鼻で笑った。

「今は町人に身を窶していますが、心は侍でございます」

「そうか。ならば言うても分かるまい。聞き流せ——。さぁ、蔀戸を降ろしてくれ。夕餉にしよう」

仙左衛門は大福帳を棚に収め、帳場を立って奥の座敷に向かった。

左馬之介は仙左衛門の言葉の意味を考えながら、土間に降りて蔀戸を閉めた。

五

九月八日は秋晴れであった。

昼下がり、桜庭の寺子屋では、寺子たちが声を合わせて〈一寸法師〉の一節を読んでいる。本は、貸本屋に頼み込んで二人で一冊を読めるように借りた〈御伽草子〉であった。

その一生懸命な声が、長屋の木戸から飛び込んできた伊三郎の大声にかき消された。

「改元だ！　改元だぞ！」

その言葉の意味が分からない寺子たちは、伊三郎の声にただただ驚いて、桜庭、隼人、せつの顔を見た。三人は顔を見合わせて外に飛び出した。

「あっ、桜庭先生、改元ですぜ」

伊三郎は桜庭に駆け寄って上擦った声で言った。

大声に驚き、仕事を終えて戻っていた魚屋や八百屋の棒手振や、女たちが部屋を出て来る。大家の善兵衛も木戸から入ってきた。

「新しい元号は？」

桜庭が訊く。

「明るいという字に、さんずいの治めるっていう字で、明治でござんす」

「明治……」

桜庭と隼人、せつは元号を口にした。その後ろで寺子たちがぽかんとした顔で四人を見ている。

長屋の住人たちも口々に「明治……」と呟く。伊三郎の読売の相棒、万七が「すぐに草稿を作るぜ」と部屋に戻った。

「なんだか変な元号だな」

魚屋の良介が首を傾げた。

「慶応になった時もそうだったろうよ」

向かいに住む八百屋、太吉の女房、まつが言った。

「元治はたった一年で、慣れる間もなかったから、そんなに変な感じはしなかったぜ」

煮売り屋の五平が言う。

「あんたは元号なんか気にもしないだろうが」

女房のたけが五平の背中を叩く。

隼人は良介同様、明治という元号に違和感を覚えていた。

天保は十四年まで続いたが、弘化は四年まで、嘉永は六年。安政も六年。万延は元年で終わり。文久は三年。元治も元年。そして慶応は四年。初めて耳にする元号の違和感に慣れたと思ったら改元されるということが続いていた。

「明治か――」桜庭が苦笑のような笑みを浮かべた。

「徳川の世に終わりを告げる音だ」

「新しい時代が始まる音でござんす」

伊三郎の声は興奮に震えていた。

「享和(きょうわ)はずいぶん遠くなったな……」

善兵衛が溜息をつく。

「大家さんは享和の生まれかい」五平が言った。

「明治までの間にずいぶん元号が変わったが、もう惚けて言えねぇだろう」

「馬鹿にするな。享和、文化、文政、天保、弘化、嘉永、安政、万延、文久、元治、慶応、明治だ——。思えば、生きている間に十一回も改元があったんだなぁ」

善兵衛はしみじみと言う。

「大家さんは達者だから、あと一、二回は改元があるやもしれぬぞ」

桜庭が言う。

「なんにしろ、新しい世の元号でござんす」

伊三郎は何度も頷く。

「元号なんか変わってもなにも変わりゃしないよ」まつが言いながら部屋に戻る。

「新しくなったって日だけ話題になって、後は慶応と言い間違った奴をからかう時に盛り上がるくらいさ」

「だよなぁ。慶応だった昨日と、明治になった今日はなんの変わりもねぇや」

「今年は、一月一日に遡って明治になるんだ」

伊三郎が言った。

「面倒臭ぇ」五平がしかめっ面をする。

「おれにゃあ関係ねぇが、大店なんかじゃ大福帳の元号を書き直すのに大変だろうぜ。ほんと、政を司る奴らは、庶民のことを考えずに好き勝手をしやがるぜ」

「まぁ、改元なんて帝や御公家衆が縁起を担いでするもんだろ。これまで元号を変えたからいいことがあったなんて事、これっぽっちもなかったぜ」

良介が言う。

「それじゃあ、そういう庶民の声も読売に書いてやるぜ。お城の方々がもっとおれらのことを考えてくれるようにな」

伊三郎は良介の肩を叩いて自分の部屋に走った。

「おれの名前を書くんじゃねぇぞ。巡邏にとっ捕まって牢屋に入れられるかもしれねぇ」

良介は伊三郎の背中に言った。

「分かってるよ」

伊三郎は言って部屋に入り腰高障子を閉めた。

残っていた長屋の者たちも部屋に戻る。

「さあ、〈御伽草子〉の続きを読むぞ。入った、入った、入った」

桜庭は寺子たちを追い立てる。

寺子たちの後ろから桜庭が部屋に入り、隼人が続く。背後にせつの気配を感じて、隼人はきつく胸を押さえた。

※　　　※

左馬之介の古着売りの客たちも、改元の話題を口にした。

「慶応までは侍の時代だったが、明治は庶民の時代になるんだぜ」

「誰がそんなことを言った？」

「だって、侍がなくなるんだろ？　だったら庶民の時代になるんじゃゃないか」

「馬鹿だねぇ。侍って名前がなくなるだけに決まってるじゃないか。名前を変えて、甘い汁を吸い続けるんだよ」

「だけど、元号が新しくなるだけで、なんだかわくわくしねぇか？　何かが始まるって感じがしてよ」

「気のせいだよ。気のせい。元治から慶応になった時も、文久から元治になった時も、最初のわくわくだけで何もなかったじゃねぇか。なんなら、どんどん世の中は悪くなって、上野で戦まで起こりやがるし、奥羽ではまだドンパチが続いてる。呼び名が変わった侍たちが好き勝手する世はずぅっと続くのさ」

そんな話を聞きたくなくて、左馬之介は隼人の探索に熱を入れた。竹馬とときから離れて、つい歩き過ぎ、日本橋を冠する町まで進んで引き返した。

九月に入り天童藩が降伏した。そして、二本松藩も降伏。

九月の後半には、奥羽越列藩同盟の旗振り役であった仙台藩がついに新政府に帰順したことが話題になっていた。それでもまだ盛岡藩は久保田藩と戦っていると感心しきりであった。

会津がついに若松城を開城したという読売が出回った時には、涙しながら新政府を罵る者もいた。上野戦争と同様、新政府は会津藩士らの死骸を葬ることを禁じたという。どちらの戦も大村益次郎が指揮していたから、「大村は人非人だ」と言う者もいた。

庶民は、すでに世の中は新政府の天下であると感じているようであったが、今までは新政府贔屓だった者も、列藩同盟が劣勢になると、そちらを応援したりする。

左馬之介は、悲惨な戦が繰り広げられているというのに、庶民はまるで相撲の星取りのように楽しんでいると、苛立った。

上野戦争では、ほったらかしにされていた旧幕兵の死骸見物をしていた。寛永寺で火事場泥棒をする者らも大勢いた。巡邏が調べを始めると、こそこそと盗んだものを捨てに来る。

自分に災いが降りかからなければそれでいい。他人の不幸、死でさえも娯楽にし、捕まらないならば平気で盗みをする。

それが庶民だ。

だからこそ、侍が政を司らなければ、世が乱れる。

政の方向を決めるための、重要な戦だというのに、庶民はそれを理解しない。

仙左衛門のように道理を理解している者もいるが、それは元々旗本であったからだろう。

庶民の多くは愚かだ。

勤皇佐幕の意味も分からないくせに、声の大きな方へ流される。

瓦版の嘘を真に受けて踊らされる。

そういう愚民を、侍は導かなければならぬのだ。

左馬之介はそういう思いを口にはしなかった。

ときは即座に否定し、侍の身勝手をまくし立てるだろうからだ。議論はいつまでも交わらぬ。子供を言い負かせないことには腹が立つ――。

仙左衛門は、ときは拾い子だと言った。恐らく貧しい庶民が捨てたのであろう。

しかし、仙左衛門に育てられ、賢くなった。してみると、学びが人を変えるか。

愚民も学びで賢くなるか――。

いつであったか、日本は諸外国より読み書きできる者が多いと聞いたことがある。

日本より遥かに優れた技術を持つ諸外国ではあるが、庶民は日本のそれよりもずっと愚かなのだ。

庶民に読み書きできる者が多いという素地を活かせば、日本が諸外国に追いつき、追い越すことは思いのほか容易いかもしれない。

その事に思いつき、左馬之介は震えるほど興奮した。

諸外国に攻め込まれないために強い日本にならなければならない。新政府の掲げる大きな課題の解決法を思いついた。それはとてつもない妙案であるように左馬之介には思われた。

今、庶民が学んでいる寺子屋を、藩校のような規模にすれば、賢い庶民が増える。基礎的な学問を覚えた庶民が、諸外国の技術を学び、応用する。

諸外国が百年で得たものを、日本は数十年で得られるのではなかろうか。

左馬之介は、戦の先に輝く当来（未来）を見た気がした。

政に加わってみたい――。

左馬之介は初めてそう思った。

自分はたいした学があるわけではないが、東堂藩に戻ったならば、政に携われるように学ぼう。

そのためにも、早く隼人を討たなければならない。

六

十月六日。冬晴れであった。

夕刻近く、伊三郎が明日の読売を持って桜庭の下を訪れた。

隼人と桜庭は前の座敷で読売を読みながら、伊三郎の話を聞いた。せつは出入り口近くの台所で夕餉の用意をしている。

「先月の二十日、帝は京を出たそうですぜ」

「ついにか」桜庭は頷く。

「今頃は東海道の由比、蒲原あたりか。到着は今月の中頃であろうかな」

「旅の途上、景勝地を見物したり、農作物をご覧になったりしているそうで。庶民が仕事を休んで街道に出て奉迎するもんで、いつも通りに仕事に励むようにと仰せられたとか。それから従者が奉迎の人々をぞんざいに扱わないようにと命じたそうで」

「帝に悪い印象を与えぬようにということだろうな」

「あちこちの藩に報奨金を与えたり、庶民に菓子を配ったりと、人気取りは怠りないようでござんす」

「新政府の差し金か、それとも帝の心配りでございましょうか」

せつが言う。

「九月二十二日に神奈川砲台の大砲が火を吹いて、神奈川沖の諸外国の軍艦も砲をぶっ放したんで、住民は『すわ諸外国との戦か』と慌てたんでござんすが、天長節の祝砲だったってオチで」

天長節とは帝誕生の祝日のことである。

「お国の方のことでござんすが」伊三郎は上目遣いに桜庭を見る。

「先月の二十八日、久保田の軍勢は峠を越えて盛岡藩の雫石に攻め込みやした。盛岡藩は降伏の手続き中でござんした。盛岡藩の守備兵がそれを伝えても久保田軍は攻撃を止めなかったので、やむなく応戦したそうでござんす。夜になって久保田兵は引き上げたそうで」

桜庭は表情を変えず、「そうか」とだけ言った。

隼人は桜庭の心中を慮った。

自分の国許である久保田が、卑劣な戦いをした。しかしそれは、久保田領を侵略した盛岡藩への恨みのため。

伊三郎が以前教えてくれたことによれば、久保田の援軍に海から佐賀藩らの軍が上陸して、アームストロング砲で盛岡藩軍を攻撃。盛岡藩軍は後退した陣で、藩が降伏を決定したことを知った。

久保田藩もそれを知っていたはず。

負けを認めた者に攻撃を加えるのは武士の道に悖る。

誰が攻撃を命じたのか？

桜庭は、おおよそ見当をつけているのかもしれない。

心の中でその者をなじっているのか？

怒りにまかせて行動するのもいたしかたなしと思っているのか？

「結局は人でございます」菜っ葉を刻んでいたせつが、三人に背を向けたまま言った。

「庶民にも侍にも愚かな者はおりますし、賢しい者もおります」

「庶民は愚かでも、大勢が死ぬような戦はしやせんぜ」

「それは武器を持たぬからです。庶民も、本気で戦わなければならぬと思い、武器があるならば戦を起こしましょう」

「仏蘭西ではそういうことが起こったそうでござんす」伊三郎は肩を竦めて立ち上がった。

「失礼しやした」

と、三和土に降りて外に出た。

隼人はそれを追う。

「伊三郎」

と呼び止めた。

伊三郎は自分の部屋の前で振り返る。

「桜庭さまの国許と知っているなら、久保田の醜態をわざわざ話さなくてもいいだろう」

「桜庭さまが化けの皮を被(かぶ)っているんなら、それを剝がしてやりたいと思ってさ」

伊三郎は少し険しい顔になって答えた。

「化けの皮？」

「桜庭さまは寺子たちにもおれたちにもよくしてくれる。だけど、おれは侍を信じていねぇ。桜庭さまが生きていくために侍である自分を殺しておれたちに合わせているんなら、その化けの皮を剝がして『ほうれ、見ろ』って言ってやりてぇんだよ」

吐き捨てるような言葉だった。

「侍に嫌な思いをさせられたのか？」

「数え切れねぇくらいな。あいつらはおれたちを人だと思っちゃいねぇ」

「何があったんだ？」

「お前ぇに話したって何の解決にもならねぇ」

「桜庭さまを虐(いじ)めても何の解決にもならなかろう」

「化けの皮を剝がしたら溜飲(りゅういん)が下がる」

「いつも仲良く話してるじゃないか……」

「侍を憎んでる町人はごまんといる。おれもそんな中の一人だ。侍なんかろくなもんじゃねぇ。そう思い続けていたし、それがおれが生きる力にもなっていた。ろくでもねぇ侍の本性が見える出来事を掘り出して、読売にして売ってた。だけど、桜庭先生みてぇな人に出会っちまった。おれは、侍にもいい人がいるなんて認めたくねぇ。だから、化けの皮を剝がしてぇのさ」

「傍から見れば、それは馬鹿馬鹿しいことだぞ」

「どうとでも思いやがれ」

「せつさまも仰せられていたじゃないか。結局は人だって」

「せつさまは侍の娘さ」

伊三郎はぷいっと向きを変えて、部屋の腰高障子を開け、中に消えた。

※　　※

十月十日、左馬之介は、神田小泉町まで隼人の探索を進めていた。しかし、これといった手掛かりはない。

とある長屋の木戸から中を覗くと、男が井戸端にしゃがみ込んでいるのが見えた。近づくと、刀を砥石で研いでいるのだと分かった。柄を外して刀身ばかりである。

「ちょっとものを訊ねるが」

左馬之介が声をかけると、男はぎょっとしたように顔を上げた。

「なんでぇ。びっくりさせるなよ」

「刀を研いでいるか」

左馬之介はしゃがみ込む。町人が携帯を許されている道中差よりはずっと長い、大刀である。

「おれんじゃねぇよ。頼まれて研いでるんだ」

「あんた、刀の研ぎ師か？」

「違うよ。包丁なんかを研いで廻ってる。だから、おれには刀は研げねぇよって断ったんだ。だけど、『ちゃんとした所に頼みゃあ、たんまりと取られる。刃こぼれを直して、錆びねぇように油を引いてくれりゃあいい』ってさ。そう言われたんだよ」

「頼んだ奴は侍かい？」

「八百屋だよ――」男は左馬之介が何を訊きたいのか察して舌打ちした。

「この刀は拾ったんだとよ。おそらく御山から逃げてきた奴が捨てたんだろう」

「どこで拾ったんだ？」

「少し先の長屋の芥溜めに突っ込んであったんだとよ。柄には血がついて、刃には脂がつき、刃こぼれしてたから人を斬った刀だ。気持ち悪いから嫌だって断ったんだけどよ。売れたら少し回してやるって言うから引き受けたんだよ」

左馬之介は刀の刃文を見る。

隼人のそれとは違っていた。

「神田川の北じゃあ沢山拾われてるらしいぜ」

「南側は少ないか」

「全部知ってるわけじゃあねぇが、噂で聞こえてきたのは二、三振りだな――。なんでそんなことを訊く？　新政府に雇われてるのか？」

男は警戒の表情で訊いた。

「違うよ。御山から逃げた知り合いを捜してるんだ。御浪人だったが、世話になったお方だから、なんとか力になってやろうと思ってさ」

「そうかい。刀を見れば、その人の物かどうか分かるのか？」

「ああ。前に手入れしている所にお邪魔した時、講釈を受けた。刃文は一振り一振り違うんだそうだ。そのお方の刃文はよく覚えている」

「おれが知っているのは、須田町と鍋町に住んでる奴が拾ったって話だ」

男は刀を拾った人物の住まいと名前を言った。

「小泉町の研ぎ屋、文造から聞いたって言えば拾った経緯を話してくれると思う。みんなだち公だ。八百屋が刀を見つけたと聞いて、探し回って見つけたんだとよ。馬鹿な連中だぜ」

須田町、鍋町はすでに回っていたが、刀のことは聞き込みをしていない。まだまだ見落とした手掛かりがあるかもしれない。

左馬之介はときに事情を告げ、神田の西へ走った。

研ぎ屋の文造から聞いた者から刀を見せてもらったが、隼人の差料ではなかった。その者らからも何人か刀を拾った者を聞いて訪ねてみた。しかし、すでに刀剣商や古道具屋に売ってしまっていて、見ることはできなかった。

隼人は駒込片町で刀を捨てていたから、神田で見つかるはずはないのだが、左馬之介の知らぬことである。

左馬之介は焦っていた。すでに神田の三分の二近くを探った。それでも隼人の足取りの手掛かりさえ摑めないのは、もう東京を出ているのかもしれない——。

そういう思いが、日一日と強くなっていくのである。

夕刻、左馬之介とときは柳原土手のしげの店へ赴き、売れ残りの着物と竹馬を返し、今日の売り上げの中から日当を受け取って、池之端仲町の志摩屋へ戻った。

蔀戸を閉めた後、座敷に上がると仙左衛門は火鉢の上に鍋を載せて、手酌で酒を飲んでいた。鍋の中には獣の肉らしいものと豆腐、葱などが味噌の汁で煮込まれている。

「ご苦労さま。一杯やりねぇ」

仙左衛門は火鉢を挟んで座った左馬之介に湯飲みを渡した。

「知り合いから山くじらをもらった」

仙左衛門は左馬之介の湯飲みに徳利から酒を注ぐ。

山くじらとは、猪のことである。日本では天保の頃から、盛んに獣肉を食すようになっていた。

　ときは側の盆に置いてある小鉢と箸を取って左馬之介の脇に置く。

「明後日、帝が来るらしいぜ」

　仙左衛門は酒を啜りながら言った。

「明後日になりましたか。いつだったか遷都はまだで、今回は様子見だろうと仰っていましたね」

　左馬之介も湯飲みに口をつける。

「今回は京へ帰るらしい。それでも、これから目まぐるしい速さで世の中は変わっていくぜ。新政府の連中は、はっきりした計画の下に動いているわけではないから、泥縄式に自分たちに都合のいい法を作っていくだろう。おそらく、刀狩りがある」

「刀狩りですか……」

「治安維持のため、町中で佩刀してはならぬという令が出るだろうな。当然、町中で刀を振り回すことも御法度。仇討ちなど言語道断ってことになる」

「いつそうなります？」

「奥羽で戦っている新政府軍が凱旋してしばらくしてからだろうな」

「お父っつぁんは」猪肉を頬張りながらときが言う。

「榎本艦隊がしぶといって話をしてたんじゃなかったっけ？」

「榎本艦隊？」

「ああ。今は仙台藩にいるが、蝦夷地に向かいたいとごねているらしい。仙台藩はもう、戦意を喪失しているから、それを認めようとしない。もし榎本が仙台藩が止めるのを振り切って蝦夷地に向かえば、捲土重来の好機はあるかもしれねぇなって話さ。蝦夷地を独立国として諸外国に認めさせられれば、旧幕の楽園となる。白河以北を独立国にするよりも、海峡の向こう側の蝦夷地ってのが、現実味がある」

「なるほど――。もし榎本武揚が蝦夷地へ向かえば、戦は長引くということですか」

「そうなるだろうな。だが、それを期待してもたもたしていれば、取り返しがつかなくなることもあるぜ。榎本艦隊があっという間に殲滅されねぇとも限らねぇからな。お前ぇさんの望みを叶えるなら急いだ方がいいってこった」

「はい……」

「仇討ちを諦めるって道はないのかい？」

ときが汁を啜りながら言う。

左馬之介はさっと険しい顔をときに向けた。

いか」

「だってさ。仇討ちしたって、死んだ者は還って来ないんだよ。魂なんてあるかないか分からないんだから、仇を討ったって、死んだ者が喜ぶがどうか分からないじゃないか」

ときが言うと、左馬之介は視線を畳に向けて奥歯を嚙みしめる。

「仇討ちってのはさ、結局、殺された奴じゃなくて、そいつに縁がある者が恨みを晴らすことじゃないのかい？　つまり、あんたは自分の恨みを晴らすために人を殺そうとしてるんだよ」

ときは眉を八の字にして言う。

「お前ぇに言われなくても、とうにサマには分かってるだろうよ」

仙左衛門は湯飲みに酒を注ぐ。

「斬り合いに勝つって保証はないんだろ？　負ける事だってあるんだろ？　負けたら死ぬじゃないか。せっかく楽しく商売をしてるのにさ。死んじまったら古着売りができなくなるじゃないか」

ときの目に涙が膨れあがる。

「商売はお前がしている」

仙左衛門はしかめっ面で箸を振った。

「おとき、やめとけ」

左馬之介はぼそっと言った。

「サマがいなくなったら、誰が竹馬を担ぐ！」

ときは怒鳴ると、箸を左馬之介に投げつけて立ち上がり、座敷を駆け出した。

ときが自分の座敷に入り足音が消えると、座敷に鍋が煮える音だけが響いた。

「隼人を討たなければ、一歩も進めないのです……」

左馬之介は掠れた声で言った。

「分かってるよ。色々な生き方があるけど、それしか見えねぇんだろ。見えねぇ奴には他人が何を言っても無駄。自分で見ようとしねぇんならそれまでよ」仙左衛門は左馬之介の湯飲みに酒を注ぐ。

「だけどよ。お前ぇが死ねば泣く奴が一人はいるってことは忘れねぇでやってくれよ」

左馬之介はなみなみと注がれた酒を見つめながら、小さく頷いた。

七

十月十三日。初冬の空は晴れていた。

明け六ツ、古着売りに出るために、左馬之介が草履を履いていると、後ろから走ってきたときが土間に飛び下りた。

「今日の商売は休みだよ」

と草履をつっかける。

「休みって——、何をするつもりだ？」

「増上寺へ行くんだよ」

「芝の増上寺か？　何で？」

「帝が通るんだよ」

「見物に行こうってのか？」

「大勢の見物人が集まるんだ。お前ぇの仇も来てるかもしれないじゃないか」

ときは左馬之介の手を引っ張った。

「人目のある所に出てくるものか」

「慣れってのがあるだろ。しばらく隠れて大丈夫だと思やぁ、油断して出てくるよ。なにしろ東幸なんて、江戸始まって以来の出来事だからね」

ときは外に駆け出す。

左馬之介は、奥から出てきて帳場に座った仙左衛門を振り返る。

「行ってこいよ。神田の探索ももうすぐ終わるんだろ。だったら、一日ぐれぇ、おときにつき合ってくんな」

仙左衛門は追い払うように手を動かした。

左馬之介は無言で頭を下げると、ときを追った。

池之端仲町から芝増上寺まで二里（約八キロ）あまり。走って半刻（約一時間）ほどである。

通りは南へ向かう人でごったがえしていた。行列の通る道筋には竹で柵が設けられ、新政府軍の兵たちが、柵の向こう側を通るようにと、通行人を追いやっている。兵の中に薩摩藩の者はいなかった。東京の庶民は、御用強盗の件で薩摩藩に悪感情を抱いているので、新政府はいらぬ衝突が起こらぬようにと警備から外していたのである。

聞こえる会話には「帝」とか「増上寺」とかいう言葉が含まれていて、いずれも帝の東幸を見物しに行く者たちのようだった。

「増上寺の門の高さが足りなくて、急いでめ組が門の下を六尺あまり掘り下げたんだってよ」などという話題やその口振りからすると、帝を尊んで、というよりも、参勤交代の行列や、大大名の登城見物と同列のようであった。

新政府は、庶民に帝が東京に入る様子を見せて、天下が徳川から帝に移ったことを強く印象づけようとしているのだと左馬之介は思った。

左馬之介は、往来する人々の人相に注意を配りながら、ときの後ろを走った。

江戸橋を渡って材木町（ざいもくちょう）に入った辺りで、後ろから声をかけられた。

「おとき。お前ぇも東幸見物かい」

ときと左馬之介は立ち止まって振り返った。

鳶の半纏を着た清三郎が駆けてきた。〈わ組〉の纏持ちである。

「なんだい。お前ぇもってところをみると、あんたも見物かい」

ときは側に立った清三郎を見上げた。

「あたぼうよ。江戸っ子は物見高ぇんだ」

清三郎は、ときの少し後ろに立つ左馬之介に目を向けた。

「お前ぇ、なんでおれを避ける?」

「別に避けているわけじゃない」

「避けてるだろうが。おれを見かけても会釈だけで声もかけねぇ。おときと一緒の時は、必ず少し離れる。ひっぱたかれるかもしれねぇと怖がっているのかい? おれは理由もなくひっぱたきゃあしねぇぜ」

「やめなよ清三郎さん」ときは眉をひそめて清三郎の袖を引っ張る。

「サマの事情は知ってるだろ」

巡邏の頃の左馬之介を知る者たちには、口外を禁じて左馬之介の事情を話していた。

「知ってるよ。知ってて言ってるんだ」清三郎は、ぐいっと顔を左馬之介に近づけ小声で言う。

「姿や言葉は町人に近づいてるが、心は近づいてねぇな。お前ぇ、仇討ちを終わらせたら侍に戻ろうって魂胆だろう。町人の風体をしていながら、おれたちを見下してるのが気に食わねぇんだよ」

「見下してなどいない」

左馬之介はそう答えたが、清三郎に自分の心を見透かされたと思って狼狽えていた。

「知ってるか。耶蘇（ヤソ）教の連中は、日本とか清国（しん）とか、朝鮮の者らを自分たちが教え導かなきゃ正しい道を歩めねぇ獣同然と思っているらしいぜ。侍に似てると思わねぇか。やってる奴は気がつかねぇかもしれねぇがな、下に見られてる方は、心を針でつつかれてるように感じるんだよ」

清三郎は左馬之介の胸を人差し指でぐいっと押すと、歩み去って行った。

町人たちを見下しているつもりはなかった。だが常に、町人の格好をしているが、おれは侍なのだという思いはあった。

それはとりもなおさず、おれはお前たちとは違うのだという思いと同じなのだと気づいた。

しかし、生まれてから今まで、そのように育てられてきたのだから、おいそれと変わるものではないし、侍は町人より優れているのだという確信も揺らぐことはなかった。

けれども、清三郎の言葉で、左馬之介の中に、なにやらもやもやとしたものが生まれた。まだ言葉にはできないその思いは、心の底に沈殿した。

「清三郎さんの言うことなんか気にすることはないよ。さぁ、行こう」

ときは左馬之介の袖を引っ張る。

左馬之介は頷いて歩き出した。

※　※

東幸の行列は、十月十三日卯の半刻（午前七時頃）、品川の本陣を出て、江戸城へ向かった。総勢三千三百人。新政府からは、輔相の岩倉具視、議定の中山忠能などの首脳が随行していた。途中、奥羽から凱旋して来た新政府軍も合流した。

東海道の左右には民衆が押し掛けて帝を迎えた。

行列は、高輪の久留米藩主有馬頼咸の屋敷で休息をとった後、芝の増上寺へ向かった。

京から東京に移り住んだのは帝と公家ばかりではなく、豪商も共に引っ越してきたため、京の人口は三分の二まで減ったという。

※　※

左馬之介は増上寺大門前に着くと、見物人の列の最前にときの場所を確保し、「ここを動くな」と言って、見物人の中に潜り込んで隼人の姿を捜した。

今日の寺子は男子ばかりであった。女子は親にねだって一緒に東幸見物に行っているのである。

※　※

「作太郎先生は見物に行かないのかい？」

茂助(もすけ)が書写の手を止めながら言う。手本は東幸を知らせる高札の写しであった。

「行かない」

隼人は朱筆で茂助の字を直しながら問い返す。

「お前は行かないのか？」

「屋台も出てるんだろ。行ったら目移りしてしかたがねぇよ。おいら銭を持ってねぇし。万が一、我慢できなくなったら大変なことをしでかしてしまうかもしれねぇ」

「偉いぞ茂助」と三太を教えていた桜庭が言う。

「お前は克己心がある」

「〝こっきしん〟ってなんだい？」

茂助が訊く。

「己の欲を抑える心の事ですよ」

とせつが言う。

「己の欲を抑えるったって、貧乏だから抑えるしかないんだよ」

茂助は下唇を突き出す。

「抑えることができない者は人の物を盗む。そうしないお前は偉い」

桜庭は茂助に笑みを向ける。

「なんだい。当たり前のことじゃないか」

「当たり前のことができぬ大人も多い」

「新政府とかな」と秀蔵が得意そうに言った。

「人をいっぱい殺して、徳川さまから江戸城を盗った」

「それを言うんなら、徳川さまだって、あちこちの大名を殺して天下を盗ったろう」

三太が口を挟む。

「桜庭さまの前で徳川さまの悪口を言うな」

茂助が慌てたように言う。

「よいよい」桜庭は笑った。

「新政府も旧幕の侍らも、お前たちのように賢ければ、戦も起こらなかったろうにな」

確かにそうかもしれないと隼人は思った。

人の裏を読み、裏をかき、策略を廻らせ、家を焼き、人を殺して天下のためと豪語する者たちが、子供のように素直に物を考えれば、虚心坦懐に他人の言うことを聞ければ、戦は起こらなかったろう。

だが、それでは誰かに寝首を掻かれる――。

狡く立ち回った者だけが得をする――。

そういう思いや体験が心を黒く染めていき、疑心暗鬼こそが、生き残るための最大の武器になる。そうして子供は大人になっていくのだ。

お人好しのまま大人になれば、カモにされるだけなのだ。それが世の中だ。

この世の終わりまで、欲にまみれた大人たちは戦を続ける。

この世こそが修羅道なのだ。

徳川の二百六十年はかりそめの泰平。そんな中にも小さい悪は蔓延っていて、高笑いする者と泣く者はいた。

しかし――。

修羅道の世にも、桜庭のように、どこの馬の骨とも知れぬ自分を救ってくれる者はいる。長屋の連中のように気のいい者たちもいる。

侍たちが、己の欲得ではなく、真に国を思い、民を思えば、この戦はなかったろう。

そして、諸外国に攻め込まれることのない国を作れただろう。

この戦は間もなく、新政府の勝利で終わる。

その時に、新政府が勝ちに驕ることなく、自分たちのしたことを顧みることができれば、この国は変わる。

新しい国への第一歩を踏み違えなければ。

だが、それは望み薄だ——。

おれはもしかすると、政に携わることに心が動いているのかもしれない。旧幕の脱走兵などに叶う願いではないのに——。

隼人は独り、苦笑いをする。

視線を感じ、隼人はその方向を見た。

桜庭がこちらを見ている。

隼人は自分の心を読まれたような気がして、目を逸らした。

八

行列の先頭は、日月旗、菊の御紋を刺繡した錦の菊章旗であった。日月旗は、袴に長羽織の相撲取りが持っていた。

続いて賑やかな太鼓や喇叭の音を響かせる鼓笛隊。更に続いて前衛銃隊が通り過ぎて行く。

〈天照大神〉と記された幟、〈東京府〉の旗、赤い吹き流しなどを掲げる西洋式の軍服の中に、古めかしい狩衣姿の従者。神器を運ぶ錦の布で覆われた御羽車が二台。それに続く白い水干の者たちが担ぐ鳳輦は、御簾が下ろされていて帝の姿は見えない。その周囲を、弓を携えた束帯姿の武官の者たちが警護している。

小路の奥から屋台の食い物の匂いが漂って来た。

沿道の見物人はおおむね神妙な顔で見送っていたが、柵の外に出て土下座して見送る者もいた。幕府のお抱えであった絵師や能楽師で、幕府が倒れた後、職を失った者たちであった。朝廷に新しい職を求めようと土下座をしているのであった。

鳳輦を追って人を掻き分けて移動する者もいたし、行列が長すぎるので飽きて帰る者もいた。屋台で寿司を摘む者、蕎麦を手繰る者も多かった。

ときは欠伸を嚙み殺しながら、左馬之介が戻って来るのを待った。

暇だから、新しい商売のことを考える。

古着売りが成功して、ときは自分には商才があると確信していた。ならば、もっと儲かる商売はないかと、ここのところそういうことばかり考えている。

帝が江戸に住むことになれば何が変わるだろう。帝にくっついて、公家も結構な数が移り住んで来るはずだ。

公家たちは、山に囲まれたせせこましい京に閉じ込められて暮らしてきた。江戸の――、いや、東京の面白い物を売り込むのはどうだろう。まずは食い物か。京は海が遠いから、魚は、陸に揚げてもなかなか死なない鱧（はも）や、西海（日本海）で取れた鯖（さば）を塩漬けにしたやつしか食ったことがないって聞いた。

政の中心が江戸に移っても、こっちが都だと二百六十年言い続けて来た奴らだから、きっと意固地だ。東京なんか田舎だと馴染（なじ）もうとせず、悪口ばかり言うに決まっているから、相手に合わせながら取り入り、売り込めばいい商売になるかもしれない。町人相手には、江戸っ子の知らない京の物を並べれば飛ぶように売れるに違いない。サマが仇討ちを終えたら、もう古着売りをしなくてもすむ。儲かっているから続けてもいいが、少し飽きてきた。新しい商売を一緒に始める方が面白い。

けれど――。

ときの顔が曇る。

仇討ちには、返り討ちってのもある――。

必ずしも討ち手が勝つとは限らない。

仇討ちを諦めさせたい。

それは、左馬之介が仇討ちを考えていると知った時から考え続けてきたことだった。

父の仙左衛門も口には出さないが同様の事を考えているようだった。

どうすればいいだろう――。

そう思った時に、肩に手を置かれた。

はっとして振り返ると左馬之介の顔があった。左馬之介の事を考えていたから、ときの頬は赤くなった。

「人が多すぎる。捜そうにも捜せない。帰ろう」

左馬之介は言って踵(きびす)を返す。

顔が赤いことに気づかれなかったようだと、ときはほっとした。

「風邪でも引いたのか？」

左馬之介は振り返らずに言った。

頬の赤らみに気づかれた——。

ときはどきりとしたが、

「寒かったんだよ」

と答えた。

「そうか。温かい物でも食って行くか？」

「いい。家まで走れば温まる」

人混みを抜けた所で、ときは走り出した。

※　　　※

遠く、鼓笛隊の音が微かに聞こえてきた。

寺子たちは耳をそばだてて、書写の手が止まる。

「近づいて来たな。もうじき日本橋を渡るか」

桜庭は秀蔵の字を朱筆で直す。

「お城が御所となるのですね」せつの表情は硬かった。

「新政府は何もかも奪って行きます」

「そうだな。江戸が奪われ、明治が蔓延っていくな」

「本当にいいのでしょうか」

せつは怒ったように桜庭を見る。

「いいも何も、世の流れは雨後の激流のようなものだ。逆らって泳ぐことはできぬよ」

桜庭は淡々とした口調で答えた。

隼人は黙ったまま茂助の書写の手直しをする。

「報恩を忘れ私利私欲を満たすために突き進む者が勝利するというのは道理に外れます」

「私利私欲を満たそうとする者ばかりではなかろうが――。美味い汁を吸えるのは一部。いずれ雄藩の中でも不満分子が蜂起するだろうな」

「まだ世の乱れは正されませんか」

隼人は思わず口を挟んだ。

「正されねば、国許に帰れぬからのう」

桜庭は、隼人の偽の身の上を思い出させるように言った。

「はい……」

「新政府は泥縄式と言うたろう。政府の体制が整うのはまだ先だろうが、蝦夷地が落ち着けば、日本全土に広がる戦はもう起きぬだろうな」

微かに聞こえていた鼓笛隊の音が聞こえなくなった。

「おや、日本橋は渡らず、呉服橋御門あたりから入ったかな」

京橋から日本橋へ続く真っ直ぐな道を、日本橋通南一丁目と二丁目の辻を左に曲がれば、外堀川。そこに架かる呉服橋を渡ると呉服橋御門である。

「せっかく江戸に来たのに日本橋を渡らないなんて、田舎者だな」

茂助が言う。

「馬鹿。都から来たんだぞ。田舎者なんて言うな」

秀蔵が茂助を小突いた。

「さぁ、行列はもうお城の中だ。見たくても見られぬ。落ち着いて書写に取り組め」

桜庭は寺子たちに言う。

男子らは諦めた顔で硯で筆先を整えた。

※　　※

空が暗くなってから、伊三郎が桜庭の部屋を訪ねてきた。東幸の様子を詳しく記した読売を桜庭に手渡す。

隼人とせつは行灯を近づけて桜庭の側に寄り、読売を覗き込む。

「呉服橋門から入った一行は、道三河岸を通って和田倉御門をぬけ、大手から西の丸に入りやした。呉服橋御門の辺りから官位の順に、新政府の大名らが土下座して帝の鳳輦を迎えたそうでございやす」

「江戸城の中の様子をなぜ知っている？」

隼人が伊三郎を見ると、読売屋はにやりと笑って、

「相棒の万七の知り合いはそういう奴なんだよ」

と言った。

「万七の知り合いは、どこかの大名かその家臣か」桜庭が言う。

「新政府に肩入れしながらも、心は旧幕の者らと共にある、か」

「まぁ、そんなところで。詮索しないでくださいよ。新政府に知られればそいつはこうですから」

伊三郎は首に手刀を当てた。

「侍として、そういう生き方もございましょう」

せつが静かに言う。

「大名の天機伺（天皇へのご機嫌伺い）の申し込みがひっきりなしだそうで」

「親分が替わったから、新しい世で生き残るのに必死なのだろうよ」

「久保田藩の佐竹さまはいつ行くんでござんしょうね。一時期は奥羽越列藩同盟に加盟していたから、早めに謝りに行った方がようござんしょうね」

伊三郎は険のある目つきを桜庭に向ける。

「伊三郎」せつが強い口調で言った。

「あなたは、なにかというと父上を怒らせようとします。けれど、父上より先にわたしが怒り出しそうです。不愉快ですからおやめなさい」

「こりゃあ、失礼いたしやした。以後、気をつけやす――」伊三郎は後ろ首を掻き、思い出したように言う。

「ああ、そうだ。江戸城の名前が変わるそうで」

「なんと変わる？」

桜庭は伊三郎に目を向ける。

「東京城でござんす」

その答えに、せつは眉根を寄せた。

「本当に、どんどん江戸が消されていきますね」

「新政府が江戸を消そうとしても」伊三郎が胸をぽんと叩く。

「おれたちがいる限り、江戸は消えやせんぜ」

九

帝が東京城に入った二日後、奥羽鎮撫総督府は、東北戦争平定を宣言して解兵を命じた。

数日後、榎本艦隊は蝦夷地に接近し、警戒厳重な箱館を避けて鷲ノ木沖に碇泊した。旧幕と新政府の戦は蝦夷地のみとなり、新政府はさらに箱館の守りを固めるべく、恭順した藩の兵を投入した。

藩主らの天機伺は続き、新政府に与した藩に新しい所領が加増され、旧幕に与した大名らに次々に謹慎が申し渡された。

仙台で降伏した旧幕の兵たちが、護送されて千住に着いた。

東京市中に逃げ込んだ会津藩士の残党狩りも始まった。

東幸から十日ほど経った頃から、公家に関わる者らしい被衣懸帯や被衣に垂絹の女と従者らを町で見かけるようになった。左馬之介とときの古着売りの客にも、京言葉の者が増えた。京から来た公家らの奉公人であった。引っ越しのごたごたがやっと終わり、東京見物に出て来たのだという。

十月二十七日、晴天。

その日は、新シ橋(あたらしばし)を渡った所で、手を振りながら小走りに近づいてくる女がいた。

「あんたらが、サマとときの古着売りなん？」

京言葉の抑揚だった。

「ここじゃ商売できねぇよ」

ときは立ち止まって親指を立てて、後ろの柳原土手の下に並ぶ古着屋を差した。顔役のしげが店の外に出てきて、腕組みしながらこちらを睨んでいる。

「今日は神田元岩井町(もといわいちょう)の空き地で商売をするから、買いたきゃそこまでついて来な」

ときは左馬之介を促して歩き出す。

女は二人についてきた。

「あたしらのことを誰から聞いた？」

ときが訊く。

「宿にしているお屋敷の端女(はしため)から。古着屋なら柳原土手に並んどるけれど、古着を担いで商売しとるサマとときの兄妹が上物を安価で売ってるって聞いたんや」

「大名屋敷住まいかい」

「元はたった二万石の大名の屋敷やし、あたしらは下っ端やから、勤番屋敷住まいや」

二万石と聞いて、ときはちらりと左馬之介を見る。

二万石の小藩はあまたあったが、ときが知っているのは左馬之介が脱藩した東堂藩だけであった。

「どこの屋敷だい？」

「虎ノ門の近くや。東堂藩の江戸屋敷いうたかな」

女の言葉を聞き、左馬之介はゆっくりと瞬(まばた)きした。

隼人、重蔵と過ごした日々が瞬きの間に脳裏を駆け去った。

「お屋敷にはどなたがお住まいで？」

左馬之介が訊いた。

「堀川の将曹(しょうそう)さまや」

自分たちがいた屋敷に、今は近衛府(このえふ)の役人が住んでいる——。

女が話を聞いた端女とは、東堂藩邸であった頃からいた者であったろうか。それとも新たに雇われた者だろうか。

左馬之介は顔なじみの下女たちの顔を思い浮かべた。

左馬之介は元岩井町の空き地に竹馬を置いた。ときは唄うように呼び声を上げ、ひらひらと手を動かして踊りながら小路を廻り、客寄せをする。

あちこちの小路から集まってくるのは女が多かったが、ときの裾からちらちらと見える白い脚に引かれて、仕事の途中で一服していたのであろう男らも何人か寄ってきた。

左馬之介はときに店を任せ、家々を廻り、隼人の行方を探った。

※　　　　※

隼人は朱墨を買うために豊島町を出た。

柳原土手に沿って歩く。知り合いに見つかるのではないかと怯えて出歩いたのは数回で、今はすっかり慣れていた。

東堂藩は藩邸を引き払い、国許に帰ったというから、自分の顔を知っているのは江戸で雇った奉公人だけである。それも三十人足らずであるから、広い江戸で出会うことは希であろう。

たとえ偶然出会ったとしても、町人姿をしているから他人の空似と思ってくれるに違いない。これならば、ずっと江戸で暮らすことも難しくはない――。と隼人は思うようになっていた。

和泉橋の方から、二人連れの振売らしい者が歩いてくるのが見えた。

若い男女。男の方が担いでいるのはずいぶん大きな荷物。古着を重ねて掛けた竹馬である。客らしい女が後ろからついて来ていた。

あれが近頃耳にする古着売りかと隼人は思った。けれど、娘の方は唄っても踊ってもいない。

なるほど、古参の古着屋の前で新参者が商売するわけにはいかないのかと、隼人は得心した。

古着売りは横大工町代地の角で北へ曲がった。

噂の古着売りをちょっと冷やかしてみようかと、隼人は足を速めた。

その時、竹馬の古着で半ば隠れていた男の顔が見えた。

隼人の心の臓は一瞬停まった。

咄嗟に古着売りに背を向ける。

心の臓が早鐘のように打つ。

左馬之介だ――。

まだ東京にいたのだ。

左馬之介はおれに気づいたろうか――？

不自然に突っ立っているのにいたたまれなくなったが、今さら土手下の古着屋を覗くのも目立ってしまう。

隼人はそっと後ろを覗き見る。

左馬之介は竹馬を担いで小路へ入っていった。

見つからなかった――。

隼人は大きく息を吐く。

蛤新道の帳屋、泉玉堂へ行くには、今左馬之介が入っていった小路の前を通らなければならない。

隼人は顔を俯かせ、急ぎ足で辻を通り過ぎた。

ちらりと小路の奥を見ると、左馬之介たちは弁慶橋を渡るところだった。

ともかく、最悪の事態になることは免れた。

だが、この辺りを売り歩いているのならば、いずれ豊島町にもやって来るだろう。

ここから豊島町までは四丁（約四四〇メートル）ほどであった。

泉玉堂からの帰り道も気を付けなければならない。

そして、これからどうするか――。

隼人は足を止めた。

自分を捜しているのか、町人となって商売をしているだけなのか確かめなければ。

そう考え、隼人は引き返し、左馬之介が入っていった小路に足を踏み入れた。

左馬之介たちはずいぶん先を歩いていた。

隼人は、いつでも路地に飛び込めるよう、左の家並みの側を歩く。

左馬之介たちは元岩井町の空き地に入った。左馬之介は竹馬を下ろし、ときは踊りながら小路に売り声を響かせる。

間もなく、あちこちから客が集まり、ときが商売を始める。

左馬之介はそっと竹馬の側を離れ、小走りに近くの小路に入り込んだ。

隼人はそれを追った。

左馬之介が入った長屋の木戸に身を隠しながら、隼人は中を覗き込む。

次々に腰高障子を叩き、出てきた者に何か聞き込んでいる。客を引いているにしては会話が長い。「上野の戦の日……」とか「おれと同じくらいの年頃、背格好の……」とか断片的に言葉が聞こえてくる。

隼人の背筋に冷たいものが走る。

左馬之介はやはり、おれを捜すために東京に残ったのだ。

おれを捜している――。

重蔵の仇を討つために――。

今すぐ、左馬之介の前に走り出て、『誤解だ！』と叫びたい衝動が涌き上がった。

しかし、隼人は堪えた。

町人に身を窶してまでおれを捜しているのだ。そんなことを言っても左馬之介は信じない。

刀は差していないが、おそらく懐には匕首を呑んでいて、おれが顔を見せた途端、刃を突きだして来るだろう――。

いや、丸腰のおれを斬りはしない――。

様々な思いが交錯し、混乱した隼人は木戸を離れていた。

そして路地を辿り、蛤新道へ向かった。

※　　※

泉玉堂で朱墨を買った隼人は、左馬之介と出くわさないように、昌平橋を渡った。神田川の北側を大回りし、柳橋から両国広小路に出て、細い道を辿りながら豊島町へ戻った。

寺子たちに算盤の稽古を指南していた桜庭が「ずいぶんかかったな」と隼人に声をかけた。

「古い知り合いを見かけまして」

隼人の言葉の意味を理解した桜庭は「そうか」とだけ言って、しばらく寺子の文机の間を廻り、せつに小さく頷くと、隼人を奥の座敷へ招いた。

桜庭は襖を閉めると、

「八田左馬之介に会うたか」

と小声で聞いた。

「はい。近頃よく話を聞く、唄って踊りながら客引きをする、兄妹の古着売りでございました」

「古着売り――。身を窶してお前を捜しているのか、あるいは本当に侍を捨てたか」

「わたしを捜しているのです。売り方は小娘に任せ、左馬之介は辺りの家を廻って何か訊いていました」

隼人が答えた時、座敷にせつが入ってきた。真剣な顔を隼人に向ける。

「八田どのがいたのですか?」

「兄妹の古着売りに扮していたそうだ」

桜庭が答える。

「どこで見かけました?」

「元岩井町で商売をしていた」

「兄妹の古着売りの話を最初に聞いたのは、神田須田町で商売をしているというものでした」

「西からこちら側に近づいているということか」桜庭は頷く。

「振売の古着売りは縄張りがあろう。新参の古着売りが広く商売をしているということは、しかるべき筋に話を通しておるな」

「町方が関わっているのでしょうか?」

せつが訊いた。

「いや。町方は新政府に取り込まれている。仇討ちの手助けなどしている暇はなかろう。どこかのお節介が手を貸しているのだろうな」

「どこかのお節介？」

隼人は眉をひそめた。

「御山から逃げてきた男を匿う奴もいる」桜庭はにやりとした。

「江戸はそういうお節介の多い町だった。名前が東京になってもそういう本質は変わらぬ。八田の話を聞いて一肌脱ごうって奴がいたんだろうな」

隣の座敷が騒がしくなり、せつは算盤に飽きた寺子たちを叱りに戻った。

桜庭は、寺子たちが大人しくなったのを襖の側で確かめた後、隼人に向き合った。

「ここを出て、どこかへ身を隠すか？」

戻ってくる道筋、それはずっと考えていたことだった。

どこでどういう話を聞きつけたのかは分からないが、おれが神田に潜んでいると左馬之介は考えている。

どこかでおれを知っている者に見られたのかもしれない。声をかけられた覚えはないから、その人物も確信はなかったのだろうが——。

神田の町を西から順に調べてもうじきこの辺りまで来るのなら、全部調べ終わるのは年明け、春の中頃であろうか。

それまで神田を離れて身を隠していれば、左馬之介は「神田に隼人はいない」と諦

める
だろうか？

神田におれがいないと分かった時、左馬之介はどうするだろう？

おれを捜し続けるのか？

東堂藩へ向かい、おれの親兄弟、親戚筋までに詰め寄っておれの行方を訊くか？

何も手掛かりを得られなかったら、また東京に戻って捜し続けるか？

左馬之介はどこで諦めてくれるだろう。

あの男の性格を考えれば、いつまでも諦めずにおれを追って来るのではないか？

おれを追って人の世の旅（人生）を棒に振って、いずことも知れぬ土地で野垂れ死ぬ——。

そしておれは、東京の片隅で平穏な暮らしを続ける。いつ左馬之介が現れるかと怯えながら、人の世の旅を終えるのだ。

そんなことになるくらいなら、見つかってやるのがいいのではないか。

その考えはすっと胸に落ちた。

問題を先延ばしにすれば、おれも左馬之介も不幸な一生を送ってしまう。

おれが丸腰ならば、左馬之介がすぐに斬りかかってくることはなかろう。少しだけ、おれの話を聞いてくれれば——。

だが、おれの話を信じてくれるだろうか——。

その問いに対する答えを考えているうちに、豊島町に着いたのだった。

「いえ――」隼人は桜庭の問いに首を振った。

「ここに残ります」

「八田に己を見つけさせるつもりか」

桜庭は溜息をついた。

「ご迷惑をかけると思いますが、よろしいでしょうか？」

「受けて立つのか？」

「それは……、分かりません。向こうの出方しだいです」

「出方しだいで八田に討たれてやるか」

「いえ、そのつもりもありません――。まず、あの時の様子を嘘偽りなく語ろうと思います。あとは左馬之介がどう判断するかです」

「一生逃げ回るのも、一生追い続けるのも不幸だからな」

桜庭は小さく頷いた。

襖の向こうから寺子たちの「ありがとうございました」という声が聞こえた。三和土の草履を突っかけて出ていく音が続く。

襖が開いて、せつが現れた。

「聞いていたか？」

桜庭が訊く。

「いいえ。作太郎さまはどうなさるおつもりですか？」

「しばらくお世話になります」

「そうですか」

せつはそう言ったきり、何も問わなかった。

せつは否定したがもしかすると、襖越しに話を聞いていたのかもしれないと隼人は思った。

十

隼人が左馬之介を見つけた日の夕方、池之端仲町の志摩屋を、同じ町内で末広屋という料理屋を営む卯之助が訪ねてきた。町役人で書役をする男である。

書役とは町名主の補佐で、事務処理の担当である。自身番に詰めるのも役割であった。

「これは末広屋さん」

仙左衛門は、店仕舞いしようと浮かしかけていた腰を下ろす。

「天酒頂戴の件で、ちょいと相談があるんだよ」

卯之助は困り顔で上がり框に腰を下ろす。

仙左衛門は奥にいたときに茶の用意を命じると、

「ああ、前に聞いた江戸者を小馬鹿にした話でござんすね。本決まりになったんでござんすか」

と笑みを浮かべた。

「話したっけ？」

卯之助は月代（さかやき）を掻く。

「新政府が江戸っ子の機嫌を取るために酒を配ろうとしているって話だけ」

「詳しくは話してなかったか。これが、腹の立つ話なんだよ」

卯之助はぱんっと腿（もも）を叩く。

「八月くらいに持ち上がった話なんだそうだが、帝が東京に移るにあたり、庶民になにか下賜（かし）しなければならないと新政府は考えた」

「引っ越し蕎麦でござんすか」

仙左衛門は笑った。

卯之助もつられて笑う。

「確かに引っ越し蕎麦だな。まぁ、帝の引っ越しだから蕎麦ってわけにもいない。それで金子（きんす）を配ろうって案が出た」

「最初は酒じゃなかったんですかい」

「東幸の日取りもなかなか決まらず、すったもんだした挙げ句、十月の終わり頃に酒を下賜するって決まったんだそうだ」

卯之助が言った時、ときが盆に三つの湯飲みを載せて現れた。

「江戸っ子に酒を配るったって、かなりの量になるだろう？」

言いながら、ときは卯之助の横に湯飲みを置いた。次いで二つの湯飲みを帳場の文机に置き、仙左衛門の横に座る。

「二斗二升の樽酒(たるざけ)、三千樽だ」

「三千樽――」

ときは小首を傾げる。三千樽で何人が飲めるのか見当がつかなかったからである。

「御府内に配るつもりなら、一人につき盃一杯にもならねぇんじゃねぇかな」

仙左衛門が答えた。

御府内とは、東は中川、西は神田上水、南が目黒川、北は荒川、そして石神井川下流の内側である。

「酒だけじゃない。鯣(するめ)千七百把もつけるんだそうだ。それから町ごとに瓶子(へいじ)と土器(かわらけ)（盃(さかずき)）も配るそうだ」

卯之助が湯飲みを取り上げる。

「幾らかかるんだい？」

ときは茶を啜った。

「四千三十八両二分と、銀五匁」

「豪勢だねぇ」ときは身を仰け反らせる。

「新政府は大金持ちだ」

「ところがそうじゃないんだよ」卯之助は渋い顔をする。

「新政府が用意した酒はたった七樽」

「七樽？」ときは頓狂な声を上げる。

「あと二千九百九十三樽と鯣はどうするんだい？」

「東京府が肩代わりするんだとよ」

「じゃあ、東京府が金持ちなのかい」

「四千両を越える余分な金なんかあるはずないじゃないか」

「ああ」仙左衛門は湯飲みを机に置く。

「七分積金は、東京府の管轄に入ったんだよな」

七分積金とは、寛政の改革で町方に命じられ、寛政四年（一七九二）から運用が開始された積立金である。天災や飢饉、物価が高騰した時の救済として米や金を支給することが大きな役割であった。

「よく気が付いたな。その通り、七分積金に目をつけやがったのさ」卯之助は溜息をつく。

「何かあった時のためにって積み立ててたのによ」

「何かあったじゃござんせんか。帝が来たんだから」

仙左衛門は笑う。

「帝を天災みたいに言うんじゃないよ」

卯之助は顔の前で手を振った。

「天災みてぇなもんでござんすよ。七分積金を持って行かれるんだから」

仙左衛門はさらに笑って腹を抱えた。

「なんでぇ。三千樽近くの酒と鯣は町人の金で買うのかい」

ときは文机の上から算盤を取って弾く。

「えーと……。本当に下賜された酒は千分の二くれぇじゃねぇか！　あとは全部、町人の金で買った酒。それで恩着せがましく、下賜なんて言うかね。新政府の野郎どもはしみったれとか嘘つきなんて言葉じゃ足りねぇや」

「七樽の天酒を二千九百九十三樽に均等に混ぜるんだとさ」

卯之助は苦笑しながら言った。

「呆れるほど、馬鹿にしてやがるな」

仙左衛門は大笑いした。

「維新なんて威張ってるが、正体はこんなもんか。新政府はしみったれの集まりじゃないか。なんだかんだと庶民を騙くらかして、必死に積み立てた金を搾り取る。徳川さまの方がずっとましだった。少なくとも七分積金に手は出さなかったからね」

卯之助は吐き捨てるように言った。

「まぁ、何かあった時のために積み立ててた金で酒を飲むってのも江戸っ子らしじゅうござんせんか。もっとも七分積金は、大店の旦那方が払っているんだから、小店の者や長屋に住む連中は、旦那に奢(おご)ってもらうことになりやすがね」

笑う仙左衛門に、膨れっ面のときが言う。

「嘘つきのしみったれ野郎どもがこれからの政を司るのかい？　自分らの懐を痛めないために、庶民から搾り取って、お為(ため)ごかしの顔をしやがる。そんな政をするに決まってる」

「徳川幕府がそうであったように、今、政に携わっている奴らは世襲で美味い汁を吸うような仕組みを作るんだよ」

「お父っつぁんはそのうちに欧米を見習って、入れ札で政に関わる奴らを決めるようになるだろうって言ってたろう」

「そうなったとしても、入れ札をする奴らが自分や子供、孫に入れるよう細工をするさ。大名や旗本連中は、根回しが大の得意だからな。そういう仕組みが作られて、受け継がれていくのさ」

「頭に来るなぁ……」

ときは顔をしかめた。

「おときちゃん、もっと頭に来る話をしてやろうか」

卯之助は情けない笑みを浮かべる。

「天酒は四日に渡されて、五日に樽開き。六日、七日は仕事を休みにして祝うようにとのことだ」

「日銭を稼いで生きている奴がたくさんいるってのに、酒を下賜してやるから休んで祝えってのかい？　ほんと、新政府は呆れ果てた馬鹿者ばかりだ」

「それで」仙左衛門は卯之助に顔を向ける。

「相談ってのはなんでござんす？」

「四日の樽の運び出しの件なんだ。先方は荷車と人足で済まそうと考えていたようなんだが、町名主たちが『下賜された天酒をそんなやり方で運んだんじゃ、江戸っ子の名が廃る』って言って、各町で派手に運ぼうじゃないかってことになったんだよ」

「江戸っ子だねぇ」仙左衛門は手を叩いて笑う。

「おれにその案を出せってことですかい」

「それと、樽の飾りをする職人と、派手な樽運びに相応しい人足集め」

「承知いたしやした」

「よかった」

言って卯之助はちらりと、膨れっ面のときを見る。

「お怒りはごもっともだが、下手なことをすれば大人が困る。自重してくださいよ」

と卯之助はときに釘を刺した。

卯之助が帰ると、仙左衛門は左馬之介の部屋に向かった。

行灯の明かりが滲む障子の前で立ち止まり、仙左衛門は中に声をかけた。

「いいかい？」

「どうぞ」

左馬之介の返事を聞いて、仙左衛門は障子を開けた。

左馬之介は文机の側に行灯を置いて、内神田や日本橋北が描かれた切絵図の町名に朱墨で線を引いていた。神田の西から東まで八割ほどに朱線が引かれていた。

仙左衛門は文机を挟んで左馬之介と向かい合う。

「今、町の書役が来て、天酒を下賜される件で相談を受けた」

「天酒――、帝から酒が下賜されるのですか」

「そうだ」

仙左衛門は天酒頂戴についていつまんで話した。

「新政府は小狡いことをしますね」

左馬之介は苦笑する。

「小狡いか。おときは、『新政府の野郎どもはしみったれとか嘘つきなんて言葉じゃ足りねぇや』って怒ってた」

「おときらしいな」

「それで、新政府は庶民に十一月六日、七日は休んで祝えという」

「押しつけがましいですね。六日、七日は古着売りができませんか。もう少しで神田を全部回れるのに」

「六日、七日は休みの上に、祭騒ぎだ。誰かを捜してうろついている奴がいても怪しまれねぇよ」

「なるほど……」

「早ぇところかたをつけちまいてぇんだろ。その二日間で一気に神田を洗っちまえ。そして、次にどうするかを考えな」

仙左衛門は左馬之介の肩を叩いて座敷を出て行った。

※　　※

「桜庭先生」

腰高障子が叩かれ、大家の善兵衛の声がした。

出入り口側の座敷で、明日の手習いの手本を書いていた桜庭と隼人、せつは顔を上げた。それぞれの文机に手燭（てしょく）が置かれて、三人の顔を照らしている。

「開いておる」

桜庭が言うと、障子が開いて善兵衛が頭を下げながら入ってきた。

「夜分に申しわけありません。来月の六日、七日は寺子屋を休みにしてもらいたいので」

「六日、七日に何かあるのか？」

桜庭が訊く。

「はい。帝から天酒を下賜されることになり、六日と七日はそれを祝えとのことで」

「酒をくれてやるから祝えか」

桜庭は口の端で笑う。

「ずいぶん乱暴な話ですね」

せつが険のある口調で言った。

「わたしに言われても困るのですが――」善兵衛は月代を掻きながら上がり框に腰を下ろす。

「その酒のほとんどが、七分積金から出されるんでございます」

善兵衛は天酒頂戴の子細を語った。

「酷(ひど)い話だな」

桜庭は唸って腕組みした。

「食い詰め者らの考えそうなことです」せつの眉間に皺が寄る。

「貧乏根性が染みついているから、そんなことを考えるのです」

「われらも貧乏だがな」

桜庭がからかうように言う。

「心まで貧しくはありませぬ」

せつは桜庭にぴしりと言った後、今まで胸に溜め続けていたことを吐き出すように続けた。

「新政府は、己らの思いつきを通すために、仲間の東京府まで苦況に立たせたのです。やるとなったら見境なくやる。他人の迷惑など考えない。民が積み立てたお金を平気で無駄遣いする。日銭で暮らしている者がいることを想像できず、ずれた感覚で、ただただ『休みにすれば喜ぶだろう』と思いこむ。これが、これからの新しい政の倣いとなるのですよ。嘆かわしい。徳川さまならば、このようなことはなさらなかったはず」

「思いつきと泥縄。それは確かだな」桜庭はせつの饒舌を遮るように言う。

「だが、徳川ならばこんなことにはならなかったというのはどうであろうか。代々食うに困らぬ暮らしをしている者に、食うや食わずの者を慮ることはできぬさ。賊軍として身分を剝奪された者たちは、侍に見下され続ける庶民の気持ちが少しばかり分かるようになるかもしれんな」

「長屋の者たちにも話さなければならないのですが」善兵衛は父娘のやりとりに口を挟む。

「表店の者はいいとしても、裏店の者らが腹を立てて何かしでかしたらと思いましてね」

「その心配はなかろう。連中にとっては七分積金など関係はない。ただ酒が呑める機会と喜ぶだろうよ」

「確かでございますか？」

「確かだ」

「それでは、桜庭さま、一緒に話をしてはもらえませんか」

「構わぬが――。一軒一軒廻っているのでは面倒だ。ここに長屋の者を集めてくれ。全員は入りきらぬから、一軒に一人にしてくれ」

「分かりました。すぐに集めて参ります」

善兵衛はほっとしたように言うと、三和土を出て行った。

善兵衛が長屋の者らに声をかけて廻るのが聞こえた。桜庭たちは文机を片づける。桜庭の並びが三軒、向かいが五軒。裏に四軒。小半刻(こはんとき)ほどで十二人が桜庭の二間に腰を下ろした。いずれも神妙な顔である。桜庭と善兵衛、隼人、せつが正面に座る。

「桜庭先生」魚屋の良介がおずおずと訊く。

「何か、お叱りですかい?」

「違う、違う」

桜庭が笑いながら手を振ると、集まった男達の顔が和らいだ。

「ただ酒が呑める話だ」

男たちは「おおっ」とどよめく。

「そんなうまい話、どこに転がってるんです?」

桜庭の裏に住んでいる髪結床の金之助が疑わしそうに言う。

「帝からの引っ越しの挨拶だそうだ」

男たちは一斉に「へぇ」と声を上げる。

「御府内に配るとかって聞こえてる」

髪結床の隣に住まいする献残屋(けんざんや)の徳太郎が言った。

献残屋とは、裕福な者の家を廻り、余った贈答品を集め、安価で売る商売である。何かにつけて付け届けの多い江戸では、いい商売になっていた。

「御府内！　そりゃあ大変だ。どんだけ金がかかるんだ？　帝は大金持ちだな！」

煮売り屋の五平が言う。

「当たり前ぇだろう。日本の天辺に御座すお方だぜ」

良介が五平の背中を叩く。

「日本の天辺の方でも」桜庭が言う。

「ほれ、引っ越しの行列を見ただろう。ああいう事の後だ。懐が少々寂しくなったんで、東京府に金を借りたそうだ」

「東京府は帝に金を貸すくれぇ金持ちなのか？」

と、五平。

「七分積金を借りるのだそうだ」

桜庭が言うと、善兵衛の顔が強張る。

長屋の者らが怒り出すと思ったのだったが、男たちは「へぇ」と言っただけだった。

「借りるってぇなら返ぇすんだろ。まぁ、おれたちの金じゃねぇから関係ねぇや」

桜庭の向かいの、一間の長屋の端に住む紙屑買いの権六が言った。

善兵衛はほっとした顔になる。

「だがよう」読売屋の伊三郎が口を開く。

「引っ越し酒の件は、帝のお考えっていうより、新政府の目論みだぜ。酒を配っときゃあ、東京の連中は気をよくしてすんなり帝と新政府を受け入れるって考えてるんだ。江戸っ子を馬鹿にしてるんだぜ。腹が立たねぇかい？」

「立たねぇな」と即座に答えたのは献残屋の隣に住む建具屋の信八（しんぱち）だった。

「新政府の読み通り、宵越しの銭を持たねぇ江戸っ子は、ただ酒を配られりゃあ、気をよくする。臍（ほぞ）を嚙（か）んでるのは七分積金を払ってた金持ちだけさ」

「帝はこれからずっと東京に住むんだろ？」言ったのは良介である。

「だったらよぉ、三代住みゃあ、帝も江戸っ子よ。めでてぇ話じゃねぇか」

伊三郎を除く男たちは「そうだ、そうだ。信八と良介の言うとおりだ」と口々に言った。

「ただ酒を飲ませてくれるってぇんだから、何かお礼をしなきゃならねぇな」

煮売り屋の五平が言った。

「天酒を戴いた後」善兵衛が言う。

「ほかの町は飾り立てた荷車で町を練り歩くらしい」

「それじゃあ、負けてられねぇな！」良介が立ち上がる。

「ほかの町に負けねぇように、盛大に練り歩こうぜ！」

男たちも立ち上がり、「そうだ、そうだ！」と拳を突き上げた。

「善兵衛さん」良介は善兵衛の前にしゃがみ込む。

「ここじゃあ桜庭先生に迷惑だ。建具屋の信八と、竹細工屋の伝六(でんろく)を中心に、荷車の飾りを考えようぜ。大家さんの家の座敷を貸してくんな」

「ああ……。それはいいが……」

善兵衛は良介に引っ張り上げられる。

「さぁ、お開きだ。信八と伝六は今から大家さんとこで相談があるから来てくんな。ほかの奴らは手伝いを頼むだろうからよろしく頼むぜ！」

良介の言葉に、男たちは「おおっ！」と答えてぞろぞろと桜庭の部屋を出ていった。最後に伊三郎が残り、桜庭たちに苦笑を向けると草履をつっかけ、部屋に戻った。

「庶民とはこういうものだ」桜庭は静かになった座敷でぽつりと言った。

「愛(いと)おしいのう。そう思わぬか、作太郎、せつ」

「愛おしくはございますが、愚かだとも思います」せつが言う。

「こうやって庶民は為政者(いせいしゃ)に踊らされるのです」

「果たして踊らされているのでしょうか……」

隼人が言う。

「どういう意味でございます？」

せつがきつい目で隼人を見る。

「踊らされているのではなく、自ら踊っているように思います」

「だから、日本は日本でいられるのだ。政を司る者たちがいかに愚かでも、庶民が賢く立ち回っていたから、日本という国は成り立っていた。庶民が為政者同様愚かになれば——」

「日本は滅びますか」

隼人が言った。

「そうなろうな」

「分かりません」せつが言った。

「新政府の企みに乗って、自ら踊る者らが賢いとは思えません。しっかりした為政者が導いてこそ、民は生きられるのです」

「徳川二百六十年は、しっかりした為政者だけが導いたと言えるか？」

「上さまのお側の方々がしっかりしていたからこその泰平でございます」

「では、慶喜公の周りにはしっかりしたお側衆がいなかったから、新政府に城を明け渡したということか？」

「左様であると存じます。そのことは父上の方がよくご存じでございましょう」

「左様だな。幕府は馬鹿者ばかり。薩長土肥も馬鹿者ばかり。そのとばっちりを食っている庶民は逞しく生きている。それは認めざるを得まい？」

「はい……」

「庶民は上に誰かがいるだけで、大きく道を外れることなく生きていける。悪いことをすればがつんとやられると知っているからだ。それでも道を踏み外す者は少数いるがな――。庶民は、上にいる者が侍であろうと帝であろうと関係ないのだ。なんなら、親父、お袋でも構わぬ。近所の口うるさいご隠居でも構わない。そういう者たちに国は支えられている。納得できないのならば、もう少し見ておけ」

「はい……」

せつが頷くと同時に、隼人も頷いていた。

これからの大きな変化の時代に、自ら踊ってやろうという庶民がどう動いてゆくのか、隼人も見てみたいと思った。

庶民の中に暮らしてまだ半年も経っていない。その間に、庶民に対する見方はずいぶん変わった。侍よりも優れている面も、愚かな面も見てきたが、まだまだ見足りないと感じた。

そのためには生きなければならぬか。ならば、左馬之介に討たれるわけにはいかない――。

ならば、おれはどうすればいい――。

この頃、何を考えてもそこに行き着く。

「さて、手習いの手本がまだ途中だ。終わらせてしまおう」

桜庭は立ち上がった。

隼人とせつもその後に続き、座敷に文机を出して筆を執った。

十一

十月二十八日、晴れ。

左馬之介とときは、帰る途中に池之端仲町の裏通りに入った。ちょっとした空き地があって、枯れた草の中に筵掛けの小屋があった。高さは三間（五・四メートル）ほど、屋根は板で葺いている。

出入り口の筵は上げられていて、中で四人の男たちが大八車を囲んでいた。一人は鳶の清三郎。〈わ組〉の纏持ちである。三人は近くの長屋に住む大工であった。

角材を組んだ十尺（三メートル）余りの櫓が横に置かれていた。

「よぉ、商売の帰りかい」

左馬之介とときに気づいた清三郎が手を上げた。

「ああ。こっちはどうだい？」

ときは中に入って、櫓を覗き込む。小屋には火鉢が二つ置かれ、小屋の中はほんのりと暖かく、木の匂いがした。

「ほかの町では、御輿のように担いだり、相撲取りに持たせたりと色々考えているらしいんで、うちは高い櫓で目立ってやろうっていう寸法さ」

「酒は東京府へ取りに行くんだろ？　門を通れるように作らなきゃならないよ」

「そこはちゃんと考えてるさ。門を出たら櫓の上に旗竿を立ててさらに高くするんだ」

　大工の一人が楽しそうに言う。

「昨日、帝が氷川神社へ行幸なさったって話、聞いたかい？」

　清三郎が言った。

「いや。あんた、帝がどうしたこうしたって話に興味があったのかい？」

　ときが訊く。

「酷ぇ話だからさ」

　清三郎は口を歪めた。

「何が？」

「長州征伐の時にゃあ幕軍の勝利を祈禱してたのに、新政府が江戸に入ってくるって分かった途端、掌を返して新政府軍の安全を祈願してたってんだ。支度金の名目で百両渡したって話だ。それから神社にある仏教に関わる物を全部片づけて、帝を迎えたそうだ。氷川神社が情けねぇのか、新政府が強要したのか。なんにしろ酷ぇ話だろ」

「それは仕方のないことだ」

左馬之介が口を挟んだ。

「お前ぇは巡邏だったもんな。新政府の肩を持つのは当然か」

清三郎は鼻で笑う。

「巡邏だったことは関係ない。帝は天照大神の御子孫。天地(あめつち)の始めから続く神の家柄だ。仏の教えはずっと後から入ってきた、異国の教え。帝が政の中心におなりになるのだから、それを排除するのは当たり前のこと——。新政府はそう考えたんだろう。これから新政府が日本を動かしていくんだから、そのお達しには従わなければならないだろう。お前たちだって、新政府のお達しにしたがって、天酒頂戴の用意をしてるじゃないか。同じ事じゃないのか」

「喧嘩(けんか)を売るようなこと言うんじゃないよ」

ときがおろおろと左馬之介と清三郎の間に割って入る。

しかし清三郎は、

「うむ……」

と言葉に詰まる。

「自分のことを棚に上げて、ほかの者を非難するのはどうかと思う——。まぁ、そういうことだ」

「ふん。利いた風なことぬかしやがって。商売で疲れてるんだろ。さっさと帰りやがれ」

清三郎は、追い払うように手を振ると、櫓の木組みを点検した。

「おれにも何か手伝わせてくれないか」

左馬之介は言った。

意外そうな顔でときが左馬之介を見る。

「どういった風の吹き回しでぇ」清三郎が片眉を上げる。

「侍っ気が抜けねぇ奴が、町人を手伝うってかい」

「住まわせてもらっている町が、総出でやろうとしている事だからな」

いつから自分の気持ちが変わってきたのかは分からなかったが、本音だった。もしかすると清三郎に、姿は町人に近づいたが心は近づいていないと非難された時から、少しずつ変わってきたのかもしれない。

「おときに手伝えって言われたかい」

「あたしもお父っつぁんも、なんにも言ってないよ」

「ふーん」清三郎は腕組みをして左馬之介を見る。

「大工仕事は――、できるわけねぇか」

「すまん」

「それじゃあ、垂を折って来な」

「幾つ折ればいい？」

「荷車の周りに綱を張る。それにずらりと吊るから幾らあってもいい」

「分かった。明日の朝、持ってくる。足りなかったらまた折る」

左馬之介は頷いて筵小屋を出た。

ときは清三郎に笑みを見せて左馬之介を追った。

※　　※

夜、隼人は桜庭、せつと共に、天酒の樽を飾る垂を折っていた。夕方、大家の善兵衛が訪れて依頼したのである。注連縄のほかに、御輿の台に樽を固定するための縄やそのほかの物にも吊るすとのことで二百枚は必要だという。「桜庭先生の所には紙がごまんとあるだろうから、立て替えてください。使った分は後からお返しします」と手を合わせたのだった。

手燭に照らされた文机の上で、小刀で半紙に切れ込みを入れながら、垂を折っていく。

蠟燭の灯心が燃える音と、紙を切る音。紙の折り目を擦る音。

静寂の中でそれらの音を聞いていると、隼人の心に、日頃奥底に押し込めている様々な思いが去来した。

重蔵や左馬之介のことを思うと、焦燥感にも似た思いが隼人を息苦しくさせた。

左馬之介は今頃、何をしているだろうか。

古着売りの仕事を終えて、家に帰っているだろうか。

町人姿であったから、どこかの長屋に住んでいるだろう。だとすれば、町内の、天酒頂戴の手伝いをしているかもしれない。

金槌（かなづち）や鋸（のこぎり）を持ったことなどないはずだから、おれと同じように垂を折っているかもしれないな――。

もうおれを捜すな。古着売りのままでいろ――。

いや、左馬之介に見つかってやると決めたではないか。

だが、この静かな暮らしを失いたくないという思いも本心だ。

そう思いながら戦に飛び込んでいく者も数多くいただろう。

静かな暮らしを守るため――。

行灯のともる座敷で親子が穏やかな顔で一日の出来事を語るひと時。そのひと時を守るために戦をし、多くの者たちの安らかな暮らしを壊す。

愚かなことだ。

戦を言い出す者がいて、それに賛同する者がいて、多くの者が不幸になる。

ならばいっそ、戦いを言い出した者同士が一対一で決闘すればよいのだ。

いや――。と、隼人は苦笑する。
負けた方の家臣らが黙ってはいまい。
侍はお家のために戦うよう躾けられて育つ。
侍ではなくとも、人が数人集まって暮らせば、必ず諍いは起こる。
その諍いを仲裁できる者が、その者たちの頭となる。
すると、別の頭との諍いが起こる。
諍いや戦は、きっと人の業なのだ。
未来永劫、無くなることなどない。
隼人は溜息をついた。垂を折る手が止まっていた。
「疲れましたか？」
とせつが訊いた。
「いえ……。色々と益体もないことを考えていました」
隼人は垂を折りながら答える。
戦が人の業であれば、必ず戦は繰り返される。小さな諍いもまた然り。
ならば、戦のないひと時を大切に生きるしかない。
左馬之介に見つかれば、どんな形であれ立ち向かわなければならない。
この静かなひと時を大切にしよう――。

隼人は自分が折った垂の山に、もう一つ垂を重ねて、新しい紙を手に取った。

十二

十一月三日、晴れ。

徳川慶喜の異母弟、昭武(あきたけ)が、新政府の命令に従って留学先の仏蘭西から帰国した。

また、会津藩主であった松平容保(かたもり)と、養子の喜徳(のぶのり)らが新政府の呼び出しに従い、東京に到着した。

そしてその日、霊巌島(れいがんじま)の坂問屋から天酒、三千樽の酒樽が船に積まれて、汐留(しおどめ)川の河岸に荷揚げされた。

※　　※

十一月四日。

江戸市中千五百九十二町の空き地に、飾り付けをした荷車や輿(こし)が運び出された。陽はまだ家々の屋根に隠されている。酒樽を載せた後に飾る縄や御幣などが荷台に置かれている荷車もあった。

町内の老若男女が興奮した顔でそれを取り囲んでいる。羽織袴の町名主や大家たちの姿もあった。火消(ひけし)たちが揃いの半纏を着て気勢を上げる。

未だ蒼い影の中の池之端仲町裏の空き地で、火消半纏に鉢巻きをきりりと締めた清三郎が荷台の上に飛び上がった。

酒樽を重ねて納められるように作った櫓の四方には竿が立てられて、〈天酒頂戴〉と書かれた幟旗。その尖端に朱地に白の日の丸も鮮やかな扇が取りつけてあった。四方に縄が張られて垂が揺れている。

「天酒頂戴についちゃあ、新政府に七分積金を使われて、腹ぁ立てている旦那方もいる。新政府の一味、薩摩藩を憎んでる奴もいるのはよく知ってる。おれもその一人だ」

清三郎は言葉を切って周囲の人々を見回した。

「だがよぉ。新政府の思惑なんざぁ、どうでもいい。帝が礼を尽くして、『引っ越して来たのでこれからよろしく』と酒を下さるんでぇ。江戸っ子なら礼を尽くして受け取りに行くのが当たり前ぇだと思わねぇかい！」

人の輪から「応っ！」と声が上がる。

「帝がお下りになって、名実共に、江戸が日本の中心になるんだ」

清三郎の言葉に「東京だよ！」と野次が飛ぶ。言ったのはときであった。その横に、手を引っ張られて来た左馬之介が立っている。

「おれたちにとっちゃ、江戸なんだよ！」清三郎は笑って答えた。

「さぁ、ほかの町に負けねぇように、派手に行こうぜ！」

清三郎は荷車を飛び下りて、先頭に立って歩き出す。

「よぉ〜う〜う　やぁ〜れ〜え〜よぉ〜」

清三郎は、よく通る声で木遣（きやり）、〈真鶴（まなづる）〉を歌い出す。

弟木遣と呼ばれる受け手たちが返す。

「え〜ぇ　よ〜ぉ〜お〜ぉ」

威勢のいい木遣の声が町々から響き渡り、幸橋御門（さいわいばしごもん）へ向かって行進が始まった。

見物人も一緒に動き出す。

左馬之介は、自分が感動を覚えていることを意外に思った。

遠く近く聞こえる木遣は、聞くと不安になる官軍鼓笛隊の楽の音（ね）よりずっと、耳と心に心地よかった。

徳川の世が新政府にとって代わられて、侍の世は大きく変わり、江戸は消えてしまった。そして新政府は徳川の臭いの残る江戸なるものを壊し尽くそうとしている。

だが、庶民の中には厳然として江戸が残っている。

呼び名は変わっても、この者たちにとって江戸は江戸なのだ。

自分たちが立っている場所の見物人が動き出す前に、左馬之介は袖を握っているときの手を払った。

「隼人を捜しに行く」

人混みを掻き分けて左馬之介は神田川の方へ走る。ときは眉を八の字にして追いかける。

「諦めないのかい？」

と、情けない声で訊いた。

「けじめだ」

左馬之介は短く答えた。

ときは唇を噛んで左馬之介の後ろを走った。

※　　※

隼人と桜庭、せつは、長屋の裏の空き地から、荷車の行列を見送った。

行列は、東京府で酒樽を頂戴し、町内を練り歩いた後、名主の家に運び込むことになっていた。そして明日、五日が酒樽割り。六日、七日の祝いに続く。

魚屋の良介は、行列の音頭取りを鳶に取られて悔しそうだったが、今は飾り付けた荷車の周りで両手に扇を持ち楽しげにいい加減なおどりを踊っている。

「東京府へ取りに来いって言ったって、東京府庁ってどこにあるんだ？」

良介は荷車を引く男に訊いた。

「幸橋御門内の、徳川さまの時代に郡山（こおりやま）藩のお屋敷だった所だってよ」

「幸橋御門は分かるよ。だけど橋を渡って御門をくぐったことがねぇんだ。郡山藩のお屋敷がどこかなんて知らねぇよ」

「馬鹿。町名主や大家も一緒だから大丈夫だよ。それに、千六百近ぇ町の荷車が天酒を拝領しに行くんだ。どこかの町の後をついて行きゃあいいんだよ」

「全部の町がそういう了見だったらどうするんだよ。御門の前に荷車が溜まって、『お前ぇが先に行け』って騒ぎになるぜ」

「落とし噺じゃあるめぇし」横で聞いていた男が呆れたように言った。

「それぞれの町名主がちゃんと知ってるよ」

周りの男たちが笑い声を上げた。

読売屋の伊三郎と万七も荷車について歩いている。明日の読売のためだった。

隼人は、初めて万七を見た。色々な所からネタを集めてくるという話なのに、長屋の路地ですれ違ったこともなかったのである。色黒で総髪を結っている。表情は暗く、やや猫背気味であった。

読売屋になる前は、何を生業としていたのか想像もできなかった。

侍だった頃は周囲が侍ばかりであったから、考えたこともなかったが、世の中には色々な仕事があり、それで命を繋ぐ者たちも数え切れないほどいるのだと知った。

世の中は広い――。

しかし、侍の感じる世は狭い。それはきっと旧幕の者らも新政府の者らも同様だろう。生の庶民の姿を見ていないからだ。

世を論じる侍はしかし、本当の世を知らない。彼らの思う世は、彼らの頭の中にしかない。庶民の中に身を投じてみなければ、本当の世を知ることはできないのだ。

「どうする？　城門までついて行くか？」

桜庭が隼人とせつに訊いた。

「誰がおるか分かりませぬゆえ」

せつは長屋の方へ足を踏み出した。

「左様だな」

桜庭は隼人の肩に手を置いた。

「桜庭先生」

隼人は桜庭に押されて歩き出しながら訊く。長屋の者らは行列を追って行く。

「新政府に知り合いはいらっしゃいますか？」

隼人の問いに、せつが振り向いた。

「新政府に何の用があるのです？」

目を大きくしてせつが訊く。

何かの心の動きがあって、隼人は御山の残党であると出頭するつもりなのか——。

そう思ったらしくその表情からは微かな恐怖が窺えた。

「国許は新政府に恭順したからな。役人に取り立てられた者もいるやもしれぬな」

桜庭は長屋の木戸をくぐる。

「そうですか」

言った隼人の声音は明るかった。

「何を考えている？」

桜庭は部屋に入り、入り口の座敷に正座した。

「望めば、御山の残党でも新政府に入ることはできましょうか？」

隼人は向き合って座る。

「新政府の役人になりたいと仰せられるのですか？」せつは驚きの声を上げる。

「何を馬鹿なことを。名乗り出た途端に捕らえられ、斬罪に処せられるに決まっております」

「そうとばかりも言い切れぬぞ」桜庭は面白そうに微笑む。

「新政府は、この世を建て直すために、優れた人材を欲しておろう。力のある者ならば敵であろうと登用するであろう。恭順の意があるかどうか確かめた上でな」

「左様でございますか」

と言う隼人を、せつは咎めるような目で見つめる。

「役人に取り立てられたいか？」

桜庭が訊く。

「政に携わってみとうなりました」

「大望だな」

「御山で新政府と戦ったお方が、なぜ心変わりしたのです？」

せつが厳しい口調で訊く。

「今まで庶民のことなど考えたこともありませんでしたが、ここで暮らしてその片鱗に触れました。この国は庶民によって支えられていることを新政府の上の方々はご存じありません。目的のためなら、庶民を犠牲にしても構わないという方ばかりでございます。しかし、武力で新政府に抗うのは間違いであると、御山の戦で知りました」

せつが何か言おうとするのを、桜庭は手で制した。

「なるほど。庶民を知っている者が、内側から改革して行かなければならぬと考えたか」

「はい」

「お前は侍でもなく庶民でもない者になろうとしておるな」

桜庭は微笑む。

「どういう意味でございましょう？」

「国のための政は、侍の心も庶民の心も兼ね備えていなければできぬということだ――。まぁ、大望はよい。だが、お前はどのように改革していこうと思っているのだ？　お前は国許で政に携わっていたのか？」

「いえ。番士でございましたから、政についてはまったく存じません。これから学びます」

「何も知らぬまま、新政府に飛び込めばどうなると思う？」

　桜庭の問いに、隼人は答えられずに口を閉ざした。

「勤皇の浪士と同じ轍を踏むことになる。『同志よ』と肩を抱いてくる先達がいて、やがてその者の言い分を吹き込まれ、それを信じ込んで心酔する。そして取り込まれて、いいように使われるのだ。出来がよければ、その者の代弁者とされて、都合が悪くなればお前だけが責任を負わされ、切り捨てられる――」

「徳川の時代と同じ事の繰り返しでございますね」

　せつがぼそっと言った。

「では……。わたしはどのようにすればよいのでしょう？」

「自分より剣の上手に立ち向かう時に、真っ向から攻め込んでも斬られるばかり。それと同じだ。老獪な者たちを相手にするには、もっと狡賢く立ち回る方法を学ばねばならぬ」

「相手を上回る腕をもたねば勝てぬと――」

「そういうことだ」

桜庭の答えに、隼人はささくれだった畳を見つめた。

確かに桜庭の言う通りであろう。

自分は、感情に振り回されて藩邸を飛び出した時と何も変わらぬではないか。

「分かりました。学びます」

「知り合いに何人か学者がおる。まずは、わたしが基本を教えた後、通ってみるがいい」

「ありがとうございます」

隼人は深く頭を下げた。

その姿を、せつが何か不満げな顔で見ていた。

十三

左馬之介は竹馬を担いで豊島町へ走る。

道に人通りは少ない。店を開けたものの客が少なくて暇を持て余している店主や手代などが世間話をしている。

「みんな、天酒の荷車を追っかけてるんだよ。商売にはならないよ」

ときが文句を言いながらついて来る。

「全員じゃないだろう。長屋に一人でも残ってれば、聞き込みはできる」

豊島町の辻まで来た時、数人の子供たちが駆けて来た。

「あっ、踊る古着屋だね」

女の子の一人が言った。

「そうだよ」

ときは手をひらひらさせながら答えた。

「今日は豊島町かい？」

別の女の子が訊く。

「そうだよ」

とときが言うと、先頭の男の子の一人が辻に駆け込みながら言った。

「長屋の連中は荷車追いかけて行ったから商売にならないよ」

残りの男の子数人が「天酒頂戴、天酒頂戴」と戯(おど)けて踊る。

ときがそれを真似して、もっと優雅に踊って見せると、女の子たちははしゃいでさらにそれを真似する。

「もう、手習いの刻限だぜ」

男の子が立ち止まって足踏みしながら言った。

「う～ん。じゃあ、またね。長屋に人がいる日にまた来てね」

女の子たちはときに手を振って走る。

「ちょいと訊くが――」左馬之介がその背中に声をかけた。

「御山の戦の後に、侍は逃げ込んで来なかったか？　若い侍だ」

「若侍なんか来なかったよ」

と答えて、子供たちは辻を少し入った横丁に駆け込んでいった。

「みんないないって言ってたろ」

豊島町に入る左馬之介について行きながら、ときが言った。

「一人でも残っていればいいって言ったろう」

左馬之介は、子供たちが入っていった長屋の裏手に空き地を見つけて入り、竹馬を置いた。

隅に筵掛けの小屋があった。ここで荷車の装飾をしたのだろうと思った。

「天酒は町名主の家に運ばれるというが、小屋を片づけに戻ってくるだろう。ここで商売をしていろ」

左馬之介はときに言い置いて、空き地を出た。豊島町の入り口の表店から聞き込みをするつもりだった。

ときは竹馬の側に座り込み、頬杖をついて左馬之介を見送った。

※　※

明け六ツに幸橋御門内の東京府に赴いた町主や大家は天酒と二本の瓶子、鯣などを賜り、荷車に載せた。

菰被りの化粧樽は付き添い人たちの手で飾り立てられ、城門を出た。

橋を渡り切るまではしずしずと歩を進めていた行列は、外の広場で待っていた町人たちに囲まれた途端、太鼓や鉦の音に包まれた。

賑やかな行列は、各町へ向かって帰って行く。荷車は町毎に意匠を凝らしていた。

行列の先頭で翻るのは幟旗の数々。鮮やかな朱の地に、〈天酒頂戴〉の白抜きや、墨痕鮮やかな〈御神酒頂戴〉〈天盃頂戴〉の文字。竿の尖端に、扇や御幣、大きなおかめの面、唐傘、天蓋、捩馬藺の馬験、日の出を描いた飾り物などが取りつけられている。

五色の布を垂らした流し旗もあった。町名を書いた旗を振る町もある。

荷車に載せた酒樽も様々な形で重ねられている。荷車を使わず、相撲取りが酒樽を抱えている町、背負子で運ぶ町もあった。樽の綱に天秤棒を通し、駕籠を担ぐように運ぶ町。御輿にして上下に激しく揺さぶりながら運ぶ町。

四隅に笹竹を立てている荷車。荷車の中央で神主姿の男が踊る荷車。大道芸の男が大きな傘を回している荷車もあった。

荷車や酒樽を運ぶ者たちの周囲は、その町の住人らが取り囲んでいる。鳶や大工の法被を着た者。歌舞伎の登場人物に扮した者たち。大きな福助の被り物の男。裃姿の男。着飾った花街の綺麗どころ。

茄子紺と朱の幟旗を振りながら踊る男たち。

荷車につけた綱を引く、諸肌脱いで綺麗な彫り物を見せる若い衆。

祭囃子や木遣の声が四方へ分かれていく。

広場では騒音でしかなかった太鼓や鉦、人々の声は、それぞれの町へ向から道に入った途端、歓喜の声やはっきりとした祭囃子、朗々たる木遣になって、道筋の住人たちを集めた。道いっぱいに人がひしめき、町名主の家へ向かう。

※　　※

左馬之介は、表店と裏店を数軒廻り、御山の残党らしい侍が何人か南へ走ったのを見たという話を聞き込んだ。しかし、はっきりと人相を確かめた者はいなかった。

左馬之介は横丁に入る。空き地に、座り込んでいるときの姿が見えて、左馬之介は苦笑する。

客が集まらないのだから仕方がない。

左馬之介の目は、子供たちが駆け込んだ長屋の木戸に向く。

長屋の者たちは天酒頂戴の見物に行ったというから、聞き込みに入っても無駄かもしれない――。

左馬之介は、子供たちが言っていた言葉を思い出した。

「手習いの刻限――」

寺子屋があるのだ。ということは、寺子屋師匠もいる。大人がいるのなら、聞き込みができる。

左馬之介は長屋の木戸をくぐった。

入ってすぐ右の部屋から子供たちの声が聞こえている。

流し場の窓も出入り口の腰高障子も閉まっている。

左馬之介は戸口に立って中に声をかける。

「ごめんください」

「はい」

と、すぐに女の声が返り、足音が近づき、三和土に降りて草履をつっかける音がする。

すっと腰高障子が開いて、若い女が左馬之介を見上げた。

左馬之介の目は女の顔から室内に流れる。

文机を幾つも並べて、寺子たちが書写をしている。

男の子の一人が顔を上げて、

「あれ、踊る古着屋の兄ぃちゃん」

と言う。その声で子供たちが一斉に顔を向けた。

若い男の寺子屋師匠も。

その顔を見た左馬之介は刻が停まった気がした。

※　　　※

「あれ、踊る古着屋の兄ぃちゃん」

茂助の声で、隼人はどきりとした。

踊る古着屋の兄ぃちゃん——。

左馬之介だ。

隼人はゆっくりと戸口を見た。

「隼人……」

「左馬之介……」

静かな声だった。

せつは目を見開き、咄嗟に戸を閉めようとした。

左馬之介が足を敷居に置く。腰高障子はそこで停まった。

桜庭が隼人の前に出ようとする。

隼人はそっと手を出してそれを止める。

「なぜ来たか分かっておろう」

左馬之介が言った。

「分かっている。ここでは寺子たちが怯える。裏の空き地へ行こう」

隼人は答えた。

何かを感じ取ったのか、そばに座っていたみちが泣きそうな顔で隼人の裾を摑んだ。

「逃げるつもりではあるまいな」

左馬之介は隼人を睨む。

「そのつもりなら、近くの町で古着売りのお前を見た時に逃げている」

「そうか。知っていたか——。では、空き地へ行こう」

隼人に言われ、左馬之介は三和土に降りる。

入れ替わりにせつが座敷に飛び上がり奥へ走った。

左馬之介と隼人は外に出た。

寺子たちが一斉に立ち上がり、後を追おうとした。

「ならんぞ!」

桜庭が大きな声で言った。

びくりと寺子たちは動きを止める。

「外に出たら破門だ。よいな」

桜庭に鋭い目で睨まれた寺子たちはすごすごと文机に戻る。

奥からせつが出てきた。手には、袖でくるむように大刀を一振り持っていた。それを桜庭に差し出す。

「助太刀なさいませ」

せつの手の刀は桜庭の差料であった。奥の間の押入に仕舞いっぱなしになっていたものであった。

「助太刀はせぬ」

「父上は侍でございましょう。ならば、侍らしいことをなさいませ。助太刀せねば、また父上のせいで若い命を一つ失うことになりましょう」

せつは鋭い目で父を見上げる。

桜庭の顔に苦悩の色が浮かぶ。

「侍だからこそ、助太刀はせぬ」

桜庭は言うと、三和土に降りて外に出た。

「来てはなりませぬよ。手習いをお続けなさい」

せつは言うと、父を追った。

寺子たちは顔を見合わせ、小声で桜庭やせつの言葉に従うかどうかを相談した。

※　　※

左馬之介は空き地の竹馬に駆け寄った。

「どうしたんだい、血相を変えて」

ときが立ち上がり、尻の土を払い落とす。

左馬之介は竹馬の横木にかけた古着の中に手を突っ込んだ。

「いたのかい？」

ときは叫ぶように言う。

左馬之介は無言で古着の中から二振りの大刀を抜き出した。

「駄目だよ！」

ときは左馬之介にしがみつく。

「人殺しなんかしちゃ駄目だ！」

叫ぶときを、左馬之介は無言のまま突き飛ばす。ときは二間（三・六メートル）も吹っ飛んで転がった。

早足で隼人が空き地に歩み込む。その後を追ってせつと桜庭が空き地に入った。

二人は四間ほどの間を開けて対峙した。

「おれは重蔵を殺してはいない」

左馬之介は隼人を見つめる。

た。

淡々と語る隼人の言葉には真実味があった。そのことが左馬之介の背筋を寒くさせ

「重蔵を斬ったのは、妹尾勝衛という元鶴田藩士だ。純忠隊で世話になったが、重蔵の仇としておれが討った」

「今さら見苦しいぞ」

もし、それが真実であるとすれば、おれの数月はまったくの無意味であったということになる。

いや——。数月考え続けた嘘なのだ。だから真実味がある。

左馬之介は手に持った刀の一振りを、左馬之介の足元に放り、自分は残りの一振りを腰に差した。

「刀を取れ。そして、抜け」

「おれはもう刀は持たぬ」

隼人はゆっくりと首を振る。

「お前に刀を抜かせるためならば、おれは何でもやるぞ。まず、そこの浪人者と娘を斬る」

左馬之介が言うと、せつが胸の位置に持った刀の柄を桜庭の方に向ける。

桜庭は小さく首を振る。

「父上は臆病者でございます」

せつは左馬之介を見ながら刃を抜いた。

ときがさっと立ち上がり、左馬之介の前に立つ。

「やめろ！　邏卒を呼ぶぞ！」

ときは叫んだ。

左馬之介はときを投げ飛ばす。

ときは小屋の近くまで転がった。

「巡邏を呼ばれて困るのはそちら。わたしと父への殺意を口にしました」

せつは刀を青眼に構えた。

左馬之介も刀を抜き、青眼に構える。

「巡邏など呼ばぬが、困るのはそっちもであろう。御山の残党がおるからな」

もはや、刀を抜かずに済ますことはできぬかと、隼人は小さく吐息をつく。

左馬之介と斬り合えば、おそらくおれが勝つ。

真剣に刃を打ち合わせれば、手加減するなどということはできなくなるだろう。

どうすればいいのか――。

「やめてください、せつどの」言って隼人は刀を拾い上げた。

「これは左馬之介とおれとの問題です」

「いえ。この男は父とわたしを斬ると申しました。ならば、身を守らねばなりませぬ」

せつは、草履を蹴り飛ばすと、裾が乱れるのも構わず一気に間を詰める。

隼人の横を通り過ぎざま、

「隙を作りますゆえ、返り討ちをなさいませ」

と囁いた。

せつは上段に振り上げた刀を袈裟に斬り下ろした。

左馬之介は身を捻って攻撃をかわす。

隙ができたというのに、隼人は打ち込まない。

「侍の隼人さまをお見せ下さいませ！」

せつは脇構えの切っ先を下げながら叫ぶ。

桜庭の表情が動いた。

不甲斐(ふがい)ない父の代わりを求めているのか。侍らしい侍の姿を——。

「やめてください、せつどの！」

隼人はせつと左馬之介の間に飛び込む。

左馬之介は素早く後ずさって、隼人との間合いをとった。

青眼に構える隼人から殺気が迸(ほとばし)った。

左馬之介は全身に冷たいものが走るのを感じた。

隼人とは何度も竹刀を打ち合わせた。しかし、真剣での闘いは竹刀での打ち合いとはまるで違う。少しでも読みを間違えれば、相手に斬られると思うと、動きがとれなくなる。こう動けばこう出るという読みが際限なく浮かび、そのいずれもが隼人の勝ちに結びつくように思われた。

せつは二人を見つめたまま頬を紅潮させて、刃を鞘に納めた。

遠くから木遣の声が聞こえた。天酒頂戴の行列が帰ってきたのだ。

「銀の簪～　伊達には差さぬ～　切りし前髪の　とめにする～」

〈黒がね〉という歌であった。

調子っぱずれの合いの手が入る。魚屋の良介の声であった。

大勢の人の足音が近づく。

邪魔が入るかもしれない――。

左馬之介は刀を上段に構えながらずいっと間合いを詰めた。

「駄目だよ！」

ときが叫ぶ。

「声を立てるな！」左馬之介は鋭く言った。

「邪魔をするならば、斬る」

ときは身を震わせて口を閉じる。

せつは桜庭を見る。

助太刀せよと促しているのだ。

桜庭は首を振った。

せつは目を左馬之介に向けた。そして、再び刃を抜いた。

「やめろ、せつ」

桜庭は言った。

父が真の侍に戻らぬのであれば、隼人を真の侍に戻そうというのか——。

それとも、隼人に許婚の面影を見ているのか——。

左馬之介の目が動き、せつを見た。

隙ができた。しかし、隼人は動かない。

せつは裂帛の気合いと共に、左馬之介に打ちかかった。

左馬之介は刃でせつの刀を受け、強く押し返した。

隼人が走る。

せつを袈裟懸けに斬ろうとする左馬之介の前に飛び込んで、左馬之介の刀を弾き上げた。

せつを庇ってあとずさりつつ、その手から刀を奪う。そして遠くへ放り投げた。

左馬之介はすぐに間合いを詰めて斬りかかる。

隼人はせつを横に突き飛ばして後ろへ跳んだ。その鼻先で左馬之介の切っ先が風を切る。

倒れたせつを桜庭が助け上げる。

せつは地面に突き立った刀に駆け寄ろうとする。桜庭はせつを抱き留める。

「二人の邪魔をするな。決着は二人でつけねばならぬ」

せつは抗ったが、父の力に敵うはずもなく、唇を噛んだ。

左馬之介は、刀を右肩上に八相に構える。

隼人は青眼である。

木遣の声が間近に迫る。

黙ってそれを聞いているのに堪えられなくなったらしく、何人かが好き勝手に歌を唄い出した。万歳を叫ぶ者、「天酒だぞ！　呑めるぞ！」と大声で触れ回る者。鉦や太鼓の音。「わっしょい　わっしょい」という声。

雑音の間から木遣が聞こえる。

「苦労人なら～　祭しておくれよ～　御部屋さま～」

騒然とした行列が空き地の側をゆっくりと通って行く。

なんと脳天気な騒ぎだ――。

左馬之介は思った。庶民を小馬鹿にした新政府のやり口を知っていながら、それに乗ってお祭り騒ぎをして見せる庶民のしたたかさ、逞しさ。

隼人には町人らの乱痴気騒ぎが、新しい時代の始まりの音に聞こえた。

左馬之介は国許にいた頃よりも剣術の腕を上げている。しかし、おれには勝てぬ——。

何か摑みかけている今、死ぬわけにはいかない。しかし、そのために左馬之介の命を奪うのか？

重蔵を失い、今度は左馬之介を失う。自分が手を下して——。

「やめよう。左馬之介」

隼人が言った。その体から殺気が消えて行く。

「お前は重蔵の仇だ！」

左馬之介は摺り足で一歩、間合いを詰める。

「仇ではないことはもう分かっておろう」

隼人は一歩退いて間合いを開ける。

「お前は嘘をついている！」

「嘘ではないことも気づいておろう。もしおれを斬れば、一生の重荷を背負うことにも」

「命乞いをするか」
「命乞いではない。いらぬ重荷を背負うなと言うておるのだ」
隼人はゆっくりと膝を折り、膝の前に刀を置いた。
「立て！　立って、刀を取れ！」
左馬之介の悲鳴のような声は、行列の騒音にかき消される。
左馬之介は、心に安堵の思いが浮かび、はっとした。
先ほど、一度刃を打ち合わせた瞬間に、隼人との腕の差をありありと感じたのだった。
隼人には勝てない――。
だが、隼人は今、刀を置いている。
斬り捨てることは容易だ。
しかし、ここで隼人を斬って、あるいは隼人に斬られてなんになる？
何かが変わるのか？
行列の騒音が左馬之介の思いをかき乱す。
やかましい連中だ――。
左馬之介には、町人たちの浮かれ騒ぎが、自分と時代が崩れていく音に聞こえた。
左馬之介は歯を食いしばり、刀を大上段に構え、じりじりと隼人に近づく。

「隼人さま、お立ちなさいませ！」

桜庭に体を押さえられたまま、せつは叫ぶ。

「人殺しは駄目だよサマ！」

ときが絶叫する。

隼人はじっと左馬之介を見つめていた目をゆっくりと閉じた。

左馬之介は、それが『自分で考え、選べ』と隼人が促しているのだと感じた。

町人たちの浮かれ騒ぎが通り過ぎて行く。すぐ側の路地の奥で、果たし合いが行われているのにも気づかない。

徳川を受け入れ、新政府を受け入れ、帝も受け入れた民衆が、己らの力を度量の大きさを示している。明後日からの二日間、祭り騒ぎはさらに大きなものになってゆくに違いない。

しかし、新しい為政者らの目には愚かな御しやすい民衆としか映らないだろう。

左馬之介の意識はしかし、現実から逃避するかのように目の前で目を閉じる隼人から離れてゆく。

ここで天酒頂戴を突っぱねていたら、民衆の気骨を新政府に突きつけてやれたろうに。

民衆、あなどりがたしということを新政府に示せたはずだ。

民衆の優しさが仇にならなければよいが――。

民衆は、民衆なりに戦っている。

おれは、戦い方を間違ってはいないか？

重蔵に手を下したのが隼人であったのか、隼人が言った妹尾某とかいう浪人であったのか。どちらにしろ、重蔵が死んだ大元の原因は新政府の強引なやり口ではないか。

おれは、戦う相手を間違っていないか？

「生きて共に学ぼう」

隼人が呟くように言った。

「学ぶ……」

左馬之介は眉根を寄せる。

この数月で隼人は自分と同じような思いに辿り着いたのかもしれない。

左馬之介の切先が、ゆっくりと下がって行った。

晴れ渡った空に風花が舞った。

それは、左馬之介の前に跪いた隼人の肩に、頭にはらりはらりと舞い降りた。

了

〈参考文献〉

『錦絵解析　天皇が東京にやって来た！』奈倉哲三 著　東京堂出版
『江戸のいちばん長い日　彰義隊始末記』安藤優一郎 著　文春新書
『戊辰戦争年表帖』ユニプラン
『補訂　戊辰役戦史』［上・下］大山柏 著　時事通信社

小学館文庫
好評既刊

死ぬがよく候〈一〉 月

坂岡 真

ISBN978-4-09-406644-9

さる由縁で旅に出た伊坂八郎兵衛は、京の都で命尽きかけていた。「南町の虎」と恐れられた元隠密廻り同心も、さすがに空腹と風雪には耐え切れず、ついに破れ寺を頼り、草鞋を脱いだ。冷えた粗菜にありついたまではよかったが、胡散臭い住職に恩を着せられ、盗まれた本尊を奪い返さねばならぬ羽目に。自棄になって島原の廓に繰り出すと、なんと江戸で別れた許嫁と瓜二つの、葛葉なる端女郎が。一夜の情を交わした翌朝、盗人どもを両断すべく、一条戻橋へ向かった八郎兵衛を待ち受けていたのは……。立身流の秘剣・豪撃が悪党を乱れ斬る、剣豪放浪記第１弾！

小学館文庫
好評既刊

江戸寺子屋薫風庵

篠 綾子

ISBN978-4-09-407168-9

江戸は下谷に薫風庵という風変わりな寺子屋があった。三百坪の敷地に平屋の学び舎と住まいの庵がある。二十人の寺子は博奕打ち一家の餓鬼大将から、それを取り締まる岡っ引きの倅までいる。薫風庵の住人は、教鞭をとる妙春という二十四歳の尼と、廻船問屋・日向屋の先代の元妾で、その前は遊女だったという、五十一歳の蓮寿尼、それに十二歳の飯炊き娘の小梅の三人だけ。そこへ、隣家の大造が寺子に盆栽を折られたと怒鳴り込んできた。おまけに、城戸宗次郎と名乗る浪人者まで現れて学び舎で教え始めると、妙春の心に、何やら得体の知れない思いが芽生えてくる。

絡繰り心中〈新装版〉

永井紗耶子

ISBN978-4-09-407315-7

旗本の息子だが、ゆえあって町に暮らし、歌舞伎森田座の笛方見習いをしている遠山金四郎は、早朝の吉原田んぼで花魁（おいらん）の骸（むくろ）を見つけた。昨夜、狂歌師大田南畝（なんぽ）のお供で遊んだ折、隣にいた雛菊（ひなぎく）だ。胸にわだかまりを抱いたまま、小屋に戻った金四郎だったが、南畝のごり押しで、花魁殺しの下手人探しをする羽目に。雛菊に妙な縁のある浮世絵師歌川国貞とともに真相を探り始めると、雛菊は座敷に上がるたび、男へ心中を持ちかけていたと知れる。心中を望む事情を解いたまではいいものの、重荷を背負った金四郎は懊悩（おうのう）し……。直木賞作家の珠玉にして、衝撃のデビュー作。

本書のプロフィール

本書は書き下ろしです。

この作品はフィクションです。

小学館文庫

天酒頂戴（てんしゅちょうだい）

著者　平谷美樹（ひらやよしき）

二〇二四年十一月十一日　初版第一刷発行

発行人　庄野　樹
発行所　株式会社　小学館
〒一〇一-八〇〇一
東京都千代田区一ツ橋二-三-一
電話　編集〇三-三二三〇-五九五九
販売〇三-五二八一-三五五五
印刷所―――大日本印刷株式会社

ISBN978-4-09-407401-7